JOURNAL DE GALÈRE

DU MÊME AUTEUR

Kaddish pour l'enfant qui ne naîtra pas, Actes Sud, 1995 ; Babel n° 609.
Être sans destin, Actes Sud, 1998 ; Babel n° 973.
Un autre. Chronique d'une métamorphose, Actes Sud, 1999 ; Babel n° 861.
Le Refus, Actes Sud, 2001 ; Babel n° 763.
Le Chercheur de traces, Actes Sud, 2003.
Liquidation, Actes Sud, 2004 ; Babel n° 707.
Le Drapeau anglais suivi de *Le Chercheur de traces*, et de *Procès-Verbal*, Actes Sud, 2005 ; Babel n° 1098.
Être sans destin. Le livre du film, Actes Sud, 2005.
Roman policier, Actes Sud, 2006 ; Babel n° 918.
Dossier K., Actes Sud, 2008 ; Babel n° 1218.
L'Holocauste comme culture, Actes Sud, 2009.
Journal de galère, Actes Sud, 2010.
Sauvegarde. Journal 2001-2003, Actes Sud, 2012.
L'Ultime Auberge, Actes Sud, 2015.

Titre original :
Gályanapló
Éditeur original :
Holnap Kiadó Budapest, 1992

ISBN 978-2-330-06676-5

IMRE KERTÉSZ

JOURNAL DE GALÈRE

traduit du hongrois
par Natalia Zaremba-Huzsvai et Charles Zaremba

BABEL

Que diable allait-il faire dans cette galère ?

MOLIÈRE,
Les Fourberies de Scapin.

[...] *apparemment, cette remontée dans le temps était une partie de l'épreuve principale ; et même à ce moment-là, Martin savait qu'il ne s'agissait pas d'un rêve, mais de quelque étrange symbole du futur**.

MALCOLM LOWRY,
La Traversée du Panamá.

Tout artiste aujourd'hui est embarqué dans la galère de son temps.

CAMUS,
Discours de Suède.

*La nature veut un rapporteur***.

EMERSON,
Hommes représentatifs.

* Trad. Clarisse Francillon et Georges Belmont.
** Trad. Jean Izoulet et Firmin Roz.

I

IL PART
(au large)

1961

Voici un an que j'ai commencé mon roman.

Tout est bon à jeter.

Je suis allé au parc, me promener sur un tapis de feuilles mortes. Plus loin, l'herbe était encore verte, parsemée de feuilles pourpres et jaunes, mais celles qui tenaient encore sur les chênes environnants pendillaient comme des mains résignées. Je sentais que, si j'étais patient avec moi-même, le miracle se produirait.

1963

Noël

Que peut l'art, puisque le type d'homme qu'il n'a jamais cessé de représenter (l'homme tragique) n'existe plus ? Le héros tragique est un homme qui se crée lui-même et qui échoue. Or, de nos jours, l'homme ne fait plus que s'adapter.

L'homme fonctionnel. Les formes et organisations de la vie moderne, éprouvette hermétiquement close où se déroule la vie de l'homme fonctionnel. Attention : c'est un homme aliéné, sans être pour autant le héros de l'époque. Certes, il a fait un *choix*, même s'il s'agit, au fond, d'un renoncement. A quoi ? A la réalité, à l'existence. Parce qu'il n'en a nul besoin : la réalité de l'homme fonctionnel est une réalité apparente, une vie qui remplace la vie, une fonction qui le remplace lui-même. Sa vie est généralement une erreur ou une faute tragique, mais sans conséquences tragiques ; ou bien c'est une conséquence tragique dépourvue de causes tragiques, car les conséquences pour l'homme ne découlent pas des lois internes des personnages et des actes, mais de la nécessité d'équilibre de l'organisation sociale – nécessité toujours absurde eu égard à l'individu. La vie de l'individu n'est que le symbole d'une vie comparable à la sienne, prédéterminée, où il n'a plus qu'à occuper la place qui lui a été assignée. Ainsi, personne ne vit sa propre réalité, mais seulement sa fonction sans faire *l'expérience* existentielle de sa vie, c'est-à-dire sans vivre son propre destin, qui pourrait être l'objet d'un travail – sur soi-même. L'horizon de l'homme fonctionnel n'est pas "le ciel étoilé", pas plus que "l'ordre moral qui sommeille en tout homme", mais les limites de son monde organisé : la réalité illusoire mentionnée plus haut.

Dans l'art, tout ceci prend l'apparence d'un problème technique : dépourvues de réalité, les vies fonctionnelles ne se prêtent pas à une adaptation artistique. Leur destin laisse transparaître le néant, puisqu'il leur manque le sens où réside toute possibilité de tragédie.

Crise de "l'humanisme", piège de "l'humanisme" tendu à "l'artiste" – de quoi s'agit-il, au juste ? Coexistence morale – "engagement", ou bien être là où "on fait la part du bien et du mal" ? Si la société dissout toutes ses angoisses morales dans le collectif, il ne reste que la plus stricte réserve. Voici l'ordre : tu peux t'occuper de tous les problèmes de la vie, mais non de la vie en tant que problème.

De toute façon, la vie est un diktat, pour ainsi dire. Dans une situation régie par la censure, il est strictement interdit de la remettre en cause. Le suicide est une désertion. Et dans ces conditions l'art (la littérature) qui ne veut voir que *les* problèmes de la vie et non *le* problème de la vie est également fonctionnel, il devient un art appliqué et apparent qui supplante l'art véritable. Que vaut dès lors le talent ? C'est plutôt un handicap, un fardeau. La nécessité d'une "méthode" n'a jamais été aussi impérieuse.

1964

L'artiste doit entamer son œuvre dans le même état d'esprit qu'un criminel qui commet son forfait : Degas. – C'est la moitié de la question ; l'autre, c'est que, de nos jours, les autorités traitent les bons artistes comme des criminels.

Le fameux essai de C. P. Snow sur les "deux cultures". Sauf que l'art n'est pas une science et que la science n'est pas un art. Aujourd'hui, art et science relèvent de domaines différents et, quel que soit le nom qu'on leur donne, antagonistes.

Si l'art de cette seconde moitié du XXe siècle conçoit la vie comme une chose homogène, contrôlable et qui peut être mise au service de la raison pure, des sciences exactes et humaines, les œuvres qu'il produira seront mauvaises (soit dit par euphémisme). Le temps de la candeur est définitivement révolu. Le culte de la vie n'est plus sincère. Où qu'il se manifeste, il prend des allures agressives et furieuses. Vivre en toutes circonstances – voilà le problème, peut-être même *le* problème.

Amoralité latente du plaisir esthétique. Le public ne subit pas l'œuvre, il s'en délecte.

Aucun art ne peut plus dépeindre la vie comme un système de relations logiques. Par ailleurs, tout objet (œuvre) d'art est un système de relations logiques.

Matin d'été caniculaire. Eglise. Madones distantes, poupons de cire, quelques fidèles en prière. Gestes, génuflexions, hochements de tête, regards inquisiteurs mais furtifs, dévotion vaniteuse. Peut-on admettre l'absurdité du monde, l'idée du néant absolu qui succède à notre unique vie sans sombrer dans le désespoir, et même puiser des forces dans cette idée ? Ce serait pourtant le début de la liberté. Et celui de la piété, en un certain sens.

Juillet

Deux semaines en Allemagne. Je suis allé à Buchenwald et à Zeitz, près de l'usine. J'ai reconnu le chemin sablonneux. Un garçon est passé à vélo, il portait une blouse de travail ; il m'a dévisagé. Je devais avoir l'air d'un étranger. Il était plus étroit que dans mon souvenir (je veux dire le chemin). L'usine était là : les grandes tours de refroidissement toussaient ; j'avais oublié ce bruit, mais je l'ai reconnu aussitôt. Quels souvenirs il m'a rappelés ! Je crois (et j'en suis presque sûr) que j'ai retrouvé l'endroit où se trouvait le camp de Zeitz. A sa place, il y a une ferme d'Etat et un gigantesque enclos à bétail. Je n'ai pas éprouvé la grande émotion des retrouvailles. Le temps, le bon vieux temps, et comme dit Proust, le maître en la matière : "La réalité que j'avais connue n'existait plus." Et puis : "[...] les maisons, les routes, les avenues, sont fugitives, hélas, comme les années."

Les différentes sortes de pessimisme. – Le pessimiste dogmatique. La plupart du temps, c'est un *petit-bourgeois égaré.* Le pessimisme dogmatique aboutit d'ordinaire à un amendement dogmatique du monde. Le pessimisme dogmatique en tant qu'art est toujours un moralisme. Il prend souvent pour thème l'absence de joie (une injustice sociale criante ou une longue agonie décrite d'une manière pénible, délibérément plate et dépourvue de toute rédemption, par exemple *Une mort très douce* de Simone de Beauvoir). L'artiste moralisateur ne dépasse jamais le cas particulier et l'indignation stérile.

Le pessimisme romantique. Il rejette le monde tout en nous susurrant ses secrets à l'oreille. Il est comme un escroc occasionnel qui nous soutire notre sympathie jalousement gardée. La pente naturelle de ce pessimisme fait de ce dernier une plainte, une résignation, une supplication. Sous sa forme la plus maligne, c'est un appel caché au "bon sens". Adressé au monde triomphant, il est toujours entendu. Résultat : embrassades sentimentales, le bourreau absout sa victime. – Donc, il faut toujours être prudent, tendre vers une forme achevée, mettre le contenu sous cloche, de manière qu'il reste à la fois visible et inaccessible.

L'ultime reproche que je fais au moraliste, c'est de ne jamais sortir de son cercle. On lui fait jouer un rôle qu'il croit jouer de son propre chef. Le moraliste ne peut pas être un artiste pour la bonne raison qu'il porte des jugements sur le monde au lieu de le créer, se livrant ainsi à une activité parfaitement superflue. Pour se justifier, et en guise de réparation, presque par vengeance, il dépeint sa victime – l'homme – soumise à d'éternelles souffrances morales, alors qu'elle se moque bien de lui, en réalité. Parce que, dans la réalité, la morale est l'élément à la fois le plus indispensable et le plus souple du comportement humain, et je n'ai jamais rencontré d'homme amoral qui ne soit convaincu de sa vérité, si ce n'est de sa supériorité morale. Ce n'est pas la morale en soi qui est intéressante, mais sa déformation dans le miroir de la conscience et de la volonté de vivre, particulièrement dans les situations de dictature totalitaire.

Totalitarisme et théâtre : corrélation latente depuis longtemps. Le théâtre comme usine à distraire. Le public dégradé à l'état de masse. Le plaisir esthétique aliéné comme jouissance et plaisir d'un public transformé en masse : on n'apprécie pas le contenu poétique, mais la ruse et la technique mises en œuvre pour nous dominer. La main velue qui noie sa victime dans du sirop. L'esprit de la comédie donne naissance à la terreur.

Même le mal a une éthique. L'éthique est la lumière transcendante qui traverse toute matière ; sans cette lumière, tout devient incertain et inconcevable. En revanche, sa présence interdit toute contradiction : il est évident qu'elle a un lien intime et profond avec la mort.

Il y a dans la vie d'un homme un moment où il prend conscience de lui-même et où ses forces se libèrent ; c'est à partir de cet instant que nous pouvons considérer être nous-mêmes, c'est à cet instant-là que nous naissons. Le génie est en germe dans chacun. Mais tout homme n'est pas capable de faire de sa vie sa *propre* vie. Le véritable génie est le génie existentiel. J'ose affirmer que presque tout le savoir qui ne nous concerne pas directement est vain.

"He was a lonely ghost uttering a truth that nobody would ever hear. But so long as he uttered it, in some obscure way the continuity was not broken. It was not by making yourself heard but staying sane that you carried on the human heritage." "C'était un esprit solitaire qui répétait une vérité que nul n'entendrait jamais. Mais, étrangement, tant qu'il la répétait, la continuité ne se brisait pas. Ce n'est pas en te faisant entendre mais en restant sain d'esprit que tu continues l'héritage humain*." Shakespeare**.

Burckhardt dit à propos de Giotto qu'il *"jeder Tatsache ihre bedeutendste Seite abgewonnen hat"*, c'est-à-dire qu'il a épié le côté le plus significatif de chaque fait.

Le conformisme ne consiste pas à chercher à vivre en harmonie avec la réalité, mais avec les faits. Qu'est-ce que la réalité ? Pour être bref : nous-mêmes. Que sont les faits ? Brièvement : les absurdités. Le lien entre les deux, brièvement : la vie honorable, le destin. Ou alors : pas de lien, rien que l'acceptation des faits, l'alignement sur une série de hasards. Ainsi, le conformiste devient lui-même un fait, une absurdité. Il perd sa liberté, détruit son centre et se disperse dans le vide des faits. Il ne pourra plus jamais reconstituer sa vie aliénée à partir de particules inconnues qui se fuient dangereusement. Il devient le contraire de

* Trad. Amélie Audiberti. *(Toutes les notes sont des traducteurs, sauf indication contraire.)*

** En réalité, Orwell. *(N.d.A.)* Kertész avait indiqué Shakespeare dans son brouillon et a rectifié dans le texte publié. Il s'en explique dans *Dossier K.* : "Schizophrénie de la dictature. Au cas où on fouillerait dans mes cahiers…"

l'homme : une machine, un schizophrène, un monstre. Il devient victime et bourreau.

1965

Février

Hemingway : "J'avais parfois de la chance, et j'écrivais alors mieux que je ne sais le faire."

Sartre : il n'y a pas de personnages, seulement des "libertés prises au piège", et la valeur de l'homme réside dans sa manière d'en sortir. – Le moraliste typique. Mais du point de vue de la technique romanesque, la remarque est importante.

Finalement, c'est le style, élément choisi arbitrairement et par pure prédilection, qui attire l'attention sur les exigences philosophiques posées par le sujet. Si la vie est telle que le veut le style, le jugement qu'elle contient à l'état latent ne peut être que le refus. Or cela (en parlant de dictature totalitaire) va de pair avec l'impossibilité bien organisée de toute action : les deux réunis sont le fondement de la nausée et de l'onirisme.

1er mai

"Roman d'une absence de destin" – peut-être comme titre, nécessairement comme sous-titre.

Qu'est-ce que j'entends par destin ? De toute manière, la possibilité du tragique. Contrecarrée par une détermination extérieure, une stigmatisation qui engonce notre vie dans une situation imposée par le totalitarisme, c'est-à-dire dans une absurdité : donc, vivre comme une réalité les déterminations qu'on nous impose et non les nécessités qui découlent de notre – relative – liberté, voilà ce que j'appelle être sans destin.

L'essentiel est que cette détermination soit toujours en opposition avec notre perception, nos dispositions naturelles. On obtient ainsi l'absence de destin à l'état pur.

Il y a deux manières de se défendre : soit on devient soi-même ce à quoi on est déterminé (le cloporte de Kafka), de notre plein gré pour ainsi dire, et on essaie d'en faire son propre destin ; soit on se révolte contre cette détermination et on en devient victime. Aucune de ces solutions n'est donc la bonne : dans les deux cas, nous sommes obligés de prendre notre détermination (cet arbitraire purement extérieur qu'il faut accepter comme naturel tout en sachant qu'il est théoriquement soumis à notre pouvoir d'être humain, mais il n'est pas en notre pouvoir de le changer) pour la *réalité* tandis que la force déterminante, cette puissance absurde, triomphe toujours de nous : elle nous trouve un nom qui n'est pas le nôtre et fait de nous un objet, bien que nous ne soyons pas nés pour cela.

Le dilemme de mon "musulman*" : comment façonner un destin à partir de sa propre détermination ? Or cette dernière n'a pas de suite possible : elle perd sa validité historique et tous la désavouent. De sorte qu'il n'en reste rien, si ce n'est le souvenir de la souffrance physique. Et puis la perspective de nouvelles déterminations, bien sûr.

Juin

Gide a introduit la notion d'acte gratuit. Moi, je découvre le contraire : la "souffrance gratuite".

* Le "musulman" désignait dans les camps de concentration un individu en état d'épuisement extrême, indifférent au monde et condamné à court terme.

Je travaille depuis quatre ans à mon roman – ou peut-être plutôt sur moi-même ? Pour voir ? Et pouvoir dire que j'ai vu ?

Ce n'est peut-être pas le talent qui fait l'écrivain, mais le refus d'accepter la langue et les idées toutes faites. Je crois qu'au début, on est tout simplement bête, plus bête que ceux qui n'ont pas de mal à comprendre. Alors on se met à écrire comme pour se rétablir d'une grave maladie, pour maîtriser sa folie – ne serait-ce que le temps de l'écriture.

L'incroyable cécité de la conscience humaine me bouleversera toujours. Ils parlent de déjeuner et de sieste et ne voient pas que le canapé où ils s'allongent est leur cercueil.

Je ne pourrais jamais être le père d'un autre être humain.

Il n'a ni haine ni révolte. C'est un soldat discipliné aux mains des autorités médicales. L'autre lit est occupé par un jeune homme plein de haine. Après un long silence, il dit à sa femme, presque en grinçant des dents : “Le printemps revient.” – Quelle est la fonction du comportement de l'un et de l'autre ? Qu'est-ce qui meut les hommes ? Qu'est-ce qui les retient et qu'est-ce qui les rend fous ? Remarques inutiles et stériles.

A ce stade de l'agonie, il fut pris de colère. Couché, les yeux fermés, il hoquetait. Il semblait avoir perdu conscience, mais ce n'était qu'un jeu. A l'instant où ma mère se détourna de lui pour ranger quelque chose sur la table, il entrouvrit les yeux. Je discernai une sorte de ruse extraordinaire dans le regard qu'il posa sur elle. Il referma les paupières quand arriva sa belle-sœur, qu'il ne supportait pas.

Il fit un rapide geste d'apaisement en direction de ma mère et de moi-même afin que nous gardions le silence. Il répéta ce geste plusieurs fois, comme plongé dans un travail qui nécessitait une concentration exceptionnelle et dont il ne fallait pas le distraire. Il réagissait à tous les bruits et craquements de chaise avec une vive irritation, non que le bruit en soi lui causât des souffrances, mais plutôt parce qu'il le dérangeait dans son travail. Il concentrait toute son attention sur sa respiration, les battements de son cœur et ses douleurs, s'efforçant de les maintenir en ordre. Il avait à l'évidence besoin d'être seul pour accomplir cette tâche. Soudain, le sachet en papier qui contenait des bananes se déchira bruyamment. Il détourna la tête avec souffrance et, en même temps, une jubilation secrète : tout lui donnait raison.

1966

L'écrivain ne peut créer un monde plus insensé que Dieu.

1. Les proportions : problème de mesure et de matière.

Kafka et Faulkner. (Surtout *Lumière d'août.*) L'abondance et le surdosage du vécu foisonnant le font apparaître comme le maître obscur de la vie. Pourtant Kafka en sait plus que lui sur la vie, il en connaît mieux les secrets obscurs. Pourquoi est-il plus élevé, et donc plus serein et plus réconfortant ? – Le juriste fait taire l'imagier.

2. Le piège de la personnalité, la psychologie, la passion. Quel est notre véritable rapport à nos passions, quelle part exacte y prenons-nous ? – L'histoire de Swann. Le coup de feu de Meursault.

Plus précisément : établir les motivations psychologiques individuelles dans les salles de torture de l'Etat totalitaire. Mais cela ne sert à rien, car l'essentiel est ici le rôle, la capacité d'être victime ou bourreau, ainsi que le fonctionnement des rouages de la machine de mort – et non les cas individuels. L'individualité peut tout au plus pleurer son passé, si toutefois elle peut s'exprimer. De ce point de vue, il n'y a pas d'humanité à visage multiple, de personnages complexes et profonds, de personnalités distinguées, puisque l'essence du totalitarisme, c'est l'uniformisation.

3. Le héros littéraire. Comment faire, si l'individu n'est rien d'autre que sa situation, une situation dans "le donné" ? – Il reste possible de sauver quelque chose, une petite incongruité, une sorte de comique et de faiblesse ultime qui indiquerait une volonté de vivre et qui inspire toujours la sympathie.

Le problème suivant est que l'homme fonctionnel n'est pas représentable. Mais du moment qu'on s'apprête à le représenter, reste à savoir sous quel angle on va le faire.

Si on voit sa situation sous un angle tragique, on pleure quelque chose d'inexistant, l'illusion du monde civilisé d'avant Auschwitz (et qui a conduit à Auschwitz), un humanisme qui n'a jamais existé. N'est-ce pas follement anachronique ? follement innocent ? En d'autres termes : n'est-ce pas un mensonge ?

La question qui en découle est donc la suivante – et c'est la plus importante : comment représenter quelque chose sous l'angle de la totalité, mais sans épouser le point de vue du totalitarisme ?

Non pas les juifs, mais l'homme, s'il se trouve qu'il est juif : le "juif" comme situation dans le totalitarisme.

Schopenhauer : "[...] le plan et l'unité ne se trouvent pas dans l'histoire universelle [...] mais dans la vie des individus." Et puis : "Les individus sont la réalité*." Et surtout : "Ni notre action ni le cours de notre vie ne sont notre œuvre, mais notre être et notre existence, que personne ne considère comme tels, sont bien notre œuvre."

L'idée que quiconque puisse comprendre ce que je fabrique en secret et le mode de vie qui s'ensuit m'est tellement étrangère que je suis capable de me moquer ouvertement de moi-même devant n'importe qui, sans pour autant me sentir le moins du monde ridicule.

Serai-je capable d'évoquer avec justesse le camp de concentration ? Est-il possible que ce soit là la signification profonde de mon mode de vie particulier, de ma réclusion volontaire ? Et se peut-il que l'achèvement du roman marque ma propre délivrance ?

Kierkegaard : l'acceptation du "donné" n'est autre que l'acceptation de conventions et de hasards funestes. – N'est-ce pas ?!...

Robbe-Grillet : "Comme la notion de monde n'était pas remise en question, la narration ne présentait pas de problème" (au siècle passé). Puis : "Rien n'est plus fantastique, en définitive, que la précision" – à propos du *Château* de Kafka (si toutefois la précision n'est qu'une fiction, c'est-à-dire une question de choix).

Caïn et Abel. Le summum, c'est incontestablement le dialogue de Caïn avec Dieu. L'avertissement presque provocateur de Dieu, puis Son silence jusqu'au crime. Après quoi Il étend Son bras

* Trad. Marie-José Perrin-Segissement.

protecteur sur l'assassin. Quel manipulateur ! Un vrai dictateur.

1968

28 juillet

Les préfaces sont tellement intéressantes ! Dans la longue introduction de la *Critique du jugement* (qui en réalité met en garde le lecteur contre Kant), on lit que l'esthétique, la sensibilité à l'esthétique, le fait esthétique tout entier "n'est naturellement (!) pas une propriété anthropologique innée de l'homme". Oui : déposséder l'homme de tout ce qu'il a d'éternel, d'inaltérable, de tout *principe*, pour le voir tel qu'on veut le rendre : un être sans substance, asservi au totalitarisme, un homme fonctionnel.

Le *Journal de Nuremberg* de Gilbert, ses rapports singuliers avec mon travail. Par exemple, les propos de Keitel selon lesquels Hitler voulait faire apparaître comme une "fatalité inévitable" ce qui ne l'était en aucune manière, qui aurait pu se passer autrement, voire n'aurait pas dû arriver du tout. Voilà bien ce qu'est *être sans destin*, à un autre niveau. Dans le totalitarisme, tout se déroule sous le signe du destin et de la fatalité. Ces dénominations sont censées dissimuler le néant, le Néant absolu qui produit toutefois des monceaux de cadavres, la destruction et l'ignominie.

Gilbert à propos de Rudolf Höss, le commandant du camp d'Auschwitz : "On a l'impression générale d'un homme qui est intellectuellement normal, mais avec une apathie de schizophrène, une insensibilité et un manque d'énergie [...]*." Le

* Trad. Maurice Vincent.

diagnostic est juste et ne concerne pas le seul Höss, mais plus généralement la maladie dont le système totalitaire infecte les hommes. C'est pourquoi je trouve inintéressants les efforts de G. pour trouver à Höss des motivations (parents, éducation, mariage, vie sexuelle, etc.). Finalement, tout le monde a une histoire, mais cette apathie schizoïde n'est pas un phénomène individuel : on l'observe chez les subordonnés, les supérieurs hiérarchiques de Höss et les détenus d'Auschwitz au même titre que chez Höss lui-même, bien que leurs motivations particulières soient complètement différentes.

On les abaisse pour pouvoir dire d'eux : Ils se sont abaissés.

Atteindre les profondeurs des personnages et des concepts – avec les moyens de la surface. Ne communiquer que le communicable, espérer que, par son caractère achevé et peu disert, l'œuvre constituée du seul communicable saura en dire plus sur l'incommunicable que si j'essayais de le saisir directement. Une dépersonnalisation dont l'histoire se développe aussi lentement et inexorablement que celle d'une personnalité. Employer les vieux mots de la moralité pour démontrer leur absurdité. Ne pas penser à Nietzsche (le "premier immoraliste"), mais à un monde où n'existent ni foi ni négation, et où le fait se manifeste dans sa singularité propre, dans son essence unique, sans aucun système de valeurs contraignant, dans le conflit particulier de la contingence du développement individuel et le conflit général du système des développements, selon ce grand et insondable mystère. – C'est d'ailleurs pour cela que, du point de vue de la forme d'existence et du type de personnalité européens (c'est-à-dire qui ont connu le traumatisme d'une culture et d'une tradition éthique), l'expérience de l'Etat totalitaire est devenue plus importante que tout ; parce que ce vécu a complètement détruit non seulement le mythe mais aussi, à peu de chose près, la notion même de personnalité.

Joie factice du discours sur l'événement scandaleux et aucunement naturel qu'est la venue au monde d'un nouveau-né, sa sortie du corps de sa mère par les organes génitaux de celle-ci.

1969

Octobre

Au chapitre suivant, j'arrive à Auschwitz.

On ne peut rien imaginer sans Himmler vomissant lors de l'exécution massive de Minsk et aussi, paraît-il, devant le judas de la chambre à gaz d'Auschwitz. Pas de doute : c'est ainsi qu'il comprenait l'impératif catégorique de Kant. – L'excellente remarque de Delarue à propos de Himmler : il prenait l'éthique au sérieux. En revanche, je ne peux pas souscrire à l'analyse du docteur Bayle : "inaptitude congénitale aux idées générales". Il me semble au contraire qu'il avait bel et bien le sens de l'abstraction, mais qu'il souffrait du manque radical d'imagination qu'on observe chez presque tous les "dirigeants". Quant à sa remarque sur le "fonctionnement quasi mécanique de la pensée [qui doit] être considérée comme une pensée pathologique", elle est juste, car ce fait est apparenté à cette maladie, à l'absence de sens des réalités, au manque d'imagination. Fondamentalement, il s'agit de la même "apathie schizoïde" que Gilbert avait déjà diagnostiquée chez Höss.

1970

26 décembre

Matin de Noël. Agitation, hésitation. J'ai besoin d'éclaircir et d'établir théoriquement l'activité romanesque. Voici ce qui me préoccupe : après avoir lu Adorno, je vois à nouveau clairement que mon roman utilise la technique de la composition dodécaphonique, c'est-à-dire sérielle, et donc intégrée. Elle fait disparaître les personnages libres et les possibilités de rebondissement de la narration. Les personnages deviennent des motifs thématiques qui apparaissent dans la structure d'une totalité extérieure au roman ; la Structure nivelle chacun des thèmes, elle efface toute profondeur apparente de l'individu, les "développements" et variations des thèmes étant au service exclusif du principe directeur de la composition : l'absence de destin. Cela s'applique aussi au récit lui-même. La Structure en détermine le déroulement, et par conséquent les rebondissements en tant qu'échappatoires, les solutions anecdotiques parcellaires, éléments apaisants ou fantastiques et "exceptions" ne sauraient entrer en jeu. *Idem* en ce qui concerne la caractérisation psychologique : le récit est déterminé par la totalité de la Structure et sa clarté est fonction de la part que nous prenons à la création de la Structure. Les thèmes se déroulent et se développent de façon linéaire – il n'y a pas de reprise, rien qui puisse s'inverser ou se répéter –, et la composition s'achève avec la fin du traitement, avec l'épuisement de toutes les variations possibles à l'intérieur de la seule possibilité, mais cet achèvement laisse néanmoins tout ouvert. – Cela voudrait dire qu'au lieu de "représenter", l'œuvre *deviendrait ce qu'elle représente* : la structure extérieure se transformerait en structure esthétique, les lois sociales en principes romanesques. Le texte lui-même est un processus, non une description, un temps et une présence, non une explication – il remplit toujours et partout une fonction essentielle, jamais "extérieure" ou "littéraire", bref, il n'est jamais vide. Le point de départ n'est pas le caractère de l'individu, sa métaphysique ou sa psychologie, mais le domaine exclusif de sa vie, de son existence liée – de manière positive ou négative – à la Structure, à ce qu'il lui a donné ou à ce qu'elle lui a pris. Le roman structural considère les autres éléments constitutifs de l'individu comme négligeables, tout simplement parce qu'ils le sont. – Par conséquent, le roman sera caractérisé par un certain manque, le manque de "plénitude de la vie" qu'exigent les esthètes, manque qui correspond d'ailleurs parfaitement à cette époque mutilante. – En outre, cette technique n'est une victoire que si elle est aussi "inaudible" que dans les œuvres dodécaphoniques. Pourtant, si l'unicité, le fantastique (le fantastique de la précision), la temporalité et l'absence de destin produisent l'effet d'une expérience vivante, ce sera dû à cette technique.

1971

Avril

Je dois admettre que je travaille sur un matériau contrôlé et contrôlable. Non seulement ne pas éviter les figures imposées, mais m'y tenir strictement : la montée dans les wagons, le voyage, l'arrivée à Auschwitz, la sélection, la douche et la distribution des vêtements – tout ceci constitue une succession obligatoire, comme les stations du chemin de croix consignées dans les mystères du Moyen Age. En somme, la grande question est la suivante : comment résoudre le problème du gouffre apparemment infranchissable qui sépare le matériau et le principe scénique, comment éviter le drame qui se tapit perfidement derrière la stylisation et n'est tout simplement pas vrai dans cette situation puisqu'il provient d'une vision rétrospective – "l'histoire", construction fixant *a posteriori* des événements qui, à l'origine, se sont déroulés d'une manière totalement différente ?

Dieu (en feuilletant le livre de Mary McCarthy) : mais pour l'amour de Dieu ! Ce qui compte, ce n'est pas de savoir s'Il existe ou non, c'est uniquement de savoir pourquoi nous croyons qu'Il existe ou non.

Je passe la matinée à comparer des cartes géographiques. Je commence à comprendre : tout ce qui est indiqué comme étant à droite sur le quai, y compris pour l'officier qui fait la sélection, se trouve à gauche de mon point de vue. Je regarde à la loupe la photo des arrivants (peut-être celle des habitants de Técső, dans la région de Máramaros, utilisée lors du procès Eichmann ?). Sourire, sérénité, assurance. Oui, dans le fond, tenir à la vie même dans les conditions du totalitarisme contribue au maintien de ce dernier : c'est une technique d'organisation élémentaire. Il faut en prendre conscience pour que disparaisse le sentiment aliéné qu'on éprouve pour le totalitarisme. Cette prise de conscience et la revendication de celle-ci sont des actes de liberté ; pourtant, cet acte de liberté, cette illumination – qui revient à assumer sa complicité – se heurte toujours aux protestations des survivants. C'est ainsi que se forme un destin sans destin, qu'on passe d'une aliénation à une autre, c'est ainsi que rien ne finit jamais : même les morts sont menacés de résurrection.

Le littérateur qui sort vainqueur, c'est-à-dire “avec succès”, du matériau des camps de concentration est sans conteste un tricheur et un menteur : voilà comment tu dois écrire ton roman.

A propos du langage : il faut toujours avoir à l'esprit que la totalité nous exclut également de notre propre vie intérieure.

Weininger. Cette façon qu'il a de faire passer les caractéristiques d'une minorité de petits-bourgeois, déterminées par leur situation particulière et qu'il a sans doute observées à Vienne, pour des particularités juives. Sottise criminelle qui a trouvé de nombreux adeptes et dont le trait le plus monstrueux est une haine de soi brutale, la conscience d'être marqué du sceau du malheur, maladie nullement juive mais tellement petite-bourgeoise, renoncement ignoble, empressement à aller au-devant de la hache du bourreau. De ce point de vue, les terribles flammes d'Auschwitz ont pour ainsi dire nettoyé l'atmosphère. A la lumière de ces flammes, Weininger fait penser à un kapo singulièrement pervers qui, non content de tourmenter les autres, s'en prend à lui-même à ses moments perdus.

1972

Le fantastique et l'anecdotique : ils peuvent se justifier s'il est évident qu'ils font partie de la Structure et en sont des éléments constitutifs. Ainsi, sauver quelqu'un constitue structurellement la même absurdité que de l'arrêter et de l'enfermer dans un camp de concentration, et en tant que tel, cet acte n'est rien d'autre, musicalement parlant, qu'une série rétrograde, mais (ou plutôt : donc) il est constitué de la même matière.

Juin

Je crois que mon personnage est un être unique, puisqu'il se compose exclusivement d'indéterminations, de réflexions et de tropismes : toujours et partout, seule la souffrance que lui inflige le monde le fait s'exprimer, sinon il ne saurait pas parler ; lui-même ne fait jamais parler le monde. (Comme ne serait-ce que Meursault : "Le ciel était vert, je me sentais content." "J'avais laissé ma fenêtre ouverte et c'était bon de sentir la nuit d'été couler sur nos corps bruns." Etc.)

1973

Août

Piscine. Longueurs. Dostoïevski : *Les Possédés.* Stavroguine est aussi grandiose et démesuré que l'est, à sa manière, Aliocha dans *Les Frères Karamazov.* Tout est également grandiose et démesuré dans *Anna Karénine.* Un peuple qui se pénètre de sa propre vocation produit toujours une bible, une littérature biblique ; l'athéisme n'est peut-être rien d'autre que la liberté des nations sans avenir (et je conçois cela au sens le plus large).

Le pouvoir dans sa projection littéraire : le privilège du droit à l'objectivation.

Il serait intéressant d'examiner de ce point de vue les manifestations de l'esprit au cours des siècles : ce serait là une véritable analyse, l'histoire spirituelle du pouvoir, pour ainsi dire.

J'entends dire que j'arrive trop tard avec "ce sujet". Qu'il n'est plus d'actualité. Qu'il fallait traiter "ce sujet" plus tôt, il y a dix ans au moins, etc. Mais moi, c'est maintenant que je me suis rendu compte que rien ne m'intéresse autant que le mythe d'Auschwitz. Quand je pense à un nouveau roman, je pense uniquement à Auschwitz. Quelles que soient mes réflexions, elles portent toujours sur Auschwitz. Même si je parle d'autre chose en apparence, je parle d'Auschwitz. Je suis le médium de l'esprit d'Auschwitz, Auschwitz parle par moi. Tout le reste me paraît inepte. Et il est sûr, absolument sûr que ce n'est pas uniquement pour des raisons personnelles. Auschwitz et tout ce qui en relève (mais qu'est-ce qui n'en relève pas désormais ?) est le plus grand traumatisme que l'homme européen ait subi depuis la croix, même s'il lui faudra des dizaines, voire des centaines d'années pour le comprendre. Et sinon, tant pis. Mais alors pourquoi écrire ? Et pour qui ?

Les bourreaux ne peuvent pas souffrir les gémissements de l'humanité battue. De même qu'ils passent de la musique dans les chambres de torture pour étouffer les cris des victimes, ils étouffent la rumeur sourde de la vérité avec le tapage affligeant de la prétendue littérature humaniste.

Si Dieu est mort, qui rira le dernier ?

La correspondance de Goethe et Schiller. Comme c'est exquis ! Elle nous donne une certaine idée du paradis des dieux d'où nous avons été chassés pour l'éternité.

Antal Szerb. Son article émerveillé sur le pont des Chaînes et sa déclaration secrète de loyauté en 1942. Deux ans plus tard, il était assassiné et le pont des Chaînes, dynamité.

1974

Quel vide ! Quelle chute !

"C'est mourir sans mort et ne rien avancer / Qu'ainsi balancer / Dans le ventre obscur du malheur resserré." (Agrippa d'Aubigné.)

"[...] comme si l'art cherchait à inculquer les modes de comportement réels qui permettront à l'existence mutilée d'hiverner pendant l'ère glaciaire qui la surprend*." (Adorno.)

Camus : "Tout écrire – comme cela viendra." (Mais cela ne vient pas.)

Le suicide qui me convient le mieux est manifestement la vie.

Le classicisme comme idéal de Hitler. (Dans le livre d'Albert Speer.) Il avait une horreur absolue du moderne. Tout dictateur veut dépouiller l'art de toute expression et le réduire à un pur formalisme : le classicisme est alors ce qui lui convient le mieux, car il y trouve aussi du monumental ; quoiqu'un certain modernisme fasse aussi l'affaire, s'il est suffisamment vide et qu'il se réduit à quelques ornements.

La radicalité de Nietzsche. Il ne supportait pas de ne pas être aussi un prophète. C'est un

* Trad. Jean-Louis Leleu.

paradoxe, mais de ce point de vue Kant était plus radical : ne rien vouloir hors la critique – ce sens de la mesure est la véritable radicalité.

Se fier à l'invraisemblable comme point de départ qui mène au vraisemblable, voire au plausible.

Je suis émerveillé, je n'en crois pas mes yeux : au lieu de gémir sous la poigne de fer de la tyrannie, il ronronne.

Kafka. Maux de tête permanents. Ecrire, s'interroger avec fureur et angoisse sur sa production littéraire, mais écrire, sans croire un seul instant être compris et accepté par les autres, sans même croire en sa propre réussite – au sens noble du terme. D'un point de vue artistique, seule l'illégalité est imaginable. Et tout cela a une seule cause : Prague. (Budapest.)

En feuilletant mon journal de galère : où sont mes jours, où est ma vie ? Est-elle si inexistante ou si honteuse ? C'est peut-être pour cela que je me stylise ? Avec une conviction tellement faiblissante !… Mais que faire ? Je crois de moins en moins à la "littérature", à la fiction. L'homme n'est pas seulement consommateur, il est aussi consommé ; la part qu'il réserve à l'art (la meilleure) semble s'amenuiser peu à peu. Que reste-t-il ? Peut-être l'exemple (l'existence) : c'est à la fois plus et moins que l'art. Pourtant, je ressens toujours plus fort le besoin de *témoigner*, comme si j'étais le dernier à être encore en vie et à pouvoir parler, et je m'adresse à ceux qui survivront au déluge, à la pluie de soufre ou à l'ère glaciaire – temps bibliques, terribles cataclysmes, époque de silence. La race supplante l'homme, l'individu est balayé par le collectif, pareil à un troupeau d'éléphants en furie.

Le mutisme est la vérité. Mais une vérité muette, et seuls ceux qui parlent auront raison. Le mutisme ne serait une vérité efficace que s'il était total et si Dieu existait : s'il s'opposait à Dieu. On pourrait alors parler d'une sorte de grève du genre humain qui présenterait à Dieu des revendications salariales célestes.

Ce silence, ce néant : comme c'est déprimant. Mais quelque chose de médiocre serait encore plus déprimant. C'est bien comme ça – pour l'instant ; ensuite, il faut qu'il y ait autre chose, ou rien.

La sociologie est la philosophie de l'époque : elle en montre la misère.

Juger l'époque du point de vue d'une élite. Mais de quelle élite ? Qu'est-ce que l'élite ? Et qui sont-ils (si toutefois on les a laissés en vie) ?

Existe-t-il une "continuité du droit" de l'esprit ? (Camus, citant Shelley, je crois : "Les poètes sont les législateurs du monde.")

Malcolm Lowry : *La Traversée du Panamá*. Grande découverte. La route du véritable écrivain ne passe-t-elle pas par la nature ? Est-ce que je ne lis pas trop de théorie ? Ne suis-je pas trop "littéraire", trop politique, trop centré sur mon trou à rat ? Est-ce que je ne sens pas trop l'Europe de l'Est, la superstructure ? Un écrivain devrait toujours parler de la mer, et toujours comme s'il la voyait pour la première ou la dernière fois : la mer, le volcan et l'homme libre dans la nature. (Mais existe-t-il encore ? A moins qu'on ne veuille parler des Pygmées.)

Il faudra que j'évoque mon enfance et mon adolescence difficiles. Quel était mon problème fondamental ? Le dégoût, non, plutôt la répulsion, ainsi que des réserves radicales sur tout, une ironie et une critique doublées du refoulement effrayé de cette répulsion et de cet intellectualisme critique instinctif (et donc de mon unique moyen de défense), la mauvaise conscience permanente qui en découle. Admettre les valeurs de mon entourage, considérer les miennes comme minables. Tous mes échecs venaient de là. De ne pas pouvoir (mais le voulais-je seulement ?) satisfaire à mes obligations. Somnolence permanente, torpeur, inattention, absence de convictions internes et externes, mensonges incessants – je fuyais, pis : je me cachais. Sentiment d'inutilité totale. Tout cela a duré longtemps, très longtemps, jusqu'à l'âge de vingt-six ou vingt-sept ans, âge où les "tables d'airain" ont commencé à se briser en moi. Mais avec cette (assez) mauvaise conscience et ce sentiment de culpabilité qui m'habitent toujours.

Pourquoi donc tenait-il à Felice ? Elle l'impressionnait terriblement. Elle représentait son surmoi. La nécessité d'admirer et de mépriser : il devait vivre ainsi, mais il ne le pouvait pas. L'épouser et désirer un enfant – et en même temps la fuir sans cesse, supporter ses blessures, se cacher, mourir. Tout cela est naturel, très naturel. Le résultat de la vie de famille est l'enfer des vertus bourgeoises et petites-bourgeoises. Eduquer signifie planter puis veiller à arroser, surveiller le développement pathologique de la mauvaise conscience. Mais on s'y habitue et on en arrive à aimer ses souffrances, on finit par les prendre pour des vertus.

La peur de la mort est la plus intense et la plus agressive chez l'Européen. Les cultures des autres continents le montrent bien : la "réalisation de soi" y a moins d'importance.

Camus : Dans une bonne tragédie, tous les personnages ont raison.

*Sorstalanság** : douze lettres. C'est un hasard, certes, mais un hasard significatif.

Un ami que je n'avais pas vu depuis vingt-cinq ans. Il me parlait de quelqu'un : de moi tel que j'étais quand il m'a connu. Je l'écoutais, ahuri, j'essayais de correspondre au personnage qu'il connaissait mais que j'avais oublié depuis bien longtemps. Ensuite, nous avons pris congé et j'ai à nouveau savouré ma liberté, à savoir l'être que je ne suis plus, celui qui mûrit vaguement en moi, l'intermédiaire ineffable et dont je vis la vie secrète.

Après Kafka, la fiction exige une présence totale : c'est tellement différent de "l'engagement" sartrien. L'écrivain qui "se penche sur" les destins, c'est-à-dire l'écrivain menteur, l'écrivain moralisateur, l'écrivain à thèse. Or, une voix n'est crédible que si elle vient du plus profond du destin, d'un homme que son destin écrase, qui ne choisit pas parmi les destins.

Une parenthèse du *Journal* : *"(Ich finde die «K.» hässlich* – je trouve les «K.» laids –, *sie widern mich fast an* – ils me dégoûtent presque – *und ich schreibe sie doch* – et pourtant je les écris –, *sie müssen für mich sehr charakteristisch sein* – ils doivent être très caractéristiques pour moi**.*)"* Comme tous

* Ce mot, littéralement "absence de destin", deviendra le titre de son roman traduit en français par *Etre sans destin* (Actes Sud, 1998).

** Trad. Marthe Robert.

les vrais artistes, il travaille contre lui-même. Dans la réification – qui n'est rien d'autre que la forme patente de l'œuvre, c'est-à-dire la liberté qui se manifeste dans la création –, l'artiste se perçoit comme un impératif substantiel, le distillat nécessaire d'un moment historique : ce dont Kafka a horreur, c'est le K. du *Château* et le K. du *Procès*, ces distillats de lui-même qui ne contiennent pour ainsi dire plus rien de personnel dans leur concrétisation, mais seulement une généralité devenue étrangère mais légitime. Kafka est un exemple pour tout art radical : suivre la route jusqu'au bout avec dégoût. Ce dégoût est refus de l'illusion (de la beauté), condamnation du conformisme, du décorum petit-bourgeois de la conscience (apologie de la propriété et mythe de la profondeur spirituelle).

Mikhaïl Bakhtine. Ses travaux sur la langue du roman. Dès les années vingt, il a exprimé la nécessité d'une analyse formelle – et uniquement formelle – du roman. Il est emprisonné : ça ne m'étonne même plus qu'on puisse jeter un savant dans une chambre de torture pour la simple raison qu'il se livre avec ferveur et application à l'analyse formelle du roman dans le silence de son bureau, l'avoue naïvement et en est peut-être même fier, allez savoir. Ses écrits commencent à être diffusés, par fragments. "De même que l'homme ne coïncide jamais totalement avec sa situation concrète, de même le monde ne coïncide jamais totalement avec le discours qui le décrit", écrit-il. Puis : "Le mythe d'un seul langage et celui d'un langage unique périssent en même temps*." – Eh oui, si je veux, je peux y entendre le gémissement d'un homme vivant sous la dictature, celui du fugitif qui

* Trad. Daria Olivier.

se cache au milieu des langages – hélas, même sur ce terrain-là, il est rattrapé et enfermé dans la “situation réelle” des camps.

Projet de vie, principe de vie : cela semble impossible. *As though to live in a war**. Etre apatride comme perspective la plus séduisante. Je sens que telle est vraiment ma vocation. Le problème de la langue : j'y crois sans y croire. Ce n'est plus le même qu'autrefois. Je peux imaginer une langue où tout est uni et se mélange. Où on comprend tout, pour peu qu'on le veuille. Le problème, c'est la limpidité des pensées : est-ce une question de langue ou, pour ainsi dire, celle de l'instinct de l'esprit ? – Seule l'expérimentation pourrait apporter une réponse.

“Savez-vous ce qu'est la solitude dans un pays qui se célèbre tout le temps, qui se vautre dans l'ivresse incessante de l'autosatisfaction ? Eh bien, je vais vous le dire…”

Il y a plus de trente ans que les grands Français ont pensé tout ce que j'écris, semble-t-il. Mais eux, ils ont pu croire qu'ils parlaient d'une forme d'existence éphémère de l'humanité, ils ne pouvaient pas savoir que leur passé était mon avenir. Il apparaît que seul Orwell le voyait clairement.

Dilthey. Renoncement grandiose au rêve de toute construction historique. L'esprit allemand comme scène des grandes constructions et des grands effondrements. Le pays. Le paysage. Les grandes plaines, les forêts vertes, le triste bord de mer. Le désir de Sud. L'aspiration à une spiritualité pure,

* En anglais : “C'est comme vivre en guerre.”

déterminée. Mecklembourg. Brumes. Bavière, agriculture, élevage. Allemagne centrale : Moyen Age, industrie moderne. Commerce. Hegel. L'histoire est l'objectivation de l'esprit. L'esprit objectif en tant que nazisme. L'esprit absolu en tant qu'Auschwitz. Eh oui. "Hegel construit métaphysiquement ; nous analysons le donné. Et l'analyse actuelle de l'existence humaine nous conduit tous à ressentir notre fragilité, la puissance d'obscures forces pulsionnelles, notre souffrance face à ce qui nous reste inaccessible et face aux illusions, la finitude inscrite dans tout ce qui est vie, même quand en naissent les créations supérieures de la vie collective. Aussi ne pouvons-nous pas comprendre l'esprit objectif à partir de la raison, mais nous devons revenir à l'ensemble structurel des unités vitales tel qu'il se prolonge dans les communautés*." Dilthey : *L'Edification du monde historique dans les sciences de l'esprit*, vers 1910. (Cf. la vision de l'histoire dans *Etre sans destin*.)

Dans certains cas, le suicide n'est pas acceptable : c'est pour ainsi dire un manque de respect envers les malheureux.

Ecrire *la* Vérité ou *ma* vérité ? Ma vérité. Et si ce n'est pas la Vérité ? Alors écrire l'erreur, mais la mienne.

1975

Avril

Parution d'*Etre sans destin*. Je me suis sondé en toute sincérité : je suis libre et vide. Je ne désire rien, ne ressens rien. Tout au plus la honte de la procédure.

* Trad. Sylvie Mesure.

– Les trompettes se turent. “Nous avons vaincu !” soupira le général, puis il mourut.

Simmel : “Nous ne sommes vraiment persuadés de suivre les lois de notre propre nature – et cela est tout de même de la liberté – que lorsque les manifestations de cette nature se distinguent de celles des autres. Seule notre singularité prouve que notre forme d’existence ne nous est pas imposée par d’autres*.”

Ma pensée a été détruite par les maîtres à penser et les idéologies. Me détourner de l’histoire vers un formulable définitif.

En fin de compte, qu’est-ce que la liberté ? Diriger nos pas chancelants dans la nuit polaire vers une étoile que nous avons choisie tout en sachant pertinemment que nous ne l’atteindrons jamais. Mais pourquoi avons-nous choisi une étoile ? Parce qu’il fait sombre, à l’évidence. – Une question en amène une autre, les questions s’enchaînent et la chaîne est ininterrompue.

Je sais ce qu’est la liberté : la liberté est *ce* qui n’existe pas. Soupir, idée, absolu. Nous vivons dans le concret, nous aspirons à l’absolu et nous finissons dans le néant, parce que la mort est la rencontre terrifiante du concret et de l’absolu et qu’elle constitue pour le sujet une union ironique. Et la plus grande ironie est que le sujet n’en fait même pas l’expérience, parce que la mort n’est pas une expérience.

Le démon. L’interprétation de *Don Juan* et de *Faust* chez Kierkegaard. Le *Mozart* de Mörike. Le mode d’expression représentatif du Moyen Age

* Trad. François Ferlan.

dans l'art. Séduisant. Après le "réalisme", le naturalisme et le moralisme, serait-ce le retour de l'art ? Dans un certain sens, Meursault n'est-il pas un démon, et les K. aussi ? – Qu'est-ce que le Moyen Age ? Que sont les archétypes ? Que sont les Temps modernes ? Le Moyen Age : le démon ; le bourgeois : l'homme sociable (et relatif) ; les Temps modernes : la structure, (l'homme) consommant et consommé. Les manifestations irrationnelles (je pense à mon histoire de bourreau) : incursions dans le démoniaque, mais manipulées et structurellement orientées, disciplinées et organisées par l'Etat. Ce ne sont donc pas de véritables incursions : l'expérience démoniaque n'a jamais lieu. Or la projection esthétique et figurative, et plus généralement toute sorte de projection médiate (intellectuelle) la montre comme si elle avait eu lieu : après Dostoïevski, *Le Docteur Faustus* en est peut-être le meilleur exemple (ou fiasco ?). C'est à la fois vrai et faux. Le diable – oui, mais abstrait. La vérité moderne est que le démoniaque reste malgré tout inaccompli, à cause de la structure existentielle. Le désir du démoniaque, c'est l'absolu, or le concret de l'absolu, c'est le totalitarisme – alors qu'à Auschwitz il n'existe que des cadavres, des excréments nauséabonds et une misère corporelle incommensurable. Le démoniaque ne peut se vivre dans un groupe organisé, à cause du groupe, de la bureaucratie, de la morale collective imposée au groupe par l'organisation. Richard III est un produit du Moyen Age – ou peut-être seulement celui d'une projection spirituelle du Moyen Age. Que reste-t-il ? Le réalisme psychologique, le temps et la structure. C'est dans ce triangle qu'il faut prendre le démoniaque sur le fait, plus précisément la possibilité de transmission du démoniaque.

Le traitement moderne du démon. Le démon n'est pas une âme, pour autant que l'âme (la psyché) est individuelle ; le démon est atavique, son domaine est donc le typique et le mythique : le démoniaque est à la fois super- et subpersonnel. Il faut relever la présence du démoniaque dans l'histoire qui lui sert à effacer l'individu. En même temps – du point de vue de l'individu – cet effacement est une tragédie, la tragédie de la psyché. La valeur de la psyché est à la mesure de la tragédie – et c'est cela qui exprime son caractère de présent perpétuel et la valeur de la psyché qui y réside, plus généralement celle de toute sa conscience et du contenu de celle-ci. (Voyons, n'est-ce pas le cas des *Possédés* ou des *Frères Karamazov* ? Même si Dostoïevski met plutôt en scène des personnages types, à la manière du Moyen Age, tout en créant l'univers exemplaire d'une vallée de larmes biblique, et non un monde structurel.)

Si je peux encore espérer quelque chose, c'est de ne pas avoir raison. Mais la réalisation de cet espoir tuerait à coup sûr le romancier qui est en moi.

La notion de "juif" telle que nous la connaissons date du Moyen Age, en aucun cas de l'Antiquité gréco-romaine, et encore moins des temps bibliques.

L'exil est mon royaume.

Mais si la liberté n'est pas une évidence – puisque la liberté est *ce qui n'existe pas* –, ne pouvons-nous analyser nos objectifs sous le seul angle de la psychologie ? Et la psychologie n'est-elle pas une évidence ? En fait, il faut analyser les conditions existentielles de la structure existentielle. Nous verrons alors que cette structure est déterminée principalement de l'extérieur (elle est "sociohistorique"). Mais la minuscule brèche qui persiste contient de la dynamite. On ne sait pas où et quand la mèche s'allumera, mais en un instant elle fera de la brèche un abîme qui engloutira la totalité. C'est dans ce recoin de liberté invisible et généralement inconscient qu'il faut chercher le facteur mystérieux et imprévisible, la raison qui fait que le pouvoir exige et obtient de ses sujets le maximum, mais qu'il ne peut ni exiger ni obtenir *tout* de leur part. Après des tentatives d'abnégation non totalement dépourvues de plaisir, l'homme oppose sa personnalité à la totalité ; face au maximum, il ne le fait pas nécessairement. – Peu importe : le fait est que la question de la liberté nous amène à celle de l'être et de la personnalité ; et comme ces questions n'ont pas de réponse, un homme raisonnable ne peut pas parler sérieusement de la liberté. Néanmoins cette dernière est la question la plus importante ; et si on veut *vraiment* être sérieux, il faut en rester à ce paradoxe.

Je suis descendu acheter un journal. Je n'avais qu'à traverser la rue et donc, sachant que je reviendrais tout de suite, j'ai branché ma cafetière électrique. Et qu'est-il arrivé ? Je suis revenu. Comment ai-je pu faire preuve d'une telle assurance ?

"Hamm : Vieille fin de partie perdue, finir de perdre." Je crois que non, on n'a pas fini de perdre. Beckett est optimiste.

Nul mal auquel le totalitarisme a trouvé un remède, dit-il, ne peut être pire que le totalitarisme lui-même : Camus.

Le personnage créé par l'écrivain n'est pas un être vivant, mais une marionnette : il est donc stupide de le traiter en être vivant.

L'homme ! Il vit, mais ne dispose pas de sa vie ; il pense, mais ne sait rien ; il vit en troupeau, mais c'est un individu ; c'est un individu, mais il est incapable de vivre seul ; il fait partie de la nature, mais il la détruit pour la transformer en biens sociaux ; et par son activité il finit par anéantir aussi bien la nature que la société. Pourtant, le pire est qu'il s'est imposé des lois qu'il n'est pas capable de respecter : ainsi, il est obligé de vivre dans le mensonge et le mépris.

La vérité est chose fragile. Mais si mille jeunes gorges d'acier lubrifiées à la graisse de canon la claironnent à chaque coin de rue, même la vérité la plus indiscutable devient mensonge, violence, terreur et, tôt ou tard, prétexte à massacre.

Son esprit flamboie, mais ne réchauffe point. Voilà pourquoi ils se tournent vers des esprits qu'ils peuvent mettre dans les fourneaux sur lesquels ils préparent leurs repas quotidiens.

"«Je ne peux pas partir, dit K., je suis venu pour rester ici. Je resterai ici.» Et il ajouta comme s'il se parlait à lui-même, sans même se donner la peine d'expliquer cette contradiction : «Qu'est-ce qui aurait pu m'attirer dans ce pays sinistre, sinon le désir de rester ici* ?»"

Il existe une manière de penser sérieuse, et une qui ne l'est pas. La sérieuse est représentée par

* Trad. Axel Nesme.

l'intérêt, le pouvoir étatique, les affaires, la police secrète, la ligne politique du moment ; l'autre, par les artistes, les philosophes, les poètes, les saints – tous ceux qui ne comptent pas.

Je ne saurais répondre à aucune question fondamentale – du moins pas à celle qui ne se contenterait pas d'un simple NON.

Les Mémoires d'Albert Speer : *Erinnerungen*. Un cas de schizophrénie allemande à l'état pur. Son combat pour l'engagement massif des femmes dans l'industrie militaire. Argument : l'industrie militaire des pays anglo-saxons "enrôlait" les femmes dans une proportion bien plus importante. Il n'imagine même pas combien la façon de penser et la situation psychologique de ces pays libres étaient différentes de celles d'un Etat totalitaire agresseur qui avait foulé aux pieds le principe d'individualité et totalement endossé la responsabilité individuelle. Les femmes anglo-saxonnes considéraient l'effort de guerre comme un devoir moral et un choix ; c'était de leur part autant un geste naturel qu'une autodéfense rationnelle. A l'opposé, le totalitarisme est toujours idéologique : d'une part il combat l'individu à l'aide d'institutions étatiques sadiques et de crimes crapuleux légalisés, d'autre part il représente paternellement les intérêts sociaux du peuple élu. Speer a été désapprouvé par Hitler, Goering et Sauckel. Ce dernier a déclaré que le Reich ferait venir quatre à cinq cent mille femmes de l'étranger pour des travaux forcés, afin de ménager la santé et les forces des Allemandes. Voilà qui est clair : c'était la seule démarche apparemment logique et pratique du totalitarisme, dans une situation où il n'était pas encore affaibli au point d'agir contre sa nature et sa propre logique.

Mais Speer ne le comprenait pas ainsi, ni à l'époque, ni vingt ans plus tard, en écrivant son livre : la seule conséquence qu'il en tire est que Goering et Sauckel "ont gagné" la "guerre de positions" qu'ils menaient contre lui. – Dans la suite de l'ouvrage, les lamentations de Speer s'accumulent : il voulait diriger efficacement l'économie de guerre et l'industrie de l'armement, mais l'incompréhension du Führer et la stupidité de la direction du parti nazi l'en ont empêché. Moralité : la guerre nazie aurait été menée et poursuivie d'une manière beaucoup plus efficace sans les nazis. Pour Speer, tout cela est parfaitement logique, non contradictoire et profondément douloureux tant pour l'homme que pour l'Allemand et l'ancien ingénieur qu'il était. Le lyrisme de son livre se nourrit de cette blessure et nombre de lecteurs y seront sûrement sensibles.

Non que Dieu soit mort, mais les conditions ont changé. Non que les valeurs se soient effondrées, mais leur utilité est remise en cause. Non que la vérité ait changé, elle est juste employée autrement. L'aliénation existait probablement au Moyen Age, l'absurde devait être aussi évident dans l'Antiquité que de nos jours. L'existence individuelle n'est qu'un rêve. De même que toute valeur – jusqu'à ce que les valeurs deviennent plus importantes que l'existence : c'est alors et seulement alors que peut se produire quelque chose de qualitativement nouveau dans l'histoire humaine ; ce serait un tournant de l'histoire, l'homme vivrait dès lors d'une manière fondamentalement différente, non plus au niveau des instincts immanents, mais selon des valeurs considérées comme conditions d'existence essentielles. Toutefois, les cas particuliers n'y suffiraient pas, il faudrait que l'homme subisse une transformation biologique ; et on se demande si cet être ainsi transfiguré serait capable de survivre dans une nature qui clame sans vergogne le seul principe moral qu'elle puisse observer : la simple survie.

*"Ein französischer Wahnsinn ist noch lange nicht so wahnsinnig wie ein deutscher ; denn in diesem, wie Polonius sagen würde, ist Methode**.*"*
Heine, *Romantische Schule.*

17 septembre

Les crimes des Etats. Pour l'heure, un seul Etat a été mis au banc des accusés, le *Hitler-Staat.* Et si au moins les véritables accusations avaient été formulées ! – Mais que tous les innocents condamnés de ce siècle se lèvent de leur tombeau de cendre et entament un procès dans le fracas terrifiant de leurs squelettes, pointent leurs milliards de doigts décharnés sur les Etats et sur tous ceux qui, se sachant propriétaires de ces Etats, ont commis des crimes sans ressentir la solitude accablante des criminels, ont tué sans la mauvaise conscience des assassins, exploité sans l'angoisse des riches ! – et ce sera le véritable procès. L'homme a été écrasé par l'Etat qu'il portait sur ses épaules. Qui pourrait supporter ce monstrueux fardeau ? Voit-on encore un visage humain au milieu de ces échines courbées ? Ou bien n'est-ce plus qu'un visage abruti qui regarde à travers les barreaux des prisons des Etats en attendant le dîner ? Le soir, on les enferme, le jour, ils construisent leurs propres prisons. Leurs geôliers sont leurs serviteurs, et eux-mêmes sont au service de leurs geôliers. Ils ne peuvent plus vivre

* En allemand : "Une folie française n'est jamais aussi folle qu'une folie allemande car cette dernière est méthodique, comme dirait Polonius."

les uns sans les autres, ils poussent les Etats et les Etats les poussent, rochers et Sisyphe, vers une tombe fraternelle.

Notes de l'époque d'*Etre sans destin*. Regarder ébahi les instantanés d'un moment de sa vie. Poursuivre sa route. Ne pas éprouver de nostalgie pour des paysages qu'on a abandonnés mais où on a pu se croire chez soi. S'éloigner, s'éloigner de plus en plus. Se plonger dans l'univers de son œuvre comme si c'était un monde possible et réel. Par ailleurs, qu'est-ce que cela signifie "objectivement" ? Défier la mort et accepter sa semi-humanité.

"[...] deux possibilités [...] s'offraient à moi : le jardin zoologique ou le music-hall. Je n'hésitai pas. Je me dis : Essaie de toutes tes forces de te retrouver dans un music-hall ; voilà l'issue ; le jardin zoologique n'est qu'une nouvelle cage à barreaux ; si tu y entres, tu es perdu." Kafka, *Un rapport pour une académie**.

Il n'est ni de droite, ni de gauche. La politique lui paraît impensable comme terrain d'action. En réalité, il ne choisit pas le combat, mais l'asservissement universel, l'asservissement valable en tout temps et en toutes circonstances, et il souhaite donner voix à l'humain (ou si l'on préfère : à l'humain universel) dans la négativité. Non par la protestation ou par une gesticulation excitée au nom *d'autre chose* ; non, mais par une contestation silencieuse, lourde et inébranlable, par un rejet froid et réfléchi de *tout*. En d'autres termes : il peut vivre sans foi, et pourtant il est sensible à l'affection, à l'art et à la pensée humaine.

* Trad. Brigitte Vergne-Cain et Gérard Rudent.

Deutscher : *The non jewish jew**. Les différents types du complexe juif. Le complexe juif comme nationalisme juif. Le complexe juif comme supranationalisme juif ploutocrate. Le complexe juif comme internationalisme révolutionnaire. Le complexe juif comme extrême gauche. Le complexe juif comme assimilation, adoption et exacerbation des tendances nationalistes du pays d'accueil : le Hongrois juif qui est plus hongrois que le Hongrois. L'antisémite juif. Finalement : le complexe juif coincé dans le religieux, l'archaïsme, le Moyen Age, l'immobilisme couplé à une adaptation superficielle.

Je n'ai jamais pensé au fait que j'étais juif, sauf quand j'étais en danger. Et encore, ma judéité ne se manifestait pas dans ces cas-là comme quelque chose "d'intérieur", mais toujours comme une négativité, une limitation, une détermination extérieure – de même qu'on se définit comme nourriture vivante face à un requin dans l'océan ou à un tigre dans la jungle. Mais on ne peut pas se contenter d'être la nourriture des autres. Je n'ai jamais pensé à la religion : je ne la comprends tout simplement pas, qu'il s'agisse par exemple de la religion juive ou du bouddhisme, de la religion des adorateurs du feu, des serviteurs de Kali ou encore de celle des mormons. Pourtant, ma judéité m'a permis de vivre l'expérience universelle d'une existence humaine assujettie au totalitarisme. Donc si je suis juif, je dis que je suis négation, négation de tout orgueil humain, négation de toute sécurité, des nuits tranquilles, de la vie spirituelle paisible, du conformisme, du libre choix, de la fierté nationale – je suis la page noire du livre des triomphes qui ne laisse pas transparaître l'écriture, je suis une

* En anglais : "Le juif non juif".

négation, non pas juive, mais une négation humaine universelle, un *mané, theckel, pharès* sur le mur de l'oppression totale.

La galère est collective Vous l'avez construite, nous y sommes ensemble, mais vous ne pouvez pas régner sur les eaux où nous naviguons. Pourquoi faites-vous comme s'il y avait besoin d'un capitaine, d'un barreur, d'un second et de matelots ?

"Mais tu vis dans la lune", me répète-t-on à cause de ma prétendue naïveté. "Et vous, pourrais-je leur demander, qui pensez vivre sur la terre : pourquoi êtes-vous tellement désorientés ?"

Dieu : "Quand je contemple ces ruines que j'ai prises pour la création..."

Le monde froid des lois. Ou bien : une terreur paternelle, cordiale.

Pour Camus, le droit au meurtre découle de Sade, du romantisme, d'Ivan Karamazov, etc. En même temps, le flic idiot qui te met la gégène sur la langue, le colonel, le dictateur, le secrétaire général ou le cacique qui exercent un pouvoir absolu n'ont jamais entendu parler ni des frères Karamazov, ni de Dieu, ni de Kant, ni de la crise morale ; ils ne font que leur métier. N'y a-t-il pas là une erreur dans les fondements théoriques ? "Si Dieu n'existe pas, alors tout est permis" – dans un monde où rien n'est permis et où tout est possible, on réagit à ces propos pathétiques par un simple haussement d'épaules.

La vision camusienne de l'histoire *(L'Homme révolté)* est une critique de grande envergure ; mais lui aussi répète sans cesse "tu dois" et "tu ne dois pas". Devons-nous avoir une vie individuelle, être libres, ou devons-nous être déterminés, etc. ? Mais que *sommes-nous* ? Nous ne sommes ni libres ni déterminés ; ni des individus ni des créatures de l'histoire, mais des êtres capables de vivre toutes les situations imaginables et inimaginables – des êtres capables de tout : voilà le problème. En ce qui concerne le meurtre, les fondements théoriques sont tout au plus caractéristiques, mais ils n'ont aucune importance. L'homme tue au nom de Dieu sans être révolté, de même qu'il tue contre le nom de Dieu au nom de la révolte. Camus accorde peut-être de l'importance aux ornements et aux principes dont on pomponne l'âme des gens pour les encercler et les capturer ; alors que seuls comptent l'encerclement et la capture : voilà la réalité, le reste n'est rien, *words, words, words* – un jeu que les bourreaux ont inventé pour pouvoir travailler tranquillement. Les foules ne deviennent pas nazies ou quelque chose de similaire par révolte, mais plutôt par conformisme. A cet égard, Orwell est plus lucide que Camus. Le mythe ancien qui veut que le meurtrier soit un révolté n'est pas vrai, du moins pas aujourd'hui. A mon avis, *aujourd'hui*, le révolté est plutôt celui qui vit sans tuer que celui qui tue : telle est la particularité de l'époque. – Par ailleurs, c'est difficile à trancher : toute motivation théorique n'est qu'une construction. En tout cas, je tiens la *révolte de l'indulgence* pour la véritable révolte contemporaine.

Je me plains sans cesse de la vie. Et dire qu'il faut encore mourir un jour !

Il se peut qu'au fond, je ne sois pas une nature créative, mais si – parce que la question est biaisée – je me suis malgré tout consacré à la création, c'est que je me suis trompé de temps, de matière et de lieu, bref, que je me suis trompé sur toute la ligne.

Tous ceux qui croient en leur vérité ont raison ; seuls ceux qui ne croient en rien ont tort.

9 novembre

Il y a juste quarante-six ans qu'elle a commencé. Mais que m'importe ma vie ! Mon humilité et mon orgueil sont tous deux infinis. La vie privée, ce triomphe plein de défaites d'où monte finalement une sorte d'hymne timide vers le ciel.

"Il n'y a pas d'homme solitaire, telle est la découverte incontestable du XIXe siècle" : Camus.

Il y a des questions auxquelles il est impossible de répondre, mais il est tout aussi impossible de ne pas les poser.

Ce château est-il vraiment si mystérieux ? Il est décrit avec précision. Vu du village, il se trouve à l'horizon, sur une colline plus ou moins lointaine, mais il est aisément accessible. Le roman nous apprend qu'une route y mène. Il est évident qu'elle permet d'aller non seulement du château au village, mais aussi du village au château. Pourtant tout le monde croit et admet qu'on ne peut pas se rendre au château, ce consensus prenant force de loi. Nous voyons bien que le village tout entier pourrait s'engager sur ce chemin comme un seul homme et aller jusqu'au château. Les murs de ce dernier ne sont défendus ni par des canons, ni par des armes automatiques, le texte ne fait nulle mention d'une armée ou d'une police quelconques. Les villageois pourraient demander à entrer ou bien défoncer les portes ; mais ils ne le font pas, ils acceptent de ne pas pouvoir entrer au château à l'exception de certains d'entre eux, à certaines conditions et dans certaines circonstances. Ils acceptent un ordre inventé, une règle du jeu, et ils fondent leur vie sur ce principe, comme si c'était celui de la vie ou de la nature. – La liberté de K. est sa détermination (à pénétrer dans le château) ; son erreur est d'avoir accepté la mission ; conséquence : il s'épuise. K. est le Lohengrin de la liberté ; sauf qu'il n'entre pas dans le château des chevaliers du Graal, mais meurt vraisemblablement parmi les hommes. – La clé du roman se trouve dans un autre livre de Kafka, *Le Procès* : "C'est ériger le mensonge en ordre universel." *Le Procès* est le roman de cette découverte, *Le Château*, celui de cette règle du monde. Il est évident que toutes les valeurs se situent à l'intérieur du roman. A savoir : les efforts pour entrer au château, Frida, Amalia, etc. Seul le château peut être un symbole transcendant du monde. Bien qu'il ne soit en tout et pour tout qu'une comparaison poétique : la vie est comme un château dans lequel on n'entrera jamais. Mais le roman n'est pas construit sur cette métaphore modeste, excessivement modeste. Le château est un fait, un conglomérat d'objets décrits de manière réaliste – un clocher, des murs, des tours, etc. ; certes, il miroite parfois d'une lueur particulière et nous voyons ce miroitement à travers le prisme des consciences. Il apparaît que la grande découverte du roman n'est pas la comparaison facile mentionnée plus haut, mais bien plutôt le personnage principal, K., le messager, le Lohengrin de la liberté – pour reprendre cette image –, qui semble être venu au village pour rompre le consensus et pénétrer dans le château. Au fil des négociations du roman, il devient de plus en plus clair que K. pourrait rester au village sous certaines conditions, notamment s'il acceptait ces dernières, c'est-à-dire celles qui sont imposées à un étranger toléré. Mais c'est diamétralement opposé à son but initial. K. ne veut pas devenir l'un des villageois – telle n'est pas là sa tâche ardue et implacable : il veut pénétrer dans le château. Le roman ne dit pas pourquoi il veut le faire, et c'est justement pour cela que c'est évident : c'est sans doute pour satisfaire le paradigme, pour briser la règle du monde. Comme je le dis, Kafka ne met jamais en doute la réalité objective du château ; rien n'indique que le château puisse être différent de ce que l'auteur décrit et nous donne à voir. Conclusion : *Le Château* n'est autre que l'image de la servitude consensuelle ; une image géniale qui dépasse son objet mais qui reste ce qu'elle est : une image de la servitude consensuelle. Tous les habitants de l'Europe de l'Est le savent parfaitement, et ils le taisent avec horreur, ils répètent après l'Occident (qui ne comprend pas le roman) que *Le Château* est un truc transcendant, tout en voyant avec effarement que c'est le reflet exact de la vie en Europe de l'Est, l'image de la servitude consensuelle.

Camus : "La vraie passion du XXe siècle, c'est la servitude." (Pourtant, il ne comprend pas Kafka, et il ne peut pas le comprendre : dans les pays méditerranéens, même l'esclavage est différent de celui de l'Europe de l'Est.)

Ne résiste que celui en qui brûle suffisamment de haine et de mépris ; celui qui persiste et tient la promesse de son talent par vengeance, pour ainsi dire. Parfois, je sens brûler en moi la haine, et aussi le mépris ; mais je crains que ces sentiments ne soient pas assez durables pour me mener quelque part.

Autrefois, je voulais vaincre l'espoir ; il s'est éteint de lui-même. (Cette phrase contient sa propre négation – et pourtant elle n'est pas mensongère.)

Se mettre à écrire dans une autre langue doit être un jeu magnifique et plaisant. Chaque mot est une découverte, chaque lieu commun, un enthousiasme, les expressions les plus galvaudées de la langue, une nouveauté ! Et même si c'est galvaudé, je parie que la fièvre de la découverte, de la nouveauté, de l'exaltation s'y communiquerait et conférerait une tension et un charme nouveaux à ce qui sonnerait le plus banalement du monde dans la langue maternelle de l'auteur.

Marcher, marcher, passer d'un désert à l'autre ; peiner dans le sable, se traîner dans l'aridité infinie durant les quarante années bibliques (plus six) ; et la manne ne tombe pas du ciel, il n'y a pas une source, pas un puits, pas une fleur ni même un mirage.

Attention : il flirte avec la liberté et couche avec la tyrannie.

Exercice spirituel quotidien : au sens moral, vivre dans le paradoxe est possible et même nécessaire ; mais vivre dans le compromis, non.

L'une des voies du suicide mène à la résurrection ; mais il y a aussi une voie qui mène à l'anéantissement total, et c'est la plus facile.

Je ne vois aucune contradiction dans le fait que Verlaine a écrit ses poèmes les plus beaux et les plus inspirés en se vautrant dans l'ordure ; bien au contraire, j'y reconnais les lois inhérentes à ces idéaux – puisque tout ce qui est beau et moral n'est que désir ; or la force de ce désir est la force de l'artiste et de tout créateur. Ce n'est pas vrai au sens matériel du terme ? Mais les couleurs, les parfums et l'amour sont-ils vrais ? (Les deux premiers sont en principe de nature matérielle – et pourtant ils signifient autre chose pour chaque homme, chaque être vivant.) Et donc, la force du désir, rien d'autre… Or le désir vit aussi sur les tas de fumier, c'est même là qu'il s'épanouit vraiment.

Entre deux journées de travail, l'excitation grisante et les illusions des chercheurs d'or.

L'absence d'équilibre intérieur est pareil à un voile spirituel qui nous enveloppe et qu'on perçoit comme une beauté féminine.

Thomas Mann à propos du K. du *Château* : il est spécifiquement juif, mais élargi vers l'artiste, vers l'homme. Titre possible pour une étude : "K. est-il juif ?" S'il s'acceptait comme juif, il pourrait entrer au château ; non parmi d'autres, mais bien en tant que juif : même si c'est avec une étoile jaune sur la poitrine, il y entrerait sans aucun doute. L'erreur de Thomas Mann quand il dit que K. veut s'enraciner dans le village qui s'étend au pied du château. Non : K. veut pénétrer dans le château lui-même, puisqu'il ne parle que de cela. Si les maîtres du château avaient permis à K. de s'installer au village, selon le dénouement initialement prévu du roman, ce n'aurait été qu'une nouvelle façon de l'exclure : certes à un niveau supérieur par rapport au début du roman où, appréciant sa persévérance, ils l'embauchent comme arpenteur. *L'autoriser à s'installer au village aurait été la manière juive de l'exclure en l'acceptant.* Dans ce cas, c'est le château qui définit K. comme juif. Il peut s'installer, en tant qu'étranger, et on laisse les habitants du village décider de la manière de se comporter avec l'étranger, de supporter sa présence. L'ironie grandiose et diabolique de Kafka s'abat sur le château. Il est cependant évident que K. ne saurait se contenter d'une telle autorisation. En tant que Lohengrin de la liberté, il veut aller plus loin, il veut le tout, l'intégralité : accomplir sa mission qui est devenue dans l'intervalle une conviction, non, plus qu'une conviction, une passion, à savoir qu'il veut pénétrer dans le château… etc.

Qu'est-ce que la vérité ? La réponse est si facile ! La vérité est ce qui nous consume.

Si je renonce, je dépéris. Si je dépéris, je deviens esprit. Si je deviens esprit, je deviens un artiste, l'incarnation aride de l'action, vidée mais inassouvie, ascétique. – Mais je préférerais devenir esprit, artiste, incarnation de l'action et existence pleine par la voie de la passion.

J'ai parfois une confiance inconcevable en moimême. Sauf qu'alors, ce n'est pas à moi-même que je me fie, mais à celui qui m'habite et m'est bien supérieur ; et que, pour ainsi dire, je ne suis pas.

Il est possible que l'exigence de bonheur et la créativité – du moins au niveau où la créativité est la manifestation de l'éthique, et donc au niveau d'une certaine forme de l'art et de la pensée – soient incompatibles. Une vie vécue dans le bonheur est une vie simple : par conséquent, elle est muette. La parole de l'homme – contrairement au chant des oiseaux, par exemple – exprime principalement ses malheurs. La pensée est le gémissement de l'homme ; méditer sur la vie est comme douter de la vie ; ne doute de son propre élément que celui que cet élément étouffe ou qui s'y meut d'une façon artificielle.

Dans un monde où le meurtre est érigé en système, la peur n'a plus cours. Après Auschwitz, certaines vieilles règles de comportement ne sont plus valables. Rejeter – et mépriser – la plainte comme seule forme légitime de contestation. *Etre sans destin* est une œuvre fière, et on ne le lui pardonnera jamais (ni à moi).

Milena Jesenská, cette femme merveilleuse si proche de Kafka, au camp de Ravensbrück : "Oh, si je pouvais être morte sans avoir à mourir…"

Changements soudains et surprenants. D'un coup, je me surprends à ne pas être le petit chien que j'étais il y a encore deux semaines. Je suis redevenu un loup – ou un renard, ou encore un chacal, comme il vous plaira –, un animal solitaire, prudent et rusé, qui désormais prend soin de lui-même.

1976

Mars

La sincérité est la catégorie de l'impossible. Pourtant elle est possible dans l'immédiateté, dans le mode de vie immédiat, à la manière de don Juan, disons, comme dans la lumineuse description de

Kierkegaard ; mais même là l'intellect impose sa distance. La sincérité verbale – non pas au niveau de la communication objective, mais à celui de la communion des âmes – est pour ainsi dire exclue ; en partie parce que la parole énoncée n'est qu'un signe qui nous invite à une aventure dans le domaine de la vie familière, en partie parce que la verbalisation congelée – et donc la littérature – n'est qu'une forme, c'est-à-dire une médiateté pure où la sincérité ne peut se manifester qu'à travers des transferts, des techniques en quelque sorte.

Ah, l'attrait de la mortification ! La réconfortante douleur du malheur. Envie de me confesser. Quelque chose dans le genre de *La Chute*. Mais en plus personnel, en moins abstraitement moralisateur. Et peut-être pas un roman, cette fois-ci. Mais quoi alors ?

Comment me défendre quand je trouve un plaisir masochiste dans l'asservissement ?

La conscience de l'homme est extraordinairement sérieuse compte tenu du caractère extrêmement aléatoire de sa naissance et de sa vie.

Si tu évites l'enfer sur ta route, tu arriveras tout au plus à une verte prairie trompeuse, mais jamais au véritable paradis.

Il m'a tendu la main et je l'ai aussitôt percé à jour. Ses paroles ciselées mentaient, le masque brillant qu'il portait en guise de visage mentait. Mais sa main ne mentait pas : elle était froide, amorphe, molle et inerte comme un gros ver agonisant.

Mai

La promenade caillouteuse de Szigliget* au crépuscule. Les oiseaux fendent l'air en silence. Entre les sapins, la lune ronde et pâle, le rectangle d'une fenêtre éclairée. Les sanglots silencieux, invisibles et irrépressibles de tout mon être. Les jeux deviennent la vie, la vie devient destin, l'accomplissement – douleur, et la douleur – souvenir. “Il semble que les grandes âmes, parfois, soient moins épouvantées par la douleur que par le fait qu'elle ne dure pas” (Camus) : en supposant que je ne sois pas une grande âme, cela sonne plutôt à mes oreilles comme un réconfort.

En voiture vers Hévíz. L'odeur des chênes. Vue du haut du mont Bece. Les montagnes volcaniques de basalte et le Balaton dans l'air limpide du crépuscule, les nuances de bleu, les sommets somnolents et les cônes verts dans le lointain, pareils à des îles. Auparavant, baignade dans le lac de Hévíz. Et comme basse continue : la douleur, tantôt lancinante, tantôt sourde – mais toujours avec un arrière-goût doux, comme si elle recelait une promesse.

Anita, la Suissesse. Tout serait si naturel si les gens étaient un peu naturels. Je lui ai fait visiter le parc, puis je l'ai raccompagnée jusqu'à l'autobus. Elle m'a envoyé un baiser et elle est partie.

Szigliget. On est toujours le 19. Une heure et demie du matin. Cognac, calmants. Dehors, c'est la tempête. Au loin, le rougeoiement des eaux déchaînées. Et enfin le sentiment d'être arrivé, enfin

* Petite ville au bord du Balaton où un ancien château des Esterhazy a été transformé en résidence d'écrivains.

la délivrance, enfin le projet : GENÈSE – symphonie d'un roman non écrit (comme sous-titre). Parler, confesser, raconter l'histoire de la délivrance d'une âme, plus encore : l'histoire de la grâce.

Conversation avec le vieux et touchant Sándor Török. Il a trouvé fine ma distinction entre composition et construction. Oui : cette fois-ci un roman précédant la construction, un roman avant le roman.

Juin

Je dois veiller à rester en vie et il apparaît que ce sera désormais ma tâche la plus difficile. Est-ce que ça en vaut la peine ? Ne dis pas (ne mens pas) : "Oui, pour le roman." Ça en vaut la peine parce que le simple fait d'avoir posé la question exige cette réponse. En effet, la question s'adresse à la raison, alors que la négation de la vie, la décision du suicide jaillit des profondeurs, des racines, des volcans qui emportent tout, y compris la raison. – Or, ma strate volcanique est immobile, qui pis est : alors que je suis tourmenté par ma vie qui semble aller vers l'échec, cette strate profonde résonne d'une sorte de joie provocante, presque pétillante. Que peut-il m'arriver ? En fin de compte, les conditions de base peuvent toujours être réunies ; et tant que j'aurai un lit et une table...

Tout aussi mensonger est le dilemme dans lequel je me complais souvent : si je suis la voie du malheur, comme c'est le cas, deux possibilités s'offrent à moi, la vie de victime ou le suicide. Deux illusions. Je passerais ma vie de victime à nourrir un espoir secret, une fausse attente secrète et interdite. Quant au suicide, ce serait avouer ouvertement que je ne supporte pas la vie sans bonheur : ce n'est donc pas non plus la voie du malheur. Le seul moyen honnête de prendre le dessus – et de se suicider –, c'est de vivre.

Juillet

Vivre encore ; avec un courage défiant la vie…

Au dispensaire. L'homme qui s'est mis à parler sans transition. Il me touchait sans cesse l'épaule, la poitrine, je n'arrêtais pas de reculer. Il avait cinquante et un ans. Trois infarctus. "Je m'en suis tiré à chaque fois : mais à quoi bon ? A quoi bon ?" répétait-il. Il était tourneur de précision, disait-il. Passionné par son métier. Mais il revenait sans cesse à la guerre. Il avait visiblement reconnu en moi… comment dire… le juif ? Ses deux frères, ses parents étaient morts. Lui-même avait été emmené au siège des Croix-Fléchées*. Un gardien sourd-muet l'avait appelé d'un geste du doigt. Il avait des papiers de réfugié de Zala. Au siège des Croix-Fléchées, on l'avait cru. Mais pas le gardien sourd-muet qui l'attendait avec son pistolet-mitrailleur à la sortie. Il devait garder son calme et marcher tranquillement. Ça se passait place Franz-Liszt. La place et la rue étaient jonchées de cadavres, de décombres et d'ordures, et il attendait, il attendait que l'arme crépite dans son dos. Mais non. "Vous voyez, je suis là : mais à quoi bon ? A quoi bon ?"

"Il n'y a que les femmes à grand caractère qui puissent me rendre heureux" : Stendhal, qui croyait encore au caractère, aux femmes et au bonheur. Proust sait déjà que "l'amour", c'est toujours autre chose.

* Fascistes hongrois durant la Seconde Guerre mondiale.

La grande découverte du roman moderne est d'avoir éliminé l'homme du centre des choses. C'est un changement qualitatif qui transforme le roman – mais aussi la poésie – en texte, en simple texte d'où le sujet est retiré à mesure que les structures du pouvoir et les structures objectives du monde désagrègent l'individu et le réduisent à de simples pulsions.

Pour écrire l'histoire de sa vie, il faut une grande originalité ; ou une grande banalité. En ce qui me concerne, je dois me contenter d'un roman faisable.

"Tout ce qui est naturel est infâme" : Baudelaire.

Vendredi

Jour de lucidité et de décisions. La chaleur de l'enfer s'est transformée en un automne amer. Les feuilles bruissent sur l'arbre. "La Genèse" est devenue "Le Fiasco*". C'est désormais un projet sérieux, serein, arrêté.

Le fond est atteint ? On peut toujours tomber encore plus bas.

Proust : J'ai décidé d'y consacrer (à l'œuvre) toutes mes forces qui décroissent inexorablement et semblent me laisser juste le temps de tirer la porte de mon tombeau, une fois l'édifice achevé…

Sentiment profond de l'existence individuelle. Et en même temps : l'existence individuelle est la plus grande erreur – ou ironie, si une telle chose est envisageable – de l'univers. A nouveau Nietzsche,

* Paru en français sous le titre *Le Refus*, Actes Sud, 2001 ; Babel n° 763.

l'*Ecce homo* : “Le pessimisme parfait est celui qui comprendrait son propre mensonge, mais qui serait en même temps impuissant à *répudier* son idéal : abîme entre le vouloir et le connaître*.” La schizophrénie, mon thème favori.

Ensuite, Heisenberg. La science, Dieu, la religion – comme si ces trois choses ne s'excluaient pas mutuellement. Le mystère de la création. La vie éthique de l'homme. Et notre exclusion, notre expulsion, notre exil dans le fragmentaire, l'absurde, l'existence individuelle ? A moins que l'existence individuelle ne soit pas “le péché originel” ? – – – Heisenberg m'a à nouveau convaincu (j'en étais toujours sûr) que la logique et la raison correspondent à quelque chose dans la nature. Bien sûr, je ne peux pas être d'accord avec ceci : “On peut comprendre la nature.” Je pense qu'on peut tout au plus s'orienter *dans* la nature, uniquement *dedans*. Parce que c'est justement cette correspondance mutuelle (bien que limitée) qui est le secret de notre vie ; l'homme est la nature ; il peut s'orienter jusque dans ses labyrinthes les plus compliqués, mais une chose reste impossible : il ne peut pas la dépasser, jamais, au grand jamais. En d'autres termes, il ne saurait être question de compréhension. Les “lois de la nature”, qui sont nos lois, notre logique, la mesure de nos possibilités, ne font qu'éclairer notre appartenance à la nature, le fait que nous sommes *dans* la nature. Ces lois ne sont que le fil qui nous permet de nous orienter *dans* la nature : en même temps, tout cela ne fait que confirmer le fait que la vérité, l'unique, impénétrable et indicible vérité, la vérité de l'existence, se trouve hors de portée de nos instruments. En effet : dès que le rapport de causalité (l'un des trois a priori

* Trad. Geneviève Bianquis.

kantiens) disparaît, les lois disparaissent aussi et le facteur d'indétermination apparaît. La conscience d'être conscients de notre ignorance. Peut-on quand même bricoler une loi à partir de ça ? Cela ne ferait qu'exprimer à nouveau les relations mutuelles qui existent entre les possibilités et les limites humaines : d'une part, nous savons qu'il existe quelque chose au-delà de nos lois, d'autre part, nous ne pouvons l'appréhender qu'avec nos lois. La contrainte absurde de l'existence humaine se révèle aussi bien lors de l'analyse de la matière que lors de l'analyse métaphysique.

Comment veux-tu payer, si ce n'est de ta vie ?

Je promène autour de moi un regard las : me reste-t-il encore une carte à jouer ?

Après avoir parlé avec certaines personnes, il faut que tu te salisses les mains ou que tu jures longuement et le plus grossièrement possible.

Qu'est-ce qu'une pensée ? Seule une vie peut être vraiment convaincante.

Les notes de voyage de Kafka. Lugano-Paris-Erlenbach : "*4. September. Cholera-Informationen : Verkehrsbüro.* Corriere della sera, *Norddeutscher Lloyd*, Berliner Tageblatt", etc. Puis (p. 384) : "[...] *Reise nach Mailand... von Mailand nach Paris aus Angst vor der Cholera**", etc.

* En allemand : "4 septembre, des informations au sujet du choléra : à l'office de tourisme, dans le *Corriere della sera*, auprès de l'assurance Norddeutsche Lloyd, dans le *Berliner Tageblatt*. [...] me rends à Milan, puis de Milan à Paris par peur du choléra."

La date : l'année de *La Mort à Venise*. Le choléra dans la nouvelle et dans les notes de voyage de Kafka. Kafka et Thomas Mann ont été en Italie la même année, ils ont fui le même choléra.

Ecrire un roman atonal. Qu'est-ce que la tonalité du roman ? Une basse continue morale définie, une note fondamentale qui résonne tout au long du texte. Une telle note fondamentale existe-t-elle ? Si oui, elle est tarie. Et donc écrire un roman où ne se trouverait aucune morale statique, seulement les formes originales du vécu, l'expérience au sens propre et mystérieux du terme.

"Les contemporains ne savent pas pourquoi ils acclament une œuvre d'art. Connaisseurs ? Non. Ils n'y veulent découvrir tant de qualités que pour justifier leurs faveurs ; au fond, elle tient à des impondérables, elle est sympathique" : *La Mort à Venise**.

Où ai-je lu cette excellente histoire du lord et de son majordome ? On demande à un jeune lord qui vit retiré pourquoi il ne prend pas part à la vie. Il est bouleversé par la question : qu'est-ce que la vie ? Eh bien, la société, les courses, les amis, se marier, fonder une famille, lui dit-on. Ah bon, répond alors le lord, si c'est ça la vie, mon majordome s'en charge pour moi.

1977

Juin

Plein été accablant. Une interdépendance féconde que je pourrais peut-être mieux exploiter : la

* Trad. Félix Bertaux et Charles Sigwald.

relation fructueuse du mépris de soi et de la création.

L'art est la nature la plus naturelle de l'homme qui ne lui vienne pas de la nature. C'est le trait le plus caractéristique de cet être que la nature a créé pour qu'il ne se contente pas de la nature.

Y a-t-il dans la nature un être malheureux (non pas souffrant, mais malheureux) autre que l'homme ? Même le bonheur des animaux, des plantes, de la nature n'est pas comparable à celui de l'homme, puisque l'homme a *des conceptions* du bonheur.

Le monde est mauvais parce que je suis mauvais.

Je veux écrire un roman – que dis-je par là ? Rien du tout. Il faut vaincre cette volonté cent fois, mille fois, la démentir, en faire un objet de risée jusqu'à ce qu'elle disparaisse ou que *je sois obligé* d'écrire un roman. Et que je le fasse peut-être contre mon gré.

Construire le roman de manière qu'il contienne son propre échec, renferme la cause trahie. – Un art qui fait encore comme si le geste de "création" était une manifestation légitime, évidente et naïvement naturelle du "talent" est un attentat contre les conditions de l'homme, donc contre l'art lui-même.

La réflexion de Milán Füst à propos du film sur Monte-Cristo concernant la vengeance impossible. La persistance du sentiment, le conflit de la passion et du temps. Fondamental ; mais impossible à appréhender sans humour. (Bien qu'on ait aussitôt à l'esprit Hamlet, ce personnage singulier qui monte en scène d'un coup, comme s'il n'avait jamais entendu parler des principes dramaturgiques qui étaient en vigueur à son époque et le sont restés par intermittence jusqu'à nos jours.)

La création, dit-on, vainc la mort. Le contraire est sûrement vrai. La création, si elle mérite d'être appelée ainsi, jaillit du ventre de la mort. La mort est tout simplement la morale de la création ; à bien y réfléchir, la vie aussi.

Tout ce que le public salue avec joie comme les signes distinctifs d'un écrivain – ses tournures, les méandres de sa pensée, ses épithètes caractéristiques, sa prégnance reconnaissable entre toutes, la musique incomparable de son texte, et donc tout ce qu'on appelle "son style" – est pour l'écrivain un joug amer, un boulet dont il veut se libérer et qui le tire d'autant plus vers le bas.

Il est plus facile d'aimer que d'être juste ; et peut-être même plus juste. Pourquoi ? Parce qu'alors je prends plus de risques. Aimer est donc non seulement plus facile, mais aussi beaucoup, beaucoup plus difficile.

Mon ambition d'écrivain : écrire quelque chose qui me tue.

Ecrire pour ne pas paraître celui que je suis : un produit de déterminations, un naufragé de hasards, à la merci d'une électronique biologique, désagréablement surpris par mon caractère…

Il faut se demander de quoi il souffre, pourquoi il a mauvaise conscience, d'où lui vient la schizophrénie qui l'a entraîné dans le monde des signes et non dans celui des actes et des faits ; il doit tout simplement élucider la question de savoir pourquoi il a écrit un livre.

"Le livre est-il bon ? mauvais ? C'est sans intérêt. Peu importe qu'il ait écrit ce livre ou qu'il ait remonté un caillou gris informe du fond du lac rien que pour défier les profondeurs mortelles ; qu'il ait nettoyé les écuries d'Augias ou seulement essuyé une vitre devant ses yeux pour voir plus nettement le paysage à travers lequel il file vers un but certain…", etc. "Le livre, ce livre n'a aucune importance pour lui, seul compte ce qu'il a vécu à travers lui… Or, c'était un choix et un combat." Etc.

Après avoir écrit quelques livres médiocres, il croit pouvoir tutoyer l'art. Si je ne suis pas assez vif, il va jusqu'à me donner des conseils. En fuyant, j'ai quand même senti sur mon dos le coup de fouet de ses bonnes intentions.

Quant à l'objectivité : depuis que Dieu s'est retiré du monde, elle n'existe plus. Qui pourrait avoir un regard objectif ? Les technocrates ? Voilà qui manque d'intimité, transforme l'homme en pièce de rechange qui n'a plus rien à voir avec sa propre existence et se retrouve dans les statistiques, dans les cimetières de données. La culture authentique, à l'opposé de la culture dominante et de l'idéologie, se détache (est détachée) de plus en plus de la vie. Elle devient la secte d'un petit nombre de guides d'aveugles auxquels ces derniers reprochent leur cécité et qui finissent eux-mêmes par devenir aveugles par compassion, esprit de sacrifice, lassitude, sous l'action du gourdin ou tout simplement parce qu'ils ont honte d'être lucides.

Le seul mode d'expiation reste peut-être une sincérité dépourvue de tout épanchement vaniteux et intégralement utilisable contre moi.

J'écris un roman parce que je cherche la douleur la plus aiguë qui soit.

Choisir radicalement l'imagination, faire radicalement son nid dans l'air. Prendre en compte toute possibilité de tempête, de chute, mais seulement de la manière dont on déduit de son propre cri une nouvelle mise en équation de la résonance de l'air et des particularités du son.

Promenade vespérale dans la rue Torockó plongée dans l'obscurité. Parfum d'octobre. Les contours du roman se dessinent. Sujet : comment l'existence se met à hurler dans un individu. Action : voyage vers l'illumination. La suite apparemment régulière des actions montre qu'il s'agit finalement d'un cercle qui se referme. Assurer la vraisemblance épique du milieu, sans qu'il soit dominant ; éviter la tentation de la satire et de toute politisation, éviter les justifications ; Köves n'est pas une victime ; certes, il lui arrive des horreurs, mais il les crée lui-même – par sa simple existence, sa simple participation ! C'est son honnêteté, sa vertu – et surtout sa faute. Chaque phrase doit être empreinte de ce sentiment avide de culpabilité dirigé contre soi. “Que peut donner l'homme en échange de son âme ?”

Il est évident que je resterai à jamais une énigme à mes propres yeux. Mais que signifient ces façons, cette contrainte qui se déclenche en moi comme les impulsions électriques d'un système de guidage dès que je me retrouve parmi les gens ? Pourquoi est-ce que je ne me comporte jamais comme je le voudrais ? L'homme froid, dur, voire blessant que je m'imagine être, je le trahis dès la première parole que j'articule dans la réalité. Pourquoi ? Ai-je si peur de mon prochain ? Dans ce cas, pourquoi est-ce que j'invente de faux idéaux ? Et qu'est-ce qui est trahison : mon comportement ou mon idéal ? Et qu'est-ce que la réalité : ce que je fais ou ce que je dis ?

C'est étrange à quel point "l'immortalité" ne m'a jamais intéressé. Tout le monde veut laisser une trace dans la vie, dans l'existence. Et moi, je préfère disparaître sans laisser de traces. – Je pense ce que je viens d'écrire, je le garantis. Mais pourquoi l'écris-je ? Si c'est comme je l'ai écrit (et garanti), pourquoi est-ce que j'écris tout court ? Je repose la question : où ai-je trahi ? Et qu'est-ce que la réalité ?

Simone Weil : "Telle était pour moi la notion de vocation [...] et ne pas suivre une telle impulsion quand elle surgissait, même si elle ordonnait des impossibilités, me paraissait le plus grand des malheurs. [...] La plus belle vie m'a toujours paru être celle où tout est déterminé soit par la contrainte des circonstances, soit par de telles impulsions, et où il n'y a jamais place pour aucun choix." Puis : "[...] j'ai eu soudain et pour toujours la certitude que n'importe quel être humain, même si ses facultés naturelles sont presque nulles, pénètre dans ce royaume de la vérité réservé au génie [...]." (C'est ce que j'appelle le génie existentiel.)

"[...] il y a deux langages tout à fait distincts, quoique composés des mêmes mots, le langage collectif et le langage individuel [...] et par nécessité de nature il n'y a pas concordance." Simone Weil.

Si la réalité n'est qu'un jeu d'ombre de *la* réalité – que dire de l'écriture ?

Les raisonnements qui nous attendent dans les grands magasins de la société comme des vêtements prêts à porter. S'en défaire, tout penser d'une manière radicalement différente. Même l'anarchie a ses schèmes de pensée.

Si on n'y consacre pas un effort particulier, tout sombre et recule, même le progrès spirituel. Musil.

Il semble que l'art soit désormais ce qui compte le moins aux yeux de l'art : c'est un changement qualitatif qui repose sur le fait que l'exigence porte désormais sur l'existence entière et non plus sur le simple "talent". On peut se demander pourquoi. Peut-être parce que l'effondrement est d'une telle ampleur qu'il n'y a plus rien à décorer au milieu des ruines.

Parfois, je remarque le silence qui m'entoure. Comme un animal qui se réveille et tend l'oreille au milieu de la nuit, non pas à cause d'un danger immédiat, mais par prudence, pour s'assurer qu'il peut continuer à dormir. Cependant ce calme semble n'être qu'un sursis, car quelqu'un a déjà prononcé quelque part ma condamnation, sans doute en ces termes : "A quoi bon le tuer ? Il mourra bien tout seul."

On peut imaginer en réaction (Musil) une prose aride, voire fragmentaire. Que l'auteur préféré de Beckett ait été Proust donne à réfléchir.

Deux vieux au soleil de janvier, dans une saillie du mur du couvent. Leurs têtes grises qui dépassent inopinément et, en même temps, se fondent dans la grisaille du mur, pareilles à des stucs. Peu importe quelle fut leur vie, ces visages retournent dans l'atelier silencieux et effroyablement industrieux de la matière en décomposition. Si la mort est absurde, comment la vie serait-elle sensée ? Si la mort est sensée, à quoi bon vivre ? L'absence totale de corrélation entre le rationnel et le moral est évidente. Tout ce qui est rationnel et éthique renvoie à un autre monde ; or cet autre monde *n'existe pas.*

Nous n'avons aucune considération pour ce que nous sommes : Valéry.

Le vide désespérant de mes jours me réveille la nuit. Quelque chose semble s'être exacerbé en moi – je ne trouve pas d'autre mot. Un devenir ? Ou son contraire ? Un instant lumineux vient éclairer parfois mon obscurité de cachot.

En définitive, l'argument en faveur du roman est que l'analyse ne peut ni remplacer ni compenser un processus. D'ailleurs, cette prise de conscience a modifié la technique même du roman. L'objet analysé échappe sans cesse à la procédure analytique : en définitive, il ne reste que l'analyse, comme une tumeur cancéreuse qui a dévoré son terrain nourricier et transformé en analyse son objet, lequel reste néanmoins ce qu'il est : un phénomène unique, inexplicable et inconcevable, une aventure et une existence qui a sa place en dehors de l'analyse.

S'il m'arrive d'être angoissé par l'avenir, si j'estime que ma situation est "indigne", si je suis pris d'une terreur passagère à cause de la pauvreté, de l'absence de perspectives, de l'impasse de ma vie, eh bien, c'est que j'ai oublié que j'ai *choisi* cet asservissement ; et au lieu d'éprouver fierté et satisfaction, j'accepte avec un étonnement stupide d'être traité en individu asservi. "Que donnerait-on pour le salut de son âme ?"

En ce qui concerne mes œuvres, admettre qu'elles ne tombent pas sur un terrain fertile. Car elles témoignent exclusivement de la personne qui les a produites et, comme elles sont le fruit de l'exil de cet individu, je pourrais tout aussi bien écrire en sanskrit, puisque aucune nation ni aucune communauté ne voudrait assumer ces propos. Je pourrais me demander si ce n'est pas justement ce que je veux. En fait, je me demande si ce n'est pas ce que *je dois* vouloir. Parce que cette question parachève le paradoxe, or le paradoxe est ce qui me préserve de toute idée fausse. Plutôt la schizophrénie que les vérités arides d'une idéologie ascétique – et même : plutôt se tromper avec passion qu'avoir raison en tout, parce que seule la passion recèle la lutte, et seule la lutte recèle *l'existence*.

La beauté est le rêve inaccessible du désir. Voilà pourquoi la forme la plus pure de l'existence humaine opposée à la beauté est toujours la douleur.

Un jour, quand ma vie sera devenue un fardeau insupportable, il faudra bien que je souhaite mourir. Voilà l'ironie suprême de la destinée humaine, la duperie totale.

Vivre et écrire le même roman.

Autrefois, l'homme luttait contre les dieux, il avait l'univers pour horizon, l'éternité pour perspective.

Aujourd'hui : des murs de prison. Voici que signifie aujourd'hui le beau et grand style, le *grand style** stendhalien : écrire en ayant conscience de ce que le monde ne nous appartient plus. Pas plus que le temps provisoire, l'espace temporaire ou le corps corruptible dans lesquels nous vivons.

1978

Szigliget. Automne chaud. Promenade solitaire. En marchant, je baisse obstinément la tête devant le paysage doux, ensoleillé et réconfortant. "Je m'habille en hâte, comme un assassin."

Novembre

Roman. 1. Œuvre – le mot n'a pas de sens. Talent – le mot n'a pas de sens. Artiste élu – il n'existe plus. L'état de fiasco comme situation humaine.

2. La nécessité d'objectiver. D'où vient-elle ? De la volonté de puissance. Le désir de création de K. n'est autre que la volonté de recouvrer sa personnalité confisquée par l'histoire. De dominer par l'imagination le monde qui le domine. L'objectivation comme une vengeance (dans un certain sens) qui ne peut se manifester que sous les dehors structurants de la forme artistique, c'est-à-dire transformée, envoûtée, aliénée. Est-ce encore un événement pour lui ?

Mais le problème principal est que celui qui devrait prendre la parole ne peut pas le faire ; le pauvre sujet ne trouve pas sa note dans la cacophonie : tous les sons sont pris. Il devrait s'exprimer avec la voix de l'objectivité, en tant que figure partielle du Tout : tel est vraisemblablement son

* En français dans le texte.

devoir. (Comme dans *Etre sans destin.*) Une surface objective, métallique, dans la composition.

Baudelaire : “Il serait peut-être doux d’être alternativement victime et bourreau.” *(Mon cœur mis à nu.)*

Freud : “Les états si intéressants au point de vue psychologique, qui sont connus sous le nom d’états amoureux et qui sont comme les prototypes normaux des psychoses*...” *(Totem et tabou.)*

Rien ne m’appartient dans ma vie ; j’ai tout au plus des souvenirs précis et de vagues projets.

1979

Ecrire une œuvre, élaborer une construction organique et humaine ici, maintenant, dans cette situation, est une activité humoristique, pour ne pas dire comique. Peut-on ici, maintenant, dans cette situation élaborer une construction organique et humaine sans qu’apparaisse le côté humoristique, pour ne pas dire le comique, de cette activité ? Si une telle œuvre peut effectivement exister, cet humour, pour ne pas dire ce comique, est sa seule garantie de qualité.

“Sentiment de culpabilité créateur.”

Chaque action que nous commettons dans la réalité, nous devons la commettre encore une fois au tribunal de l’imagination.

* Trad. Samuel Jankélévitch.

La manière dont la coda de la *Symphonie Jupi-ter* (en *ut* majeur) se retire du monde – après un regard circulaire silencieux et stupéfait – dans l'aveuglement solennel de sa propre majesté…

La maladie dont souffre l'intelligentsia de notre temps est l'objectivité, une sorte de fausse objectivité, un jeu prudent d'équilibriste où tout ce qui est personnel se perd et cède la place à une schizophrénie calculée qui, conformément à sa nature, est une totalité extérieure qui a supplanté la subjectivité évincée.

L'instinct naturel qui fait l'artiste n'est plus du tout naturel.

La culture lacunaire ne s'acquiert pas, elle est innée. On peut dire que la culture lacunaire est une question d'intelligence – d'absence d'intelligence.

Une note de bas de page de *Totem et tabou* : "Or, nous savons que l'échec favorise beaucoup plus la réaction morale que ne le fait le succès."

Finalement, quelle sorte de vertu le travail est-il ? Une vertu d'esclave. Mais comment a-t-il pu devenir à l'époque moderne – imperceptiblement – une idéologie, une éthique et, osons le dire : un dieu ? Que signifie d'ailleurs ce mot : travail ? L'action, l'activité ne constituent pas un travail, même si elles vont de pair avec celui-ci. Autrefois, dans l'Antiquité, les artistes ne "travaillaient" pas, au sens où on le dit, par exemple, de Dickens ou de Zola, etc. Le travail comme conquête, comme dynamique, comme façon de vivre, voire comme idée de la vie – comme antinomie de la vie contemplative.

Le travail qui ne voit qu'inutilité et parasitisme dans la contemplation, dans les jeux de forme supérieurs de la vie, dans tout ce qui est aristocratique. Est-ce une révolution ou la folie ? A moins que ce ne soit une nécessité ? Le travail a permis le progrès technique et scientifique ; mais sans progrès technique et scientifique, pas de croissance démographique et, sans croissance démographique, le progrès technique et scientifique devient inutile. Quoi qu'il en soit, le fait est que, de nos jours, le travail écrase et justifie tout (Auschwitz et la Sibérie, pour citer des exemples extrêmes) : le travail est le seul dieu agissant que l'humanité adore, ouvertement ou non, mais unanimement, comme un nouveau Moloch. Il imprègne toute sa vie morale ; la morale du travail a repoussé à l'arrière-plan toutes les autres morales – y compris l'éthique du travail elle-même –, elle est totalement *an und für sich*, en soi et pour soi. Mais l'automatisme né du travail ne tarde pas à offrir à la société une masse qui reste sans activité – et donc sans dieu : afin de poursuivre une vie religieuse, elle s'engage dans la destruction méthodique, qui est aussi un travail, en fin de compte, pour peu qu'on lui trouve une morale. La baisse de niveau de l'humanité a commencé avec la victoire du dieu-travail et sa transformation en morale universelle : mais qu'est-ce que le niveau de l'humanité – sachant que le niveau est le résultat d'un travail et qu'il a abouti au travail total ?

Je réfléchis trop. Je ne suis pas assez fidèle à mes idées. Davantage de fanatisme !

Que l'amour ne serait absolument pas l'affaire de l'homme ? Et que son rôle (et sa souffrance) ne serait rien qu'une souffrance éternelle (et sans issue) due à son incapacité ? Telle serait la source de la mauvaise conscience et de la sournoiserie qui caractérisent sa relation à la femme ?

“... et ensuite cet amour s’abattit sur lui, de sorte que la suite de sa vie ne peut être définie autrement que comme une fuite devant cet amour dévastateur...”

Non pas la vérité, mais la recherche de la vérité. Non pas l’image, mais l’imagier. Non pas la victoire, seulement la lutte. Non pas l’œuvre, mais l’existence.

L’œuvre d’art formée de manière immaculée n’est à la fois plus et pas encore d’actualité.

Qu’est-ce que la forme ? La brèche la plus étroite à travers laquelle nous devons faire passer notre vastitude tout entière pour la sauver.

Septembre

Il est toujours très gentil avec moi, mais il n’omet jamais de me rouler.

Toute forme créée par nous est si infiniment différente de nous que le peu de nous qu’elle contient malgré tout, c’est le miracle même.

Tension. Tous les points d’appui se dérobent peu à peu sous mes pieds. Même mon humour est devenu morose : un humour morose.

7 septembre

“Le vieux se tenait devant le secrétaire.” Cela semble déjà définitif. Je ne sais pas comment je vais m’en dépatouiller. Mais ma résolution – en ce qui concerne le roman – est si ferme qu’on dirait un ordre venu de l'extérieur ; elle me rend totalement indépendant de l'angoisse, de la fragilité et de la faiblesse mesquines que je suis. Mon rapport au monde est exclusivement subjectif et éthique. C'est là que je puise la passion qui me remplit du désir insatiable de nommer les choses. Je ne veux pas regarder le monde rationnellement pour qu'il me regarde rationnellement à son tour ; je ne désire pas l'équilibre. Je veux l'existence, l'opposition ; je veux le destin, mais un destin qui soit le mien, que je ne partage avec rien ni personne. Je veux les ponts brûlés et cette sensation qui détermine mon humeur depuis des jours : "Il n'y a plus de retour possible."

II

IL ERRE

(entre les écueils et les hauts-fonds)

La plus terrifiante inconnue : moi-même.

… cet étrange désir d'agir qui nous pousse à écrire des romans et qu'on nomme – vu qu'il est de toute manière incompréhensible – d'un mot encore plus incompréhensible : le talent… (Et qu'est-ce qui pousse l'artiste dépourvu de talent ?)

"Moi, dit ma mère avec un sourire pudique, je crois que le destin de chacun est écrit dans un grand livre." Il s'agit là bien sûr (étonnamment) du déterminisme protestant. En même temps, on y reconnaît le sentiment actuel de la totalité, un gémissement d'impuissance. Ce que je trouve remarquable, c'est l'écriture, dire que "c'est écrit". On peut considérer que c'est le double céleste de son existence d'employée, une ontologie bureaucratisée, pour ainsi dire. Mais cela contient aussi une part d'exhibitionnisme humain, un besoin de Providence, de Prise en Compte, de Regard : l'homme baigne dans des discours, des signes et des dialogues permanents, chacun de ses gestes est une expression. Et comme il "s'exprime" sans cesse, ses signes nécessitent un destinataire. Qui, à l'extrême limite, peut être Dieu. Le grand flot de la Narration Humaine dans laquelle nous cherchons tous notre place. Nous vivons tous sous un Regard.

Un Regard qui tient compte de nous. Une personne qui n'est pas prise en compte est en détresse – peu importe qui ou quoi tient le registre, le portier du paradis ou l'administration pénitentiaire ; mais les ténèbres de la détresse totale commencent par l'absence de Regard, par le sentiment de ne pas être pris en compte. C'est l'état d'âme de Caïn.

Chostakovitch : "On dit et on a même écrit que les commandants des camps de concentration écoutaient Bach et Mozart, qu'ils écoutaient et comprenaient leur musique qu'ils avaient la larme à l'œil en écoutant Schubert. Je n'en crois rien. Je n'ai jamais rencontré de bourreau qui aimât et comprît vraiment l'art…"

Rilke : *"Rose, o reiner Widerspruch…"* La grande énigme de la traduction. Personne n'a eu l'idée de l'écrire ainsi : *"Rose, o Rainers Widerspruch**…"* ?

Textile, texture. Et aussi : texte. Etonnant.

Un homme sincère le reste même quand il ment : il ment sincèrement.

Il est faux de croire que l'homme vit selon des utopies ou des idéologies : il adapte à sa vie les utopies (ou les idéologies) qu'il trouve nécessaires. Hegel aurait sans aucun doute pu servir de fondement à l'idéologie nazie, mais de même que Marx s'est approprié Hegel, les nazis ont choisi Nietzsche, qui aurait sans aucun doute pu servir de fondement à une idéologie révolutionnaire, devenir un saint de la révolution, pour ainsi dire. – Les faits

* En allemand : "Rose, ô pur paradoxe…" – "Rose, ô paradoxe de Rainer…"

sont les faits, les idéologies sont les idéologies : les deux s'impliquent, mais seulement dans la mesure où les faits ont besoin d'idéologies et les idéologies, de faits. Le meurtre nécessite une éthique au même titre que la sainteté, et un saint peut s'inspirer d'une idéologie meurtrière tout comme un meurtrier peut le faire d'un catéchisme de la sainteté. L'essentiel est d'être suffisamment doctrinaire, de ne laisser aucune faille, aucune liberté – sinon, ni le saint ni le meurtrier n'arrivent à rien.

Regarder la vie comme un étranger, mais la boire jusqu'à la dernière goutte ; sentir néanmoins qu'on peut reposer le verre à tout instant, si les circonstances ou notre volonté l'exigent.

Toute faiblesse qui apparaît sous les dehors de la violence est saluée et respectée comme une force.

L'originalité : ce n'est pas le début, mais la route. L'originalité, il faut l'atteindre. Et plus la route mène à travers des paysages riches et variés, voire inconnus, plus sûrement elle nous fera arriver à notre propre originalité.

1980

20 mai

Bourse à Berlin-Est. Depuis deux jours à Dresde. Berlin : symbole monstrueux des absurdités, celui de notre vie désordonnée et emmurée qui n'a pas cessé d'être au passé, s'est arrêtée quelque part et dont la seule occupation consiste à engloutir l'avenir : le présent est la misère d'une survie dépourvue de pathos. Encore que le *sens* de la survie soit parfaitement incertain : elle progresse dans le temps mais n'a pas de *but* – du moins on n'a pas l'impression qu'elle en ait un. Les gens font la queue devant les magasins, les cafés et les restaurants, pareils à une matière, à une pulpe visqueuse qui remplit les interstices entre les pierres. Cette masse humaine n'a plus pour morale que la bienséance, la conscience des limites qui la retiennent et la contiennent, du moins me semble-t-il. On ne comprend pas pourquoi il n'y a pas des massacres, des incendies, des bains de sang et des pillages toutes les nuits, après quoi, le matin, chacun irait au travail. *"Danke sehr, bitte sehr."*

A Dresde, les visages que je vois me rappellent les tableaux de maîtres allemands du Zwinger : que font-ils là, alors qu'ils sont peints ? On n'imagine pas à quel point on est superflu.

Après avoir fait la queue pendant deux heures pour acheter quelques petits pains, un peu de charcuterie, etc., je lis sur le grossier sac en papier l'inscription suivante : *"Freude am Einkauf"* – "Plaisir des achats".

Dresde, hôtel Newa : j'ai relu mon brouillon du *Refus*. Il va bien avec les ruines qu'on peut voir ici. – Le matin, maillot de bain, serviette, savon, puis tram vers la piscine. Je me renseigne, je finis par trouver. Le vieil homme assis à la caisse me montre une inscription accrochée au mur : *"Für Privatleute nur Dienstags, 20.30-21.15"*, c'est-à-dire que les particuliers peuvent nager exclusivement le mardi soir de huit heures et demie à neuf heures et quart. Je repars, penaud. Que disait Goethe ? "Je suis né en tant que personne privée." C'est un statut bien fatigant de nos jours.

Dresde. J'erre pendant des heures à la recherche d'un endroit où déjeuner. L'immense restaurant de l'International est désert, mais le service n'est assuré que sur la terrasse balayée par un vent glacial. Je me dirige vers Neustadt. Les rues sont lugubres. A un croisement, une lycéenne noire à l'accent saxon discute avec un garçon blond. J'arrive au bord de l'Elbe ; au loin, le Zwinger, le château, le baroque monumental du Sopianum ; le pont baroque, sur l'autre rive, le Palais japonais, néoclassique, on dirait une université – et d'un coup des bungalows aux couleurs criardes. Mais ce n'est pas un terrain de camping, c'est le centre-ville nouvellement édifié, un habitat permanent qui rappelle un campement de forains. Juste derrière s'étend le sinistre quartier prolétaire. Comme si le mauvais goût ancestral étalait soudain des entrailles qu'ailleurs, on cache pudiquement. Je me surprends à regarder les gens comme Diogène avec sa lanterne. Ils ont pour la plupart l'allure agréable, ils sont bien mis, mais comme marqués, ils portent tous le label de la médiocrité. Je ne peux pas imaginer qu'on puisse se mettre à penser dans cette ville. Je trouve enfin un petit restaurant. Il est quatre heures de l'après-midi. Je prends un *Bauernfrühstück*, un petit-déjeuner paysan.

Si je regarde bien autour de moi, je dois admettre que les circonstances historiques ne sont pas tout ; un peuple est une substance qui possède un caractère. Même dans la défaite, la Germanie a conservé son agressivité, sa bonhomie naïve, son incroyable gourmandise de l'instant présent (à un moment donné, cela peut se manifester par la consommation excessive de crème glacée), sa mélancolie sans pareille et sa serviabilité.

Le papier peint vert de la chambre d'hôtel dans le soir de Dresde. La pluie tombe dru. Je suis coupé de tous et de tout. J'ai dans une main le *Wendepunkt* (Klaus Mann), dans l'autre les *Carnets* de Camus (pour l'équilibre).

Le lendemain. Vent froid. Tournée d'achats en ville. Butin : trois gâteaux, sept cartes postales. Pas moyen d'entrer dans une boucherie. – Cela dit, j'aime le paysage que je vois de ma fenêtre du quatorzième étage : la gare, les trains qui passent sur les voies surélevées, les toits, les cheminées, les coupoles, les girouettes parfois étranges, le beffroi de l'université, plus loin la colline verdoyante avec ses maisons tapies parmi les arbres. Depuis le premier instant, la gare me donne une impression de déjà-vu qui m'attire vers la fenêtre, d'où je la regarde fixement, songeur, perdue dans ce vaste panorama. Je comprends soudain que c'est la gare où j'avais pris le train à mon retour de Buchenwald, en 1945. C'était l'été, il faisait très chaud, nous avons attendu pendant des heures le départ plus qu'improbable du train. Si j'ai bonne mémoire, j'ai voyagé sur la plate-forme métallique qui relie deux wagons. Ou était-ce sur le toit ? Non, parce qu'un soldat russe armé d'une mitraillette en était soudain descendu et qu'il m'avait dévalisé, à mon grand étonnement. C'est donc cette gare. Je me demande si cela signifie quelque chose. Je réponds sincèrement : Cela ne signifie rien, rien du tout.

Le soir. L'homme d'entretien de l'hôtel. Il devine à mon accent que je suis hongrois. Sa femme l'est aussi. Ils viennent d'avoir une fille, sa femme est allée accoucher à Budapest, si bien que l'enfant a également la nationalité hongroise. Quand elle sera grande, elle pourra voyager, pas comme lui. “J'ai l'impression d'être un criminel”, dit-il. Oui, je vois cela partout. Le peuple puni. Mais peut-on punir tout un peuple ? Et si oui – parce que les moyens existent –, a-t-on le droit de le faire ?

Vendredi. Exactement une heure et quart de queue à la boucherie. Butin remarquable : rôti de porc, jambon, salami. Une vieille dame s'est sentie mal. Pieds enflés. Les femmes enlèvent de temps à autre leurs sandales. Sinon, c'est la patience, la patience infinie (insupportable) au milieu des procédures d'humiliation. S'agit-il d'un système organisé, ou cette organisation est-elle le fruit du hasard ? Mais il n'y a pas de hasard, les circonstances sont le produit d'autres circonstances. Quoi qu'il en soit, le résultat est le suivant : les efforts que fournissent les gens pour s'approvisionner et maintenir leur niveau de vie consument toute l'énergie qu'ils pourraient employer à d'autres fins. Ils travaillent, font la queue, élèvent leurs enfants – et soudain leur vie s'achève. L'efficacité de cette chaîne est indéniable : le temps manque pour s'élever, et qui dit absence d'élévation dit aussi absence de perspectives. Personne n'a l'idée de sortir de la queue qui progresse vers les comptoirs chargés de marchandises, et ainsi la queue absorbe toutes les énergies. Une récompense à mettre dans son filet attend les gens au bout de la file. Par ailleurs, aussi parfait que soit ce mécanisme, il n'en reste pas moins problématique : il transforme l'homme en esclave. Or, l'esclave est imprévisible, sournois et enclin à la destruction. Le moment où ces traits de caractère prendront le dessus est imprévisible.

La nature des vérités : chacune peut être brandie au gré des besoins. Mais ce n'est pas la vérité qui définit le besoin. Il y a donc quand même une vérité, mais seulement comme il y a un Dieu : dans l'abstrait. D'une manière sourde et muette, pour ainsi dire.

Inez, ma *Betreurin*, c'est-à-dire l'accompagnatrice et interprète qui m'a été attribuée (sans doute aussi pour me moucharder, devoir qu'elle accomplira peut-être avec une partialité favorable pour moi), me dit : "Notre pays est situé sur la ligne de front." Et elle hausse les épaules.

Vu d'ici, l'art de vivre particulier, pour ainsi dire le style de l'ancienne monarchie austro-hongroise saute aux yeux. Cela m'avait frappé dans le train, en venant de Prague : rien que le serveur du wagon-restaurant répandait autour de lui une atmosphère indéfinissable, typique de l'Europe centrale et orientale. Il s'agit peut-être d'un art, la survie transformée en jovialité – *"jenseits von Gut und Böse, jenseits von allem*"*.

Retour à Berlin, étouffant et monstrueux. Aujourd'hui j'ai percé le secret du claquement qui vous accompagne quand vous marchez dans les rues de cette ville : le vent qui agite les drapeaux fait bouger les mâts métalliques fichés dans des trous pratiqués dans le trottoir. La ville claque et cliquette, pavoisée en permanence pour une fête permanente. Ennui permanent, humiliation permanente. Le moindre sourire, le moindre geste naturel de politesse suscitent étonnement et agression. Ces gens ne croient pas qu'il soit possible d'être humain entre êtres humains. – Voyage de retour de Dresde. Arrêt d'une heure en rase campagne, à cause d'un incendie sur la voie. Dans le compartiment, une Berlinoise bavarde et son mari endormi. Elle est sans aucun doute névrosée, lui aussi. Elle est euphorique, lui est déprimé. Je pense qu'il leur arrive d'échanger leurs rôles. Quarante minutes de queue en attendant le taxi devant la gare, en plein soleil. Le ministère, le chauffeur du ministère qui me conduit à mon logement de la Magdalenenstrasse. Immeuble en préfabriqué, la fenêtre donne sur la cour en béton d'un atelier de réparation automobile. Panique. Je décide de fuir. *"Haus der ungarischen Kultur**"* : ils peuvent me loger, ils m'accueillent. Dommage, j'espérais

* En allemand : "Par-delà le bien et le mal, par-delà tout".
** En allemand : "Maison de la culture hongroise".

pouvoir rentrer chez moi. S'il est vrai qu'il ne nous arrive que ce qui nous ressemble, je dois me reconnaître dans l'absurdité – de surcroît dans une absurdité que je crée moi-même, remplie de trahisons et d'échecs. Le Bowling de l'Alexanderplatz. Au sous-sol. Echos retentissants, cris assourdissants qui se fracassent contre les murs. Je me surprends à avoir peur. Une masse sans visages. Différente de la masse hongroise. La masse d'un grand peuple : elle est d'autant plus effrayante – avec les circonstances en plus. – La barrière qui se lève rapidement et mystérieusement au poste frontière de l'Invalidenstrasse : ici, j'ai l'impression de vivre au milieu de secrets énigmatiques, d'un flot ininterrompu de signes parapsychologiques dont je ne comprends pas un traître mot (signe) et dont je suis de toute manière exclu. – Hier après-midi, *Cet obscur objet du désir* au cinéma de l'immense et mégalomaniaque rue principale.

30 mai

Porte de Brandebourg. Des cars de touristes de Berlin-Ouest regardent le spectacle qu'offre ce côté-ci. Je me demande si je dois rester, si je dois supporter cela. Avec un travail, ce serait possible. Sauf que je ne travaille pas.

21 juin

L'humiliation de tout le pays – non : "du pays" et, dans une mesure non négligeable, par lui-même. Aucune solidarité. Le mode d'adaptation des Allemands consiste, semble-t-il, à s'identifier à leur situation. Le tout couronné par un étonnant patriotisme provincial de misère. Le patriotisme est-allemand. Paralysant. Promenade au crépuscule jusqu'au célèbre checkpoint Charlie. Les chicanes, la barrière qui se soulève et s'abaisse sans cesse, le ballet des voitures privilégiées. J'ai la nausée. – Hier, nuit démentielle avec Christine, la dame du ministère, et l'Autrichien. Jusqu'alors si sévère, Christine m'a invité à dîner au Rathauskeller. Quelqu'un lui avait dévoilé mon passé. Or, le juif survivant exerce une attirance sexuelle sur les Allemandes. Nous nous asseyons dans un coin de la salle. La serveuse ne tarde pas à arriver. Elle ordonne à Christine d'un ton brusque d'enlever son sac à main de la chaise et place un couple à notre table. A mon grand étonnement, l'homme ne s'installe pas tout de suite avec l'agressivité renfrognée en usage par ici, mais s'incline et demande la permission de s'asseoir. Il commande une bouteille de vin et nous en offre. Il s'avère bientôt qu'il est de Vienne et que je viens de Budapest. Nous fraternisons contre les Prussiens, chose que Christine ne peut laisser passer. Ils entrent dans une controverse religieuse copieusement arrosée. Conformément à son rôle sexuel et politique, Christine représente l'ange, tandis que le pauvre Autrichien est réduit à jouer celui de Lucifer. Prétextant de ma personne, ils mettent même Hitler sur le tapis. Je suis gêné d'être entraîné dans la misère intérieure allemande. Je suis à deux doigts de leur dire : Allons, du calme. L'Autrichien est avec une jeune gourde berlinoise qu'il a dû lever faute de mieux, et il en a visiblement un peu honte. Christine pose quelques questions à la fille, rien que pour embarrasser l'Autrichien : sa supériorité est écrasante à tout point de vue. Nous ressortons dans une ambiance euphorique. Il apparaît que Christine a manqué son dernier *S-Bahn* : enfin seuls. Mais je suis impitoyable et l'accompagne à la station de taxis. Nous attendons devant la Friedrichstrasse-Bahnhof, dans le vent froid, de une à trois heures du matin. Le temps que le taxi arrive, le joli minois nordique, fier et bébête de Christine retrouve sa sobriété allemande glaciale. Un jour gris se lève du côté de la Pologne. J'arrive chez moi à trois heures et demie, je prends un bain chaud pour ne pas attraper un rhume.

Weimar-Eisenach-Naumburg. Weimar, la maison de Goethe, deux fois. La deuxième fois, seul, dès l'ouverture. Gros pourboire pour avoir au moins deux pièces d'avance sur la bande de touristes qui se pressait derrière moi. J'étais bouleversé. *Lui* n'a pu exister qu'*en ce temps-là, en ce lieu*. Tourner le dos de manière féconde au présent stérile, voilà ce qu'on appelle le classicisme allemand. Il avait reconnu la scène temporelle de son génie intemporel. En même temps, quelle fragilité, quel asservissement ! Il suffit de penser que l'Allemagne n'a pas fait de place au très moderne Heine, que Büchner est mort, que Kleist s'est suicidé – et un instant plus tard voici déjà Nietzsche, l'hypermoderne. – Ensuite, la collection Cranach au château. Et pour finir, la grande cavalcade, la traversée des villes au pas de course en compagnie de l'infatigable Inez qui s'arrête à chaque pâtisserie pour acheter un ignoble *Kuchen* – ça m'a tellement épuisé que je me suis cogné le genou sur les marches du train, ce qui a ravivé mon arthrite et me voilà momentanément cloîtré dans mon hôtel berlinois. – Berlin, hôtel Stadt Berlin : dehors souffle un vent glacial, dedans il fait quinze degrés. Je boitille jusqu'à la réception, car je ne fais pas confiance au téléphone. Le jeune homme est assez sympathique. Je lui dis qu'il fait froid. Il me dit qu'il peut éventuellement faire monter un radiateur, si cela me convient. Je lui réponds avec joie que cela me convient parfaitement. Le radiateur n'arrive pas. Une heure et demie plus tard, je téléphone : J'attends le radiateur. Ils ne sont pas au courant. Je me traîne à nouveau jusqu'en bas : une femme à l'air revêche a pris la place du jeune homme. Quel radiateur ? me demande-t-elle. Celui que le jeune homme m'a promis tout à l'heure, dis-je. Quel jeune homme ? Celui qui était assis à sa place. Elle affirme que personne n'était assis à sa place, qu'elle n'a pas bougé de la matinée. Le doute m'assaille. Finalement, tout est possible. Je lui dis que j'ai froid. Elle dit qu'elle n'y peut rien. Je lui rappelle qu'en fin de compte, nous sommes dans un hôtel de première classe : qu'elle me fasse monter un radiateur. Elle : Il n'y a pas de radiateur. Moi : Mais c'est que j'ai froid. Je lui repose la question deux fois pour m'assurer d'avoir bien compris sa réponse. Oui : *Decken Sie sich zu* – elle me dit de me couvrir. Je reprends l'ascenseur. Une fois dans ma chambre, je branche le minuscule réchaud que j'avais apporté pour me faire du café et dont mon ami K. a bricolé la prise de manière qu'elle corresponde à n'importe quelle prise murale dans le monde entier. Au bout de quelques minutes, je sens dans ma nuque une agréable chaleur qui émane de l'étagère où j'ai placé le réchaud. Je pose ma jambe endolorie sur une chaise, je replie l'autre de manière à placer mon bloc-notes sur le genou. Il m'a fallu ce genou malade, ces deux mois d'improductivité et cette dernière brimade pour reprendre là où je m'étais interrompu environ huit semaines plus tôt, à Budapest :

"Je prends un livre sur l'étagère. Le volume exhale une odeur de renfermé – la seule trace dans l'atmosphère d'une œuvre achevée et d'une vie accomplie qu'on puisse léguer est une odeur de livre. Je lis : *Je suis venu au monde le 28 août 1749 à midi, avec les douze coups de l'horloge, à Francfort-sur-le-Main. La constellation était propice : le*

Soleil, dans le signe de la Vierge, était justement au zénith ; Jupiter et Vénus lui montraient un visage amical, Mercure n'était pas hostile non plus, tandis que Mars et Saturne restaient neutres ; seule la Lune... – eh oui, c'est ainsi qu'il faut naître ; en homme de l'instant – de l'instant où naissent on ne sait combien d'êtres humains sur la terre. Sauf que les autres n'ont pas laissé derrière eux d'odeur de livre : et donc ils ne comptent pas. L'ordre cosmique a préparé cet instant propice en vue d'une seule naissance. Le génie, le grand créateur descend sur la terre comme un héros mythique. Un lieu inoccupé le désire avec impatience, sa venue est attendue depuis si longtemps que la terre en gémit presque. Il suffit dès lors d'attendre la constellation la plus bénéfique, celle qui le guidera à travers les difficultés de la naissance, puis dans ses débuts mal assurés et ses années d'hésitations, jusqu'à l'instant lumineux où il pénétrera dans le royaume de la renommée. Rétrospectivement, quand il la contemplera du haut de sa carrière, sa vie lui apparaîtra comme l'incarnation de l'inéluctable ne laissant aucune place au hasard. Tous ses gestes, toutes ses pensées sont importants, car ils sont marqués du sceau de la Providence. Chacune de ses déclarations est chargée des signes symboliques d'un développement exemplaire. «Le poète, dira-t-il plus tard, doit avoir une origine, il doit savoir d'où il vient.»

"Je crois qu'il a raison : c'est effectivement la chose la plus importante.

"Ainsi donc, quand je suis venu au monde, le Soleil était dans le signe de la plus grande crise économique jamais connue, depuis l'Empire State Building jusqu'aux aigles de l'ancien pont François-Joseph. Du haut de tous les points élevés du globe, les hommes se jetaient à l'eau, dans le vide, sur le pavé, selon les circonstances ; un chef de parti du nom d'Adolf Hitler m'a montré un visage extrêmement hostile entre les pages de son livre intitulé *Mein Kampf*, la première loi hongroise antijuive, appelée *numerus clausus*, était au zénith de ma constellation, avant d'être remplacée par les suivantes. Tous les signes de la terre (je ne sais rien des signes du ciel) témoignaient du caractère superflu, voire déraisonnable de ma naissance. De surcroît, j'étais arrivé comme un fardeau pour mes parents : ils s'apprêtaient à divorcer. Je suis la matérialisation de l'amour d'un couple qui ne s'aimait plus ; peut-être le fruit d'une nuit conciliante. Et hop, d'un coup j'ai été là, par la grâce de la nature, avant qu'aucun d'entre nous n'ait pu y réfléchir correctement. J'étais un enfant bien portant, j'ai eu mes quenottes, j'ai commencé à marcher, ma raison s'est épanouie : je commençais à prendre la mesure de mes matérialisations foisonnantes. J'étais le petit garçon commun de mon papa et de ma maman, lesquels n'avaient désormais plus rien en commun ; pensionnaire de l'internat privé où ils m'avaient placé en attendant de régler leur divorce ; élève de cette école, petit citoyen de l'Etat. Avant les leçons, je récitais cette prière : «Je crois en un seul Dieu, je crois en une seule Patrie, je crois en la résurrection de la Hongrie.» Je lisais sur le mur la légende de la carte aux frontières rouge sang : «Petite Hongrie n'est pas un pays, grande Hongrie, c'est le paradis.» J'ânonnais aux leçons de latin : *«Navigare necesse est, vivere non est necesse.»* J'apprenais aux cours de religion : *«Shema Yisroel, Adonaï Elohenou, Adonaï Ehod.»* On prenait possession de ma conscience, elle était cernée de toutes parts : on m'éduquait. Avec des paroles aimables ou avec des avertissements sévères, tout doucement j'étais amené à maturité pour être supprimé. Je ne me suis jamais défendu, je me suis toujours efforcé de faire tout mon possible : avec une bonne volonté quelque peu indolente, je sombrais dans la névrose de ma bonne éducation. J'étais un membre – modestement appliqué, aux résultats pas toujours impeccables – du complot silencieux qui se tramait contre ma vie…"

Novembre

Szigliget. Ma relation au roman s'est refroidie, c'est inquiétant. Après la lecture des pages déjà écrites : approbation fraîche, mais aucune émotion. Dans l'intervalle, je me rappelle mon passage à Buchenwald lors de mon voyage en Allemagne, il y a quelques mois : je ne l'avais même pas noté dans mon journal. Petitesse, honte de tout cela. Question d'Inez : qu'est-ce que je veux visiter en premier, la maison de Goethe ou Buchenwald ? Je réponds : Buchenwald. L'arrêt d'autobus n'est plus du tout au même endroit qu'avant (il y a une bonne quinzaine d'années). La route et les environs me sont encore moins familiers. De gros nuages de pluie bourgeonnent. Je franchis le portail avec Inez. Il y a pas mal de visiteurs. Devant nous avance un groupe de jeunes accompagnés par… comment dire ?… un guide des camps de la mort. L'orage éclate. Nous cherchons refuge dans le bâtiment le plus proche ; il se trouve que c'est celui des fours crématoires. Les jeunes gens s'y pressent aussi. Je suis serré contre la table de dissection dont les carreaux, blancs à l'origine, ont jauni. Le tuyau en caoutchouc qui servait à la laver est encore là, près de la tête. Le guide, un homme d'âge moyen, brun, au visage plutôt antipathique, poursuit ses explications d'une voix monocorde : les fusillades, l'incinération des corps, etc. Au-dessus de la balance sur laquelle les détenus devaient monter, il montre une minuscule meurtrière qui servait à leur tirer dans la nuque. Tout cela n'intéresse visiblement pas les jeunes gens ; à l'arrière, un couple s'embrasse imperturbablement. Inez me murmure à l'oreille qu'il s'agit sans doute d'Allemands de l'Ouest. Quelque stupide qu'ait pu être cette remarque, elle témoignait de son embarras et de son attention pour ma personne. Mais je n'étais nullement "blessé". La seule chose qui me gênait était que "mon histoire" m'obligeait à adopter un comportement auquel je ne pouvais absolument pas m'identifier à cet instant-là. Je pensais seulement que le fait même que Buchenwald n'avait pas de signification ne signifiait rien… Je me disais que j'avais déjà écrit un roman sur Buchenwald, puis sur le fait étrange et mélancolique que Buchenwald ne signifiait rien… J'aurais tant aimé ne pas être moi, alors ils n'auraient pas été eux, rien ne serait arrivé, il n'y aurait pas d'histoire et nous tous qui nous trouvions là serions sans destin, comme le sont, selon Rilke, les dieux… La pluie cesse, nous sortons. Inez me demande de quel côté était le Petit Camp. Je suis incapable de lui répondre. Le soleil perce les nuages qui filent. Des panneaux plantés sur le flanc nu de la colline indiquent des endroits où se trouvaient certaines choses – mais je ne comprends pas les inscriptions, je ne trouve aucun point de repère, je n'ose montrer à Inez que j'ai envie de partir, de trouver un endroit plus accueillant. Nous cheminons sur un sentier enfin dépourvu d'indications, au milieu des herbes folles, des chardons et des fleurs des champs sur lesquelles scintillent encore des gouttelettes de pluie, et finissons par arriver devant l'immense monument. Du haut de la colline en demi-cercle aménagée en terrasses, on a une vue imprenable sur tout le paysage. La statue de groupe, qui n'est peut-être pas si mauvaise *an sich*, en soi, perd complètement son effet dans cette douce lumière de climat tempéré, dans ce vaste espace qui invite à la promenade. Nous pénétrons dans cet horrible mémorial, refuge improbable d'autels incas mâtinés de cheminées d'usine. Un seau, des bouteilles de bière vides et un bleu de travail traînent sur les planches d'un échafaudage dressé le long d'un mur lépreux qui s'élève à une hauteur effroyable, et la vue de ces objets appartenant à des êtres humains m'apaise. Nous redescendons en autobus. Les tracas quotidiens recommencent dès le déjeuner (nous ne pouvons pas nous asseoir où nous voulons, nous ne pouvons pas sortir sur la terrasse de l'hôtel de l'Eléphant, etc.), si bien que je ne pense plus à Buchenwald. Mais j'ai compris où se trouvaient les limites de la réceptivité historique. La générosité n'est pas de mise, or sans générosité nul peuple ne saurait en comprendre un autre ni se comprendre lui-même. J'avais presque honte de faire partie – avec des millions d'hommes – du chef d'accusation qu'on brandit sous le nez de ce peuple enfoncé dans la misère morale, alors que les causes de son oppression, de son "châtiment", sont ailleurs : mais, pour dire les choses crûment, c'est encore moi qu'ils vont haïr pour cela. C'est aussi absurde que de m'avoir déporté à Auschwitz parce que Manfréd Weiss aurait exploité le peuple de Hongrie – tandis que lui et les siens avaient déjà obtenu un passeport pour le Portugal. C'est ainsi que fonctionne la fausse conscience historique et c'est ainsi qu'on la met en œuvre : falsification, maladie, névrose et sentiment de culpabilité imposé conduisent à des déchaînements d'agressivité dirigée autant que possible contre les autres, sinon contre soi-même. C'est inévitable quand on ne donne pas aux gens la possibilité d'améliorer leurs conditions matérielles, spirituelles et intellectuelles, de s'améliorer tout court…

Si seulement je pouvais savoir qui je suis, ce que je suis…

Un essai sur Sartre. Je dois bien admettre à nouveau que mes origines sont dans leur monde. Mes racines plongent dans le terreau de l'existentialisme d'après-guerre : ce terreau peut-il encore produire des nourritures fraîches ? Je suis apparemment un personnage anachronique. Cela ne signifie pas forcément que je ne comprends pas le monde, mais il est certain que le monde ne me comprend pas (et n'a pas envie de me comprendre).

Décembre

Je me suis réconcilié avec mon roman. Le *Prélude* est terminé, j'ai rayé quelques passages. Le texte a perdu des couleurs, mais il a gagné une cohérence qu'il peut arborer fièrement, bien qu'il soit amaigri, comme un aristocrate décharné qui garde sa tenue malgré sa décrépitude. Qu'est-ce qui n'est pas décrépit ? Beckett l'est, Camus aussi, la peinture est décrépite, la musique, tout. Un art luxuriant ne peut pousser sur des champs arides et brûlés. Quelque chose est perdu ; mais c'est peut-être justement par cette perte que quelque chose subsistera.

Il ne fait sûrement pas bon être mort, mais avec le temps on doit pouvoir s'y faire (comme à tout).

1981

Janvier

Hier soir, promenade sur les quais du Danube. Il faisait froid. Devant le Parlement, un Polonais m'aborde dans un allemand hésitant. Il est de Cracovie. Juif. Nous bavardons un peu, je ne sais plus de quoi, mais avec tristesse et une sorte de compréhension surnaturelle. Puis je poursuis ma route. Nuit. Brouillard. Humidité. Rien à faire.

Se préparer. Pour qu'elle ne nous atteigne pas comme un accident, comme un malfrat qui nous assommerait au coin de la rue. Beethoven : "Malheur à celui qui ne sait pas mourir."

Nietzsche : *Zur Genealogie der Moral.* La Révolution française serait la victoire de la Judée sur Rome, mais l'honneur revient pour un moment en la personne de Napoléon qui est l'intermédiaire entre l'Inhumain et le Surhumain… Le soir, extraits du *Journal* de Kafka. Comparé à Kafka, Nietzsche apparaît parfois comme une brute épaisse d'Allemand.

Hawthorne, *La Lettre écarlate* : "Mais il existe une fatalité, un sentiment, si impérieux qu'il a force de loi, qui oblige presque invariablement les êtres humains à ne pas quitter, à hanter comme des fantômes, les endroits où quelque événement marquant a donné sa couleur à leur vie ; et ceci d'autant plus irrésistiblement que cette couleur est plus sombre. […] Une patrie sauvage et lugubre mais où elle était véritablement chez elle et pour toute sa vie. Tous les autres lieux du monde lui étaient étrangers en comparaison – même ce village de la campagne anglaise où son enfance heureuse et son adolescence sans tache semblaient être restées… La chaîne qui l'attachait avait des mailles de fer et la meurtrissait jusqu'au fond de l'âme, mais elle ne pourrait jamais être brisée*." – Kafka, *Journal*, 5 janvier 1914 : "Pourquoi les Tchouktches ne quittent-ils pas leur terrible pays, en comparaison de leur vie actuelle et de leurs désirs actuels, ils vivraient mieux partout ailleurs. Mais ils ne le peuvent pas ; car tout ce qui est possible arrive ; seul est possible ce qui arrive**." Et ce passage du *Château* où K. dit à Frida : Je ne suis pas venu dans cet endroit désolé pour en repartir.

Une société où quiconque peut être remplacé à tout moment est une société de remplaçants. Dès lors, rien d'étonnant à ce que, dans une telle société, tout finisse par devenir symbole et comparaison ; mais une comparaison dont le premier terme est perdu depuis longtemps. Telle est la vie ici, je rêve d'une vie qui n'existe pas, dont on ne fait que parler sans savoir depuis longtemps de quoi on parle en réalité.

"Les créatures de cet endroit se mangeaient les unes les autres – je ne l'oublierai jamais. Etrange destinée." Milán Füst.

L'homme a toujours besoin de deux images simultanées : la "réelle" et l'"imaginaire". Mais pourquoi ces guillemets ? Parce qu'aucune des deux n'est entièrement réelle ni imaginaire.

Finalement, le jugement esthétique est celui qui s'applique le moins au roman. Les gens attendent la présence d'un artiste qui se révélerait à eux.

* Trad. Marie Canavaggia.
** Trad. Marthe Robert.

Les chênes encore nus tendent dramatiquement leurs branches dans le ciel du soir strié de violet. La colline derrière le promontoire appelé "la Jupe", l'entrelacs des chemins forestiers…

C'est lui, tel que je l'ai vu en rêve : un bandit de grand chemin avec des lunettes, un béret sur la tête, vêtu avec une élégance criarde de faubourg. Tôt ou tard, il nous assommera au coin de la rue, mais il n'a rien à voir avec notre vie. Ce n'est pas le juge, ce n'est que l'exécuteur de la sentence. Or la sentence est prête depuis notre naissance. De quoi avons-nous peur, au juste ? D'avoir mal ? Ou plutôt de changer de mode de vie, pour ainsi dire ?

Ces choses si importantes pour moi, je puis ressentir en même temps à quel point elles sont insignifiantes.

L'âge, la vieillesse qui entame les traits originaux des visages et les revêt de ses rides comme d'un uniforme. L'uniformité des vieilles gens ; elle est peut-être due au peu d'attention que nous leur accordons.

Au XVIIIe siècle, et même au XIXe, le "peuple", en sa qualité de serf ou de paysan, était plus un animal que la *chose* qu'il est devenu au XXe siècle.

Tout est vrai, mais à l'envers, et ce, depuis la préhistoire. "Dieu créa l'homme à son image" – non : c'est l'homme qui a créé Dieu à son image. Et il s'étonne de le voir faillir comme lui-même. Tout ceci est *"menschliches, allzu menschliches"*, humain, trop humain ; il y a un tel gouffre entre la raison humaine et la vie humaine (le destin) qu'il est impossible de jeter un pont par-dessus, parce que l'essence et la nature du gouffre sont inconcevables. Nous nous trouvons d'un côté ou de l'autre ; ou c'est la raison qui est superflue, ou c'est la vie.

J'ai tout raté définitivement et tout a pris fin sans que j'aie vraiment pu commencer : je peux donc dire que j'ai vécu une vie d'homme.

Toute œuvre porte l'empreinte de son dieu, toute œuvre d'art porte celle de son auteur ; la transcendance d'un roman, par exemple, c'est l'auteur qui se cache derrière et qui – si c'est un véritable écrivain – reste mystérieux, insaisissable et cependant omniprésent comme le fameux *Gott* qui a soi-disant créé notre monde réel. Par conséquent, éliminer cette transcendance du roman est une erreur aussi grave qu'éliminer Dieu du monde ; bien qu'il soit dernièrement de bon ton de commettre ces deux erreurs. Voilà pourquoi tant le roman que la vie sont ennuyeux.

La qualité de la vie, comme la vivent les masses, et comme la vivent ces fameux élus, les *pauci beati*. Ces derniers sont les porteurs unanimes du non analytique, de la négativité ; et ceux qui, parmi les hommes d'esprit, ne peuvent trouver la justification de leur propre activité et de leur existence qu'en rejoignant une quelconque exigence supposée des masses, ceux-là perdent leur crédibilité, leur caractère d'élite intellectuelle, cessent d'être les porteurs de cette négation qui de nos jours, dans la société de masse, dans la vie de masse, dans les destructions de masse, apparaît comme la seule valeur vraie, crédible et authentique, semble-t-il. Masse et esprit ont toujours été des notions contradictoires. Mais les masses n'ont jamais encore détenu le *pouvoir*, le pouvoir absolu, voire totalitaire, et le pouvoir des masses qui les hisse elles-mêmes sur le trône n'a jamais désigné l'esprit comme étant son ennemi d'une manière aussi évidente que de nos jours ; les masses, plus précisément : le pouvoir qui veut justifier sa légitimité par les masses s'est retrouvé en situation de pouvoir détruire tout mode de vie supérieur ; sans cela, la vie n'a pas de valeur (ni de sens, je le crains). C'est un phénomène propre au XXe siècle.

L'activiste. Un ami d'enfance. Il refait surface après plus de trente ans. "Du fond des âges". Il se souvient de mon père : "Debout dans la cuisine, en train de manger du saindoux à la cuiller parce qu'il voulait grossir..." L'enfer de l'enfance. Il en parle avec le sourire. Militant dès l'adolescence, il reste inébranlable. Il confesse son amour de l'humanité : "Je suis un humaniste utopiste." "Oui, moi, je crois en l'homme." "Je n'ai pas connu plus de déceptions que si j'avais été de mauvaise foi." Etc. Toujours sur le fil entre tuer et être tué, sans pour autant se faire une idée de la mort, que ce soit la sienne ou celle des autres. Manque total d'imagination, comme chez tous les activistes de tous les mouvements. Il parle sans retenue de son mariage heureux, de la joie que lui procurent ses enfants. Il accompagne ses propos de mouvements saccadés et névrotiques du bras, d'un geste brusque de la main pour se lisser les cheveux, alors qu'il est presque entièrement chauve. Le même geste qu'un autre activiste, G. Il s'agit donc sans conteste du geste, observé ou rapporté, d'un dirigeant du parti – vivant, mort, national ou étranger ? Je me pose incidemment la question pendant la conversation.

Le contenu de ce geste est une sorte de disposition idéaliste, une sorte de *motus animi continuus* communiste. – Avec le temps, ces mouvements qui se transmettent peut-être d'une génération à l'autre perdent leur signification et deviennent une sorte de signe de ralliement relativement différent de l'original, un métalangage "parlé" uniquement par une société ou un groupe restreints. Il s'affine peut-être avec le temps ; qui sait d'où viennent les gestes qui caractérisent les différents comportements, quelles significations ils recèlent tandis qu'ils se répandent petit à petit et deviennent les épiphénomènes d'une culture ?

Août

Canicule. Nietzsche : *la gaya scienza* – à cause de l'image de Nietzsche dans *Le Refus*, plus précisément d'une citation. Le gouffre fatal d'absurdité qui sépare l'éternelle révolte des intellectuels de l'éternelle pratique révolutionnaire. La mélancolie historique au présent. Le pays passé, après beaucoup de péripéties, de l'absolutisme éclairé du XVIIIe siècle au totalitarisme libéral actuel. Le temps universel, cette machine au tic-tac aveugle, a été pris au piège de l'ici-bas et les Lilliputiens se précipitent pour le démonter ou au moins faire taire son mécanisme. Après le péché originel, dont il n'est fondamentalement pas coupable, l'homme a commis un péché historique, difficile à nommer, mais incontestable. (Peut-être le ratage définitif de toute révolution ?) Résultat : la stagnation, l'immobilisme, la vie devient un lent processus de corruption, interminable et envahissant. La vérité n'est plus à chercher dans l'âme, mais dans la structure. La vérité moderne est rationnelle ; elle est juste impossible à admettre.

Quoi que vous *croyiez*, si un jour vous prenez le pouvoir, vous aurez à décider de la vie et de la mort ; et quoi que vous *ayez cru*, vous vouliez prendre le pouvoir pour pouvoir décider de la vie et de la mort. La foi ! La foi ! La foi ! Tout ce qui reste en définitive, c'est qu'il faut tuer et régner. Quel pauvre lieu commun ! Si au moins vous connaissiez l'orgueil des puissants, l'orgueil des véritables puissants d'antan – *zynisch und mit Unschuld**...

Mais l'éternelle mauvaise conscience de l'illégitimité finira par livrer le pays et le monde aux mains de criminels sans scrupules encore plus brutaux.

Souvent, Nietzsche ne comprend strictement rien aux choses, mais il se produit parfois dans son imagination, qui réunit réalité et abstraction, des courts-circuits accompagnés de décharges et d'étincelles de l'esprit, de petites catastrophes comparables à des feux d'artifice.

Il existe une sorte de bonheur que j'évite comme le plus grand malheur.

Madame, permettez-moi de contrôler vos pensées, de vous demander des comptes sur vos rêves, de terroriser vos sentiments, de vous interroger sur chacun de vos pas, de vous suivre à la trace, de vous garder constamment à l'œil – bref, de vous aimer.

Pro memoria : memento mori.

Camus : *L'Homme révolté.* Les passages sur Hitler : dynamique pure, le mécanisme de la

* En allemand : "avec cynisme et innocence".

dynamique – c'est également ainsi que je le vois. Le fascisme, dit Camus, n'est pas une révolution parce qu'il renonce à l'universalité. A mon avis, ce n'est pas cela qui l'empêche d'être une révolution. L'essentiel n'est pas là ; il y a dans le fascisme un motif archaïque-national-racial-médiéval qui lutte désespérément contre l'esprit moderne, une sorte d'esprit moderne blessé justement dans sa "modernité". Comme si le vernis de la civilisation occidentale, y compris celui de la religion, s'était révélé soudain aux yeux des Allemands : le chef de la bande rugit et la bande tout entière se débarrasse des *convenances*. En ce sens, il s'agit effectivement de nihilisme et Camus a encore raison quand il analyse ce phénomène dans la culture occidentale. L'Asie… eh bien, l'Asie, c'est autre chose.

Autrefois, la littérature montrait comment "ils" vivaient ; aujourd'hui, l'écrivain ne peut plus parler que de lui-même : dire comment "il" vit (essaie de vivre), à quel point il est perdu et désemparé.

Un totalitarisme incapable de remplir la totalité. L'idéologie se vide peu à peu. Le "système" n'est pas la structure de l'Etat ; cette dernière est plus puissante, et en même temps, comme certains virus qui peuvent survivre à la glaciation ou au déluge, elle est capable de disparaître de la surface de la vie publique pour se cantonner dans l'administration. Un totalitarisme libéralisé, au pluralisme latent, qui supporte tout – c'est là qu'il devient dangereux, car il n'existe aucun remède miracle qui puisse l'éradiquer.

La nature de toutes mes relations est celle qui lie le gibier au piège. Parfois, j'y laisse un pied, parfois, je traîne le piège avec moi et je le laisse me blesser, me handicaper toute la vie. – Schubert : “Connaissez-vous une musique heureuse ?”

Voici le vrai nom de la transcendance : le néant. Elle n’en est pas moins transcendante.

Je crois au manque de transcendance et d’absolu : donc, *j’ai* une transcendance, et par conséquent une expérience tragique du monde. Me demander de ne pas en avoir serait me demander de ne pas être écrivain. Tout écrivain est lu pour sa plasticité, sa sociabilité et surtout pour son expérience transcendante du monde. Tout le reste n’est que divertissement, mercantilisme, tergiversation, charabia. – Mais quel est le *nom* de la transcendance humaine ? Le meuble antique, l’éthique ; parce que l’éthique, c’est l’individuel, l’incontournable et en même temps le commun et le mythique. L’attachement, la sensibilité de l’homme au crime et à la notion la plus indéfinissable qu’est la sphère de la corruption, de l’irréparable ; et cette sphère – perceptible en tant que *destin* – est familière à tout homme dans une égale mesure.

“Nous aspirons à l’amour, mais en même temps comme il nous humilie ! Quelle victoire que l’amour ! Quelle tyrannie ! Il brûle sans cesse notre conscience, comme l’opprobre du crime le plus sanglant !”

La honte de vivre ici. Considérant que j’ai accepté l’esclavage – considérant simplement que je vis. Mes productions intellectuelles justifient-elles une chose que moi, je ne veux pas justifier ? Suis-je définitivement marqué du sceau de l’époque et du lieu en dépit du fait que je nie toute cohabitation morale jusqu'à me haïr, voire jusqu'au suicide ? En restant ici, je me suis soustrait au tragique, c'est-à-dire au destin, et je me suis soumis au comique, à un destin étatique foisonnant de hasards. Même si mes travaux expriment justement ce comique, la honte de la participation et cet asservissement. Voilà qui sonne presque comme une justification. La génialité existentielle est-elle possible ici, est-il possible de vivre profondément son existence unique, de *vivre consciemment sa vie* ? Telle est la question fondamentale. Et je ne doute pas de ma réponse : oui. Ici comme ailleurs, on peut accomplir son devoir individuel – c'est la technique romanesque du *Refus*, c'est le monde du *Refus*. Considérer les circonstances historiques comme la matière du moment à travers laquelle l'existence se fraie un chemin : le triomphe – qui coïncide avec la mort – ne dure qu'un seul instant, et cet instant est l'œuvre elle-même ; et celle-ci est œuvre *par le fait que* et *dans la mesure où* elle crée – ou plutôt exécute – sa propre possibilité. C'est tout, rien de plus : arriver à la possibilité d'une œuvre ; ensuite, l'œuvre ("Qui parle ici de victoire ?") est une question d'époques révolues depuis longtemps ou à venir ; non pas l'Œuvre, mais seulement la route qui y mène (comme œuvre).

Márai : *Terre, terre !...* Bouleversant. L'exil comme forme d'existence du XXe siècle, à tout point de vue ; exil extérieur et intérieur. – Exil et exil : Márai et Th. Mann. Le tragique et le comique, plus précisément (pour reprendre Márai) : la caricature. La marque de Márai est la voie bourgeoise. Pourquoi marque ? Parce que, dans ce pays, cette voie ne pouvait pas être tragique ou radicale, c'est-à-dire – en termes d'éthique – de grande envergure. Ici, la bourgeoisie n'a jamais été *responsable* (et n'était donc pas une vraie bourgeoisie) : son effondrement en 1945 fut une comédie modeste, médiocre, pour tout dire bourgeoise. Nul auteur ne peut bâtir à partir de cela une œuvre comme *Le Docteur Faustus*, grinçante de reproches, de culpabilité, de responsabilité historique, hantée par le cauchemar de l'effondrement mais s'élançant vers le ciel, telle une cathédrale gothique. Ici, même le bilan le plus conséquent – comme celui de Márai – mènerait tout au plus au résultat introspectif qu'il avait quelque chose de caricatural dans son existence. Ce qui est caricatural, c'est l'absence de fonction de la bourgeoisie hongroise. De ce fait, la caricature s'insinue jusque dans le bilan. Le bourgeois ne choisit pas le repentir – en fin de compte, il n'a rien à regretter – mais il quitte la scène. En tant que bourgeois, le Hongrois passe d'une non-fonctionnalité définie à la non-fonctionnalité générale, au statut de réfugié. Il ne représente plus personne. Le "destin hongrois", indissociable bagage de cette médiocrité : son départ revient à fuir son destin, ce n'est pas *la fuite comme destin* ; parce qu'il n'a jamais été un destin. Voilà pourquoi on ne peut pas affirmer que le départ de Márai ait été celui d'un grand esprit de la nation – même si, subjectivement, c'était un grand esprit de la nation –, comme par exemple celui de Thomas Mann : le départ de ce dernier a jeté une ombre sur sa nation tout entière. – Ce ne sont là que des tergiversations qui signifient que la grandeur de Márai est ailleurs : dans son indépendance individuelle plutôt que dans son rôle de grand exilé, bien que, de ce point de vue, son exemple moral brille comme un diamant. – En revanche, la liberté qui va au-delà de l'existence bourgeoise, puis des camps, de l'asservissement intégral, de l'asservissement total sans précédent, cette liberté désormais inutile, mais qui n'engage non plus à rien au-delà d'elle-même, qui traverse et dépasse toute morale immanente sociale et toute morale élitiste ; cette liberté me mènera, si je veux, aux portes de la vie et de la mort, à la connaissance, d'où l'on voit la simple existence et les chances de grâce individuelle.

"Le mensonge n'a jamais été un moteur de l'histoire aussi puissant que dans les trente dernières années" : Márai (en 1972).

Novembre

Mon intelligence et un certain courage moral : je peux toujours compter sur ces vagues vertus, bien qu'à cette étape de mon travail, j'aie plutôt besoin de talent plastique.

1982

10 janvier

Ce matin, taxi avec un tabouret que ma mère m'a donné, brocante, achat d'un bureau, installation chez ma tante, dans une chambrette de HLM à Angyalföld* ; ce sera bien (un peu froid) ; j'ai monté ma lampe de bureau. Ne pas avoir de logement me coûte désormais vingt mille forints par an. Mais qu'est-ce que ça vient faire ici ? Ces derniers temps, j'ai envie d'immortaliser sémantiquement des objets, des fragments d'événement, des souvenirs. Je vais mourir. Que reste-t-il de nous ? Quelques objets et une ou deux additions, à condition qu'elles aient été enregistrées.

* Quartier populaire de Budapest.

Grippe, lit, Márai : *Les Confessions d'un bourgeois* (une édition des années trente, exclue de la littérature contemporaine). – Analogies évidentes avec *Le Refus*. Les circonstances ; incroyable, ce qu'elles sont devenues dans *Le Refus* ! Si je pensais d'une manière totalement anachronique, c'est-à-dire comme un écrivain ou même l'écrivain d'une nation, je n'aurais pas de mal à remarquer que *Le Refus* s'insère – pourrait s'insérer – dans un courant littéraire vivant ; quelle perspective (ou plutôt rétroperspective), quelle signification profonde auraient alors le rétrécissement de l'espace et la problématique artistique ! – De nouveau la honte de vivre ici. M. : "De nos jours, il est partout honteux de vivre."

Hannah Arendt : *"Wo sind wir, wenn wir denken ?"* ("Où sommes-nous quand nous pensons ?") Nulle part, dit-elle ; c'était prévisible.

Je reviens à la problématique de l'écrivain "bourgeois". La question de la légitimité, le postulat de l'ordre légal comme propriété du bourgeois et donc aussi de l'écrivain bourgeois. Mais pour entrer dans le cercle de la vérité du siècle, l'écrivain doit admettre qu'il peut être assassiné et que ce n'est rien d'extraordinaire. Kafka se fait tuer dans *La Métamorphose* et dans *Le Procès*, d'abord en tant que cloporte, puis en tant qu'honnête employé. J'admets par ailleurs qu'il n'est pas nécessaire de partager ce point de vue, mais dans ce cas il faut être constructif, c'est-à-dire tragique, ce qui est ridicule de nos jours, sauf dans le cas de la véritable grandeur. Tout geste accompli pour protéger ou sauvegarder le monde est un geste de tragédie, un geste élitiste. Mais pour paraître crédible, il doit s'enraciner dans une tradition profonde, une *volonté* valable et inébranlable, et donc dans l'élite existante. – Cependant, dépourvue de base, la constructivité de l'élite au pouvoir est toujours une pseudo-constructivité dont le contenu est tout simplement la déconstructivité, bref, l'anéantissement.

A. me dit que j'ai crié dans mon sommeil cette nuit, que j'ai appelé à l'aide, poussé des gémissements angoissés, des plaintes déchirantes, elle prétend même m'avoir secoué ; je ne me souviens de rien. Je ne vis qu'à moitié et cela me donne le sentiment d'avoir commis un crime indéfinissable. Je vois ma relation avec la vie comme une sorte de casse-tête logique, un peu comme quand on joue aux échecs ou qu'on fait sur une feuille de papier des calculs abstraits dont le résultat donne naissance à une réalité surprenante. Par exemple, on prend deux fils, on les fixe à l'aide d'une vis, on les enfonce dans la prise murale, on appuie sur un bouton et la lampe s'allume. Bien qu'il s'agisse d'un calcul de probabilité conscient et que le résultat soit celui qu'on attendait, cela reste fantastique et, dans un certain sens, incompréhensible. Tout est pure déduction, il n'y a nulle certitude évidente ; c'est pareil pour l'écriture. Dans mon cas, le travail n'est pas une activité, mais une passivité : je résiste à la faillite quotidienne. Et si malgré tout j'obtiens quelque chose, j'en suis le premier étonné. Mais cela n'a pas de vie vivante, laquelle semble manquer partout, d'ailleurs. Quelle est mon existence, pourquoi suis-je, quelle est mon essence ? Je ne cherche pas de réponse à ces questions, naturellement, rien que des signes à peu près fiables ; mon corps aussi est un étranger qui me maintient en vie et qui finira par me tuer.

D'après Pascal, plus on est intelligent, plus on remarque de traits particuliers chez les gens. Dans ce cas, soit mon intelligence pose problème, soit les temps ont beaucoup changé, et les hommes aussi par la même occasion.

Hier, lu la correspondance de Flaubert. A cinquante-quatre ans, il se voit comme un vieillard. "[...] dans trois jours, j'aurai cinquante-quatre ans [...]." Moi, j'en ai cinquante-trois. A mon âge, Flaubert était depuis longtemps Flaubert et il le restera pour l'éternité... *"Gib's auf*!"*

Rester un individu et tenir en tant qu'individu dans ce monde collectif (le collectif, c'est ici la folie et la destruction devant lesquelles il n'y a pas de fuite individuelle) ; pour l'instant, j'aurais du mal à concevoir une entreprise plus héroïque.

La philosophie de l'absurde reste une philosophie de la fuite plutôt que de l'affrontement. Son ressentiment métaphysique, ses postulats moraux implicites, etc. le montrent bien ; l'absurde est tragique, excessivement tragique. En revanche, l'existence réelle est abandonnée de tous, nul ne la voit, elle est monologique et ennuyeuse. Elle est caractérisée par les mots de la décomposition et de la destruction. La schizophrénie dépressive est peut-être l'état qui donne, ou plutôt crée, l'image relativement la plus précise de la simple existence ; mais pour la conscience "normale", cet état est non seulement à rejeter, il est aussi inimaginable. L'homme est attaché à l'existence par sa volonté alors que l'existence lui est insupportable. Son imagination ou plutôt les représentations qui le font planer au-dessus de la simple existence viennent à son secours ; surtout sous la forme de représentations de

* En allemand : "Renonce !"

but et d'idéal, de représentations supposées de la connaissance. L'agression (dont le travail est l'une des formes) est l'aiguillon fondamental de la culture et de la civilisation européennes. En d'autres termes, la fébrile activité humaine puise son énergie dans la peur de l'existence et de la mort. C'est peut-être pourquoi on sent que cette agitation manque de réalité pour peu qu'on la considère avec un regard pur. Parce que la réalité, l'essentiel pourrait-on dire, est ce que cette activité fébrile s'efforce de nous faire oublier. Mais ce n'est qu'un aspect du phénomène : l'autre, c'est que l'imagination aux abois ne peut plus s'arrêter aux connaissances humaines essentielles, qu'elle est incapable de saisir le destin qui se manifeste dans les événements, incapable de suivre le cours de ces derniers, ce flot grossissant censé élargir la conscience de l'homme – sa conscience éthique et historique. Donc, l'homme est incapable de s'approprier l'histoire, incapable d'exister de manière historique, bien qu'il se soit affranchi de l'existence pour se condamner à l'histoire. On peut dire qu'il a perdu son existence et son histoire ; la grande question que l'existence des totalitarismes porte à son paroxysme est de savoir comment la vie humaine peut – si toutefois elle le peut – prendre place dans les structures sociétales modernes créées par l'homme. Quel est le sens de ma question ? Après avoir dépassé sa vie purement végétative par son histoire, l'homme n'est-il pas condamné par celle-ci à y retourner ?

Affirmation de Jaspers, pas très originale, mais tellement vraie : dans son ensemble, la vie n'est pas séparable de l'état politique. Quoi que je fasse, j'ai toujours honte ; et c'est encore ce qu'il y a de meilleur en moi.

Je peux considérer la judéité comme un symbole, une situation existentielle, un devoir éthique ; y voir une possibilité de connaissance, une grande école d'asservissement, de misère moderne, d'exclusion. Mais que puis-je faire de la judéité en tant que peuple, religion et histoire ? Si c'est un "peuple", il ne correspond plus à l'expérience juive qui exige solitude et exil. Si c'est une "religion", elle s'oppose au courage et à la résignation, à ma manière d'affronter la mort. Si c'est une "histoire", elle s'oppose au devoir individuel que j'assume justement par manque de "devoir historique" (à moins que je ne voie justement en cela *le* devoir historique).

Tout a déjà eu lieu et n'a eu aucune conséquence. Auschwitz et la Sibérie sont passés (si tant est qu'ils soient passés) en effleurant à peine la conscience humaine, mais rien n'a changé du point de vue éthique. Toutes les expériences sont vaines. Pourtant elles doivent bien vivre quelque part, latentes, cachées. Mais où qu'on regarde, malgré toute l'agitation, toute la richesse apparente de la vie, on ne voit qu'une vie végétative, l'image d'une errance indolente écrasée par la condamnation. C'est ce qui explique le délabrement de la vie spirituelle qui ne serait par essence qu'une interprétation de l'existence à l'intention de Dieu.

Le problème de l'écrivain hongrois ne réside pas dans ce qu'on déplore ces derniers temps, à savoir dans son impossibilité de s'adresser au monde à cause de son prétendu isolement linguistique ; non, le principal problème de l'écrivain hongrois est qu'il ne peut pas s'adresser aux Hongrois. Les écrivains officiels et officieux reconnus par la "politique culturelle" font comme si la littérature était une chose terriblement sérieuse qui ne puise pas son sérieux dans l'individuel, voire dans l'individuel *en tant que tel*, mais dans quelque grand devoir commun et communautaire, voire national – c'est-à-dire qu'ils clament sérieusement son absence totale de sérieux. A croire qu'un mensonge qui agrège la nation est plus important qu'une vérité qui la désagrège ; situation nietzschéenne : ils sont malades, mais ils se soignent avec des mensonges. Ont-ils seulement vérifié si le peuple dont ils se réclament à qui mieux mieux n'est pas intéressé par la vérité, malgré tout ?

J'ai une cruauté singulière envers moi-même. Surtout en ce qui concerne mon travail. Tout ce qui est contre moi – or, tout est contre moi –, je le retourne contre moi. Pénitence, autoflagellation pour le simple fait d'avoir osé naître, pourrait-on dire. Je vis comme si je devais tuer une heure perdue entre deux activités très importantes ; cette heure est ma vie.

Mai

Szigliget. Le bavardage des oiseaux dans la nuit. Incroyable, émouvant, on croirait entendre des paroles humaines. Longs sifflements, chauds gazouillis, chants, roucoulements – à l'évidence, ils sont heureux. Nulle brutalité, nulle irritation, nulle faim.

Humeur rêveuse. Légère dépression. Paralysie générale. Après le dîner, promenade dans la lumière du crépuscule. Le creux entre les deux collines duveteuses blotties l'une contre l'autre. Au loin, une montagne en forme de sarcophage, tache compacte et sombre sur le ciel brumeux qui vire au blanc. J'étais incapable de me concentrer. Ce manque d'affection diffus au fond de moi. Les questions qui s'accumulent, qui gonflent. Pourquoi ? Pourquoi ? Je retire ma main de tous les points d'appui. La sensation du vide. La peur – ou non ? Et le vide – il m'attire ?

Il n'est pas nécessaire que j'écrive comme j'écris. Sartre a remarqué qu'on parlait avec sa propre voix, mais qu'on écrivait toujours avec la voix des autres. C'est vrai.

Un vieux villageois. Il s'adresse à moi. D'un coup, le mot que j'avais cherché (en vain) quelques mois auparavant pour décrire deux vieux visages me revient. Le voici : usé. Ces deux vieux visages avaient une expression usée, tout comme celui de ce vieil homme.

Il y a quatre ans, j'ai dit : Voici l'écueil sur lequel nous allons nous échouer. Et le voilà qui émerge, nu, menaçant, inévitable ; le chant des sirènes ne l'adoucit pas.

Dans la salle commune, une grande femme svelte au visage sympathique. Quelle est ma surprise quand je découvre son identité ! Elle m'apprend une ou deux choses sur Gyula Krúdy. Il noircissait "seize feuillets" par jour. (Moi, j'arrive tout juste à traduire quatorze pages standards par jour quand je travaille à un rythme soutenu sur un texte de commande pas très exigeant, comme c'est le cas en ce moment.) Je lui demande si Krúdy a laissé un journal, des notes personnelles. Seulement un ou deux bouts de papier avec des encouragements adressés à lui-même, comme : "Ne pas renoncer", etc. En général, il rentrait chez lui à trois heures du matin et se mettait aussitôt à écrire. Il travaillait jusqu'à midi ; les coursiers de l'éditeur attendaient le manuscrit dans sa cuisine. Il travaillait sans cesse et n'avait jamais assez de temps pour écrire. L'Œuvre ? Il la bricolait au jour le jour. Je pense qu'il avait oublié depuis longtemps la raison qui l'avait poussé à écrire ; il avait toujours besoin d'une histoire à vendre. Pourtant, son art exceptionnel a quand même triomphé. Avait-il une intelligence de l'ensemble ? Avec *Sindbad*, il a démenti Kierkegaard en prouvant que le génie sensuel pouvait aussi prendre forme dans la prose ; le cycle de *Sindbad* est le plus grand roman donjuanesque du monde. Il est mort à cinquante-quatre ans, consumé. "A l'âge de cinquante ans, tout le monde l'appelait pépé Gyula." Victime d'une terrible fatalité, du travail de sape de l'esprit des lieux. De la profonde amertume sociale qui ne peut jamais prendre une forme vraiment épique dans la prose hongroise (chez lui, elle prenait parfois l'apparence de la nostalgie), notamment parce que les écrivains se perdent sans en avoir clairement conscience : ils sont perdus d'avance. Son unique costume bleu marine ; ses chaussures laquées grises garnies de daim. "Personne ne savait que c'était son seul costume et ses uniques chaussures." Oui : l'attachement à tout ce qui nous détruit ; l'attachement aux formes incompréhensibles qu'on sublime en éthos ; le génie retrouve ici son sens initial, vital – le génie apparaît comme un des moyens de survivre à des circonstances calamiteuses et meurtrières : il semble qu'il faille voir dans l'immortalité artistique les énergies sublimées de la survie.

Les regards flatteurs finissent par s'assombrir ; peu à peu, mon véritable reflet s'y dessine.

Richesse de la vie ; lutter contre toute réduction ; il est plus difficile d'être grand que d'être petit, moindre, insuffisant.

Il y a une structure historique ; mais il y a aussi une structure psychologique. Partout où l'on a tué pour conquérir le pouvoir, ce dernier conserve l'angoisse des assassins ; celui qui tue pour conquérir le pouvoir ne le cédera jamais, et il en sera ainsi jusqu'à la septième génération.

Je suis un révolutionnaire, mais je sais d'avance que la révolution a échoué depuis longtemps. Je suis un révolutionnaire qui hait l'ordre établi et ne fait rien pour le renverser. "Objectivement" j'aime le mal et ma réflexion n'est pas dialectique, mais contradictoire ; qui plus est, je trouve cela moral, plus précisément : c'est ma morale.

Nous servons tous une idole que nous haïssons : telle est l'organisation sociale. La volonté de vivre comme ironie universelle.

De la vérité, mais pour une fois comme d'une valeur vitale. Remarquer pour une fois que la vie s'arrête quand la vérité n'est pas traitée comme une valeur vitale ; formations agressives ou eaux stagnantes et croupies – peu importe si la désagrégation prend la forme d'une folie exubérante ou catatonique. Une civilisation qui a réussi est fondée sur le fait que la vérité morale, scientifique et logique a finalement pu percer en son sein pour devenir à la fois la mesure et le principe d'organisation de la vie sociale. Par ailleurs, la nature de la vérité est de diviser ; la question est de savoir s'il existe une société qui supporte les antagonismes, voire les clame, et qui ne veut pas se transformer en masse.

Devenir plus absurde que le destin ? Simplement parce qu'on veut être heureux ? Passer sur des cadavres pour ne pas mourir ? – Sacré dilemme.

Le journal de Béla Balázs. Apothéose de l'incohérence. Après Nietzsche, Kant et la musique : Marx, puis la république des Conseils, Vienne, Berlin, Moscou. Comme une locomotive qui sort lentement de l'atelier et qui, au début, se réjouit seulement de la rotation de ses roues en rêvant de vitesse, mais d'un coup les manivelles motrices se mettent en mouvement, l'aiguillage fait un bruit sec, la multitude des rails se réduit et finalement la voilà qui fonce vers son destin sur la voie où elle a été aiguillée ou qu'elle a prise (cela semble revenir au même), et il n'y a plus de voie de déviation. – Les femmes : au début de sa carrière, serviabilité, "galanterie transcendante", au sommet : "je suis entouré de femmes docilement accroupies". – Plus tard, un soir d'automne tiède, promenade dans les rues sales, puantes et peu rassurantes de la ville. Des pensées me tourmentent. Pourquoi est-ce que je ne pars pas ? Parce que je suis incapable de bouger. Indolence ? Avec le temps, j'ai fait de l'indolence mon destin. Je répète : destin et roman – parce que ça sonne mieux, mais à force de le répéter cela devient ma vérité. Cette vérité me fait souffrir, et la souffrance rendra vraie la vérité. Je serai incapable de partir d'ici tant que mon destin ne sera pas accompli, c'est-à-dire tant que je n'aurai pas vécu jusqu'au bout l'expérience fondamentale qui a donné naissance à mon roman, et à moi-même, d'ailleurs. D'un point de vue rationnel, tout cela est incompréhensible, du point de vue de l'art de vivre, c'est une maladresse. Mais c'est un fait immuable.

Dans mes interprétations, le monde est une marionnette et un automate. C'est insuffisant, mais je ne peux rien y changer. Le monde m'apparaît comme un mécanisme mû par quelques causes, plus précisément quelques ressorts occasionnels. Pourtant, si je persiste dans ma façon de voir et que je n'essaie pas d'y mêler quelque chose que je ne connais pas ou dont j'ignore l'existence, je pourrai construire une vision du monde qui, même si elle n'est pas l'image *du monde*, serait *ma* vision du monde : car qui sait ce qu'il est *en réalité* ? Une chose est sûre : il est incompréhensible. Nous ne connaissons pas la *cause* de notre présence, nous ne connaissons pas le but de notre présence et nous ne savons pas pourquoi nous devons disparaître du moment que nous sommes apparus. D'autant plus que nous croyons parfois avoir une âme universelle, c'est-à-dire immortelle et détachée du temps. Mais si le mystère est insondable, seul l'automatisme est vrai. Parce que c'est le seul monde vraiment visible et représentable.

"Il n'y a rien de plus gênant que d'être aimé. Une certaine vérité, un certain plaisir ne sont possibles que dans les relations réservées et objectives. Même la sexualité ne devient un plaisir qu'en s'éloignant ; un corps amoureux anonyme qui devient étranger dès qu'il ne désire plus ; et ne pas désirer qu'il désire quand il ne désire plus", me dit cet après-midi-là don Juan avec un élégant sourire ; je voyais dépasser de la poche de sa veste un rasoir fermé – pour l'instant.

Mélancolie de l'exil : renoncer à se cacher, vivre sous un regard, se soumettre au jugement.

Encore le journal de Béla Balázs. Répugnant mais intéressant. Perdues dans un flot de médiocrité et de bassesse, quelques idées lumineuses pareilles à des éclairs. “Choisir le crime.” Ensuite, il ne se trompe pas, *il est l'erreur même* (mot pour mot comme je l'ai écrit dans *Le Refus*). Plus loin : il n'y a pas de lendemain au sens éthique, rien qu'un perpétuel aujourd'hui. Etc. – Le début du siècle. L'excitation de la vie et de l'esprit qui aboutit au communisme. Edit Hajós, fille de famille bourgeoise, animée par un sentiment fondamental de haine de la vie et une incapacité de vivre ; d'un coup, vers la trentaine, comme sous l'effet d'une illumination elle devient terroriste dans un mouvement qui veut sauver le monde. – La philosophie : Dieu, “l'homogénéité du monde”, le “monde homogène en tant qu'objet du salut” chez G. Lukács (cela explique beaucoup de choses) – la religiosité, l'agressivité intellectuelle universelle, les défaites, puis le communisme, Staline, etc. comme expérience du monde. C'est typiquement est-européen, propre à ce côté-ci du Rhin. Puis : le désordre sexuel de B. Balázs, étroitement lié à son esprit haletant et incohérent ; la relation entre la promiscuité et son effarante vanité, sa psychose expansive et le domaine du politique. Sa voie le mène vers le parti, tandis que sa raison, son style de vie, sa personnalité et tout son être refusent la discipline politique. Type remarquable mais commun de dilettante. Le désordre spirituel, le contraire d'un artiste, alors qu'il recherche constamment le “grand art”. Il se berce d'illusions, il se leurre sur ce qu'il est : il aspire à quelque chose de “classique”, à construire ce qui n'existe ni en lui-même ni dans le monde ; il n'ose pas reconnaître le *nihil*, le néant qu'il porte en lui. – L'atmosphère de grande réflexion et la vie émotionnelle intense du début du siècle qui mènent à la sphère fermée, meurtrière, médiocre et triomphante du pouvoir ; le mouvement intellectuel qui donne naissance à la police secrète qui vient ensuite emprisonner l'esprit. – Comment il s'est retrouvé mêlé à la révolution de la république des Conseils. Dans la rue, il entend qu'il se passe quelque chose. Il se précipite vers le quartier général (l'hôtel Astoria). Au commissariat militaire, il trouve une secrétaire et un "étudiant" au téléphone. Il "chasse" l'étudiant et prend sa place. Il reçoit les messages et les transmet. Au bout de quelques jours, il s'aperçoit qu'il est "devenu indispensable". Le voulait-il ? Il voulait tout, par fébrilité, par avidité, il voulait la révolution comme il voulait les femmes. Le règne du bas-ventre, l'empire des entrailles, des picotements et des excitations insatiables sur la raison. – Par endroits cependant, une illumination. Il finit par conclure ainsi (en 1922) : Désormais, on ne pourra plus vivre sans avoir honte… – Mais lui-même avait-il honte ? Ou bien a-t-il laissé cela à la postérité, à nous ?

Comprendrai-je jamais mes fautes ? 1. Mon existence. 2. Ma manière d'exister. 3. Ma manière d'exister pour les autres.

Mannheim : "pensée liée à l'existence". Mes possibilités (artistiques) seraient fonction de mon existence (d'esclave). Pourquoi ne peut-on plus s'abstraire des circonstances ? Pourquoi les murs des prisons nous ont-ils définitivement bouché la vue sur l'univers ? Qu'est-ce qui est possible pour ma personne ? Nul absolu, nul universel, nul éternel, nul *grand style**. Rien qu'une œuvre qui soit l'empreinte de mon existence, prisonnière comme moi. Je peux dépasser ma situation, mais

* En français dans le texte.

seulement à partir de ma situation précédente ; je peux parvenir à une autre situation, mais j'emporte avec moi mon baluchon et la poussière du chemin parcouru ; si un point B m'apparaît comme l'avenir, je ne peux l'atteindre qu'en partant d'un point A, et non vierge de tout passé. Je ne peux puiser de l'eau que dans le courant d'une rivière, mais la profondeur à laquelle je plonge mon seau n'est pas indifférente, bien sûr.

Les grands peuples ont toujours quelque chose en gestation en leur sein ; les grandes langues disposent toujours d'un son libre qu'un écrivain peut faire résonner sans briser son instrument.

La question n'est pas seulement de savoir si "la vie vaut d'être vécue" – mais si elle vaut d'être vécue avec la conscience claire.

Selon G. Lukács, et comme l'a remarqué Béla Balázs, tout grand écrivain crée un nouveau type d'homme.

On ne passe pas d'une âme à l'autre : on y entre par effraction et on s'enfuit. Encore heureux si – par peur ou par vanité – on ne devient pas un assassin.

Hier soir, K., un jeune homme sympathique. Il me pose des questions sur *Etre sans destin* : comment puis-je "concilier" l'indécision et le fait de vivre et d'écrire en dépit de cela ? Comme si être lucide quant à ma situation, être franc et aller au fond des choses devaient rendre l'écriture impossible. Tous ceux qui me prennent au sérieux ou qui m'aiment me posent cette question. Comme si je devais me pendre. C'est vraisemblablement le cas. Seule ma nature enjouée me fait résister à la tentation, pour l'instant. Citant quelqu'un, il a dit : "Avant de se mettre à la patiente écriture d'un roman, il faut avoir vaincu une terrible impatience." Il craint de se laisser gagner par la résignation comme par une maladie contagieuse et, avec le temps, d'oublier de penser. Il a vingt-neuf ans. Je suis passé par là : c'est l'âge terrible de l'épanouissement, des choix et des décisions. Il vaut mieux être vieux.

Septembre

L'expérience forte et intime de l'absurdité de la vie et de la vanité de notre force créatrice est un bonheur presque brûlant. Le piment d'une vie végétative : la douceur de l'automne, une rue de Buda qui se perd dans un pré où on réfléchit à la phase actuelle du roman ; une demi-heure de piscine ; une petite course la nuit, sur les quais du Danube. Je suis encore en vie.

"La sexualité ne mène à rien. Elle n'est pas immorale mais elle est improductive. On peut s'y livrer pour le temps où l'on ne désire pas produire. Mais seule la chasteté est liée à un progrès personnel." Camus, *Carnets*.

Il est paradoxal que l'homme aspire malgré tout au bonheur : c'est là tout son malheur. Il commet une erreur, car seule la souffrance contient quelque chose d'humain. Et – cela ne semble contradictoire qu'à première vue – seule la souffrance apporte la consolation.

L'organique ne peut naître que de l'organique. Je dois réajuster l'organisme de ma vie sur un mode pour ainsi dire sportif, de sorte que la pratique quotidienne de la solitude le fasse suer sang et eau, devienne pour lui un tel tourment qu'il finisse par prendre la parole.

Téléphone. Voix de femme. Si j'accepte une invitation à dîner à l'ambassade. "Dans ce cas, dit-elle, prenez votre agenda, s'il vous plaît… – Allons, dis-je, je n'ai pas d'agenda." Le téléphone reste muet un instant, puis elle éclate d'un rire sonore. "Vous me redonnez foi en l'humanité", dit-elle. Ensuite, nous avons discuté. – Que d'arrogance, d'agressivité, de morgue et de suffisance elle a dû affronter ce jour-là ! Et il n'était qu'une heure et quart de l'après-midi.

En ce qui concerne l'espoir : pour l'instant, je le hais, ce qui signifie que je n'ai manifestement pas encore réussi à m'en débarrasser tout à fait.

Citations. Proust : "Les créatures qui ont joué un grand rôle dans notre vie, il est rare qu'elles en sortent tout d'un coup de façon définitive." – Renan : "Mourir à soi-même, réaliser de grandes choses, arriver à la noblesse et dépasser la vulgarité où se traîne l'existence de presque tous les individus." – Van Gogh : "Je peux bien dans la vie et dans la peinture aussi me passer du bon Dieu mais je ne puis pas, moi souffrant, me passer de quelque chose qui est plus grand que moi, qui est ma vie, la puissance de créer." (Toutes extraites des *Carnets* de Camus.)

Je n'apprendrai jamais le simple maniement du simple mécanisme de la vie. Je ne saurai jamais appuyer sur les bons boutons quand il le faut, comme le fait sans peine l'homme-automate moderne. (Il est vrai qu'il appuie parfois sur le bouton qui le fait exploser.)

2 octobre

Hier, avant-hier, progrès significatif dans le roman. Variations d'humeur extrêmes. Promenades vespérales au bord du Danube. Cigarette sur un vieux banc public, en face le mont Gellért, la ligne des collines lointaines, puis plus près la colline de Rózsadomb, des masses sombres, la lumière vacillante des lampadaires, le ciel plus clair avec une pâle lune d'automne encore basse. Somnifères. Réveil facile ce matin. Je sais précisément ce qui reste à faire.

L'histoire de Swann, cette inépuisable leçon de passion. Accumulation incroyable d'expériences, de savoir amer amèrement acquis. Toute passion opiniâtre pour une seule personne arrive à un moment essentiel et transcendant où on comprend qu'elle est parfaitement vaine.

Ce malheur, c'est l'incommunicabilité, l'intransmissibilité de la passion ; en dernier lieu, c'est la matérialité intangible de l'autre et l'altérité effrayante et inconcevable de soi. L'amour d'une seule personne est tragique, solitaire (cela dit, le donjuanisme, répétition perpétuelle du même avec différents partenaires, est tout aussi vain et plutôt comique, parce qu'il n'aboutit à aucune compréhension). L'instant terrible où, des années plus tard, alors que la passion a détruit sa vie depuis longtemps, Swann prend conscience de cette vanité et se dit qu'il n'a même pas aimé cette femme. (Expérience comparable chez Kafka, dans *Le Procès* : "«Que je t'aime ?» songea K. tout d'abord ; c'est alors seulement que l'idée lui traversa la tête : «Oui, c'est vrai, je l'aime.»") Visiblement, tant qu'on ne l'a pas reprise, intériorisée et donc transformée en souffrance intérieure, dirigée vers soi et causée par soi, la passion est dégradante, car elle est exil hors de soi-même. Dans la ferveur de la passion, on est effrayé par le vide béant du néant. Alors que c'est probablement l'inverse qui s'est produit : on s'est réfugié dans la passion pour fuir un vide qui continue néanmoins à nous angoisser, et on vit comme une transcendance, une vanité, une aventure douloureuse de la passion ce qui n'est pas dans la passion, c'est-à-dire qui n'est pas à l'extérieur, mais à l'intérieur de nous-mêmes. Socrate dirait probablement qu'il faut transposer la passion en expérience ; il ne s'agit pas de ne pas vivre ce qui nous est échu, mais de ne pas se tromper quant à la nature de l'expérience. Or il faut posséder non l'autre, mais le savoir, car ceci est possible, et cela ne l'est pas. Donc, dans une conception grecque, la passion a un sens, mais seulement pour autant qu'elle mène à la connaissance : arrivé ce point, il faut la supprimer, plus précisément la transformer, car le savoir est aussi une passion, et peut-être même une passion non moins suicidaire.

Le bonheur, tel que les hommes se l'imaginent. Ils croient que le bonheur est l'exact opposé de la souffrance ; leur bonheur est un bonheur qui exclut la souffrance. Pauvres malheureux !

Un peu de freudisme : dans la vie, je joue incontestablement le rôle du fils. Avec toutes les conséquences que cela implique. Père-fils ou mère-fils ? Mon art considéré comme une compensation spirituelle. Mes relations – comme une compensation spirituelle. Le motif de la répétition – comme une douleur. La douleur – comme une inspiration. Guérir de tout – considéré comme mourir.

Comment se fait-il que personne n'ait encore remarqué que non seulement Hegel, Schopenhauer et Nietzsche, mais aussi Marx sont des produits du romantisme allemand ? Il est très difficile de placer dans ce mouvement national cet homme qui éprouvait une compassion sociale éclairée, qui, par son universalisme, a détaché le pouvoir du territoire allemand pour l'étendre au monde entier, remplacé le salut par une philosophie de l'économie, détaché la transcendance de la métaphysique pour l'introduire dans la matière, dans l'avenir révolutionnaire. Vu sous cet angle, c'est presque une figure wagnérienne, sans oublier le dilettantisme que Th. Mann attribuait à Wagner ; et finalement l'idée d'un *"Gesamtkunst*"* de la catastrophe mondiale ne pouvait pas lui être totalement étrangère, à bien y réfléchir.

Vois ce que tu décris. Le style, c'est voir.

Schopenhauer a dit le premier que l'intellect était un outil mais, si je lis bien Kant, je trouve déjà cette idée chez lui.

Bien que mon travail soit une besogne quotidienne, c'est une fête somptueuse de tous les instants. Les périodes de profonde dépression où je ne peux pas croire que ces fêtes puissent se reproduire.

Ce sera (si j'y arrive) sans doute le premier roman qui, tout en charriant et en exposant une matière

* En allemand : "art total".

qui témoigne contre l'individu, s'efforce de faire percer l'individu. S'il contient une nouveauté, c'est celle-là.

Invitation à dîner à l'ambassade d'Allemagne (de l'Ouest) ; carton avec l'aigle allemand. Si Adolf Hitler voyait ça…

La raison n'est jamais la seule source des grandes raisons, il y faut aussi de l'irrationnel : la force…

Chaque œuvre que je trouve crédible, y compris les travaux scientifiques, me donne l'impression que l'auteur a commencé par être détruit par la vérité qu'il a découverte avant de ressusciter par elle. – Sans cela, la vérité n'est pas la vérité ; d'ailleurs, qu'est-ce que la vérité ? demandait Pilate. Puis : si on a essayé ce qu'on méprise, donc si on a suivi jusqu'au bout l'espoir et la volonté tyrannique qui nous habite, si dans tout cela se dessine un accomplissement et que nous le rejetions quand même, alors seulement notre retraite et notre exclusion sont crédibles. Parce que, si elles nous sont imposées et que nous en façonnons une morale stérile, il ne s'agit certainement que d'une psychose, comme dans la plupart des cas, d'ailleurs. (Et dans le mien ?)

19 novembre

Promenade vers Angyalföld, le long de la surface métallique du Danube. J'ai pensé tout le temps au film que j'ai vu hier, *Le Mariage de Maria Braun* de Fassbinder. Hautement inspirant. – Puis les belles paroles de Simmel sur la liberté qui n'existe qu'en relation, en opposition à quelque chose. Moi aussi, c'est par opposition à quelque chose que je suis devenu libre *(if any)*, ma liberté s'est transformée en art par opposition, mon art s'oppose.

Noël

Changements. La folie de l'automne s'est calmée. Tout s'est résolu, et bien résolu. Retour lent et prudent dans le monde des hommes. Hier soir, veillée de Noël, dîner chez ma mère, tout s'est bien passé. Manque d'argent. En tant qu'homme, je me dois d'en trouver. Peut-être grâce à des amis ; or, j'en ai. J'ai un coin pour travailler à Angyalföld, chez ma tante ; j'ai des tracas et une quantité d'obligations, mais ce qu'on appelle le combat quotidien me donne la possibilité de prouver que je suis à la hauteur. Je vis comme un homme né pour mener son combat chaque jour de sa courte vie et, par-dessus tout, s'occuper de ceux dont il porte la responsabilité. Je suis un roi, je mène une guerre – que je vais perdre, bien entendu.

1983

Janvier

"Il entrevit soudain ce que nous finissons tous par comprendre tôt ou tard : qu'il était le seul homme vivant dans un monde peuplé de fantômes, que la communication était impossible et peut-être peu souhaitable, que la pitié et la haine se valaient, qu'un ennui tolérant et une attention partagée entre le respect et la sensualité étaient tout ce qu'on pouvait exiger de vous et tout ce qu'il convenait d'accorder." Onetti, *Le Chantier**.

* Trad. Laure Guille-Bataillon.

20 mars

Hier soir, *Parsifal*, enfin. Impressions chaotiques. Esotérisme et fétichisme manifeste. C'est sans aucun doute un recul par rapport à l'individualité autonome ; l'innommable vers lequel il retourne *n'est pas la religion*. – Un examen impartial et profondément empathique montrerait peut-être que Nietzsche n'avait en réalité rien contre la croix, mais contre l'*antichristianisme*, contre l'Ego qui jaillit dans l'œuvre, contre l'âme vulgaire tapie au tréfonds de l'art de cet Ego – par ailleurs merveilleux…

"Man kennt nur diejenigen, von denen man leidet." ("On ne connaît que ceux qui nous font souffrir.") Kafka ? Non, Goethe.

Rien ni personne ne peut changer la volonté. Mais à quelles comédies la volonté nous contraint-elle puisque, dans l'ensemble, nous ne savons pas nous-mêmes ce que nous voulons ? Et quand elle finit par se réaliser, tout le monde fait mine d'être étonné, ou se comporte comme si c'était une fatalité venue de l'extérieur.

La limite de l'homme, c'est son esprit.

D'après Goethe, on doit devenir mystique avec l'âge.

Mais (pour moi) le mystique n'en est un que dans la mesure où il ne reconnaît pas l'omnipotence de l'esprit ; pourtant il ne sait rien de plus que lorsqu'il croyait seulement en la raison.

Pâques

Bach : *La Passion selon saint Jean.* Œuvre inspirante – non, plutôt pénétrante, voilà, c'est le mot. L'image baroque du Christ (la seule acceptable pour moi). Baryton-basse. Ce n'est pas un révolutionnaire, pas un sauveur non plus, encore moins un fondateur de religion. Un étranger tombé sur la terre. *"Mein Reich ist nicht von dieser Welt"* : ainsi parle celui qui n'est pas de ce monde, éternellement, le savant, l'artiste. *"Ich bin gekommen, die Wahrheit zu sagen."* Sur quoi, Pilate, également voix de basse : *"Was ist Wahrheit* ?"* Dialogue immense, dépouillé, comme dans un roman moderne.

Je ne sais pas s'il y a d'abord la solitude, ou si c'est le travail de création qui rend solitaire ; je crois qu'il y a d'abord la conscience claire d'être solitaire et créateur : solitaire, parce que telle est la vérité ; créateur, parce qu'on peut ainsi déplorer sa solitude.

Je doute de la rationalité de celui qui s'oppose au mystique – et au mystère – en se fondant sur la rationalité.

Mais qu'est-ce que la mystique ? Un univers que le langage ne peut embrasser, le grand processus immobile qui sous-tend chaque phénomène, le grand devenir qui se cache au fond des devenirs, peut-être la vraie vie d'où nous sommes exclus par l'individu et la rationalité.

L'une des formes les plus déprimantes de rationalité est la rationalité historique, ou plutôt celle qui limite et se limite à l'histoire.

* En allemand : "Mon royaume n'est pas de ce monde." – "Je suis venu pour dire la vérité." – "Qu'est-ce que la vérité ?"

La pensée créative est une pensée qui se meut entre les extrêmes ; sur la balançoire du Oui et du Non, jusqu'à ce que la chaîne se rompe ; mais il faut emporter sur la balançoire la matière et le concret, puisqu'il faut un poids pour la mettre en mouvement.

La rationalité pure, le champ stérile de "l'objectif" ; d'ailleurs, la pure rationalité n'en est pas vraiment une à proprement parler, c'est plutôt une défense, la manifestation d'une incapacité intellectuelle à l'aventure, un refus. La rationalité pure est un caractère, au même titre que l'irrationalité, l'érotomanie ou la mégalomanie.

Expérience onirique : je décris quelque chose, des atmosphères fugaces s'amassent, s'amoncellent dans le miroir ébréché de formulations fugaces ; et pourtant, d'un coup, cela forme un tout, le reflet de mes décisions réelles, avant que je ne les aie prononcées, ni même pressenties, c'est presque une prophétie. Rilke : Qu'est-ce que le temps ? *Quand* vivons-nous le présent ?

(Esquisse d'un article sur Freud que la revue *Élet és Irodalom* ne m'a finalement pas demandé d'écrire, plus précisément : dont elle a confié la rédaction à une personne "plus qualifiée".)

"Loin de nous l'idée d'évaluer la place de Freud dans l'histoire des idées. Nous ne sommes que ses lecteurs hongrois et notre calendrier indique l'année 1982. [...]

"Il apparaît de plus en plus clairement que les problèmes de notre temps se manifestent dans les indices économiques. La sociologie est la philosophie de notre époque. Notre regard scrutateur ne voit pas les individus, mais des structures, des masses : citoyens, classes, consommateurs, strates, groupes… Si nous ne nous efforçons pas de rattraper notre retard économique, le visage de la société se tordra et les vannes des égouts des bas-fonds se rompront. Nous savons ce qui prospère dans ces égouts, nous savons ce que cela devient à la sortie : la terreur, le chauvinisme, la tyrannie, pour ne citer que quelques-uns des monstres à faciès simiesque et ailes de chauve-souris peints par Goya ; toute cette misère que Freud situe dans le monde des instincts n'attend que le moment social propice pour remonter à la surface. […]

"Prenons le risque d'affirmer qu'en définitive, Freud était un moraliste (nous craignons d'ailleurs de ne pas être très original sur ce point). Un moraliste amer, mais les moralistes le sont toujours. Que Freud s'exprime essentiellement par des symptômes de maladie n'est que la continuation cohérente des essais de Montaigne, de la métaphysique de Schopenhauer et de la critique morale de Nietzsche. Au tournant du siècle, le sérieux se parait de la toge universitaire ; à cet âge scientifique nul ne pouvait se faire entendre sans faire référence à l'expérimentation ; il est donc logique qu'à une époque où les séismes moraux étaient déjà nettement perceptibles, le moraliste ne fût pas un poète ni même un philosophe, mais un médecin. […]

"La nuit des instincts inconscients où Freud plonge résolument le regard (propos de Thomas Mann) reste un petit coin sympathique comparée à ce que l'homme a commis au cours des cinquante dernières années et continue de commettre, d'une manière nullement inconsciente et même, depuis un certain temps, sous le regard démultiplié de la télévision. Qu'il faille avoir peur de nous-mêmes, parce que nous ne savons pas de quoi nous sommes capables ou non, ce n'est pas Freud qui nous l'a appris, mais notre propre expérience ; et si en plus nous trouvons en nous-mêmes un complexe d'Œdipe bien développé, mais proprement refoulé au nom de Dieu, nous pouvons dormir tranquilles sur nos deux oreilles. Que le sentiment de culpabilité découlant du parricide originel ait créé une culture, on le lirait la larme à l'œil si tant de pères, de fils, de filles et de mères n'avaient été assassinés depuis, si nous ne voyions que personne n'éprouve de remords et que cela ne nous a pas rendus plus intelligents. [...]

"Qu'est-ce qui confère à notre plume ce ton supérieur ? Serions-nous plus sages ou plus savants que Freud ? Aucunement. Mais nous avons plus d'expérience. Parce que le monde a beaucoup changé, l'homme a beaucoup changé, ainsi que notre connaissance de l'humain. [...]

"On ne peut tout simplement pas s'empêcher de constater avec un peu de cynisme qu'en tant que chercheur, il a eu en quelque sorte de la chance. Il a pu voir et expérimenter sur sa propre personne l'éruption volcanique du monde maudit des instincts... Nous, enfants d'une époque plus tardive, nous ne pouvons plus comprendre les événements sur la base de son enseignement... A Auschwitz, il était parfaitement indifférent de savoir quelle expérience d'érotisme anal nous avons vécue entre un et trois ans. [...]

"Quelle est notre relation à Freud, que ressentons-nous quand il nous fixe depuis ses livres avec son regard tence et intransigeant ? Une gêne fugace. D'un geste effrayé, nous essayons de lui dissimuler nos complexes (si nous en avons). Nous nous efforçons de rationaliser nos instincts (si nous le pouvons et si on nous le permet). Si notre langue fourche, nous nous rappelons avec un sourire hésitant la psychopathologie de la vie quotidienne, et nous efforçons de parler et de penser clairement.

Nous allons nous efforcer de nous libérer du poids de Dieu, de nos pères et de nos aïeux, et entre autres du sien. [...]

"Le caractère de prophète juif de Freud qui, par ses histoires, nous rappelle la faute. [...]

"Changement dans les années vingt : bien que le regard de Freud sur l'homme reste amer et pénétrant, il dépasse désormais l'individu et scrute les brumes lointaines des origines... Ce n'est peut-être pas un hasard si à la même époque paraissent des œuvres comme le *Joseph* de Thomas Mann, les immenses romans existentiels de Proust, Joyce, Musil, Broch et Kafka... «Comme si... pendant l'ère glaciaire...» (citation d'Adorno extraite de son essai sur Stravinski). [...]

"En fin de compte, pourquoi lisons-nous quand même Freud, pourquoi n'avons-nous pas l'impression que sa place est au musée de l'histoire des idées ? [...] Le *modèle* est une question mystérieuse. Nietzsche a intitulé l'un des chapitres de ses *Considérations*... «Schop. als Erzieher» – «Schopenhauer en tant qu'éducateur». Freud aussi en était un. Au cours de son évolution, il a endossé peu à peu le rôle et les gestes du père écrasant, alors qu'il savait mieux que quiconque à quel point ce fardeau fatal pesait lourd sur les épaules des fils... Le rôle de l'éducateur dans la culture allemande. (Goethe.) Tout grand éducateur commence par la psychanalyse, la connaissance de soi pour étendre ensuite cette connaissance aux hommes, à la nation, au monde, à la vie. [...]

"En fait, il nous rappelle la faute éternelle qui nous habite. En tant qu'enfant du grand XIXe siècle souvent si naïf dans sa sévérité, il voit la faute dans la maladie qu'il veut guérir au moyen de la juste religion qu'est le rationalisme... Disons-le tout net : de nos jours, nous l'apprécions surtout en tant que moraliste. Bien qu'il fût un juif autrichien, nous le voyons parmi les grands révoltés individualistes de la révolution allemande qui n'a pas eu lieu et à propos desquels Th. Mann dit en parlant de Nietzsche qu'ils se sont suppliciés sur la croix de la pensée. [...]

"L'image de l'homme chez Freud est plus dynamique que l'image façonnée par la psychologie, mais elle ne l'est pas suffisamment comparée à celles que l'homme a depuis lors données de lui-même dans diverses structures. [...]

"Le plus important chez cet éducateur n'est cependant pas son enseignement ; il n'enseigne pas des doctrines et il est vraisemblable que ses méthodes thérapeutiques paraissent désuètes. Son enseignement contient toutefois des éléments inaltérables et c'est encore Th. Mann qui nous le rappelle : il nous apprend qu'il faut penser à l'homme, que le seul objet de la pensée, c'est l'homme..."

*

L'homme ne s'intéresse pas à l'autre *par essence.* Seule l'œuvre est transmissible.

Socrate : pourquoi irait-il se préoccuper de telles spéculations, se demander si les mythes ont un fondement naturel, alors qu'il ne sait même pas lui-même qui il est ! Tant qu'il ne se connaîtra pas lui-même, rien d'autre au monde ne l'intéressera : "Quant à moi, Phèdre, je trouve charmantes ces explications, mais elles demandent un homme trop habile, trop astreint à la peine et jamais assuré de réussir en tout, vu qu'il sera contraint après cela d'expliquer la forme des Hippocentaures et celle aussi de la Chimère. Puis c'est l'afflux d'une foule d'êtres du même genre, Gorgones ou

Pégases ; une multitude d'autres prodiges inconcevables ; une suite extravagante de créatures si monstrueuses qu'un incrédule qui s'efforcerait de ramener au vraisemblable chacune de ses formes, même en se servant d'une sagesse grossière, aurait besoin de beaucoup de loisir. Or je n'ai, quant à moi, aucun loisir pour cela. En voici la raison, mon ami. Je ne puis pas encore, selon le précepte de Delphes, me connaître moi-même, et il me semble ridicule de chercher à connaître, en m'ignorant encore, des choses étrangères." Remarquable. Mais si on essayait d'expliquer cela à un historien contemporain qui dit, par exemple, qu'il souhaiterait écrire l'histoire *sans moraliser*... Alors que toute personne cultivée, qu'il s'agisse d'un chercheur, d'un artiste ou d'un savant, est un moraliste, y compris les scientifiques... Etc.

La galère de l'autodocumentation. Je m'y agrippe comme à la rame qui me torture et me fait avancer. Dans la bonne direction ? C'est peut-être tout ce qui m'intéresse ? Kermode : "Nous sommes tous les romanciers de nous-mêmes."

La cosmologie de Weinberg : au début, l'univers était tout petit et brûlant, la matière n'était pas structurée en atomes, puis en trois minutes il a explosé et refroidi pour devenir ce qu'il est. Et alors ? Que signifie le mot "début" ? De plus, cette fameuse chose minuscule et brûlante qui a explosé, qu'était-elle à l'origine, dans quel espace se trouvait-elle, comment s'y est-elle retrouvée ? L'homme est comme une figurine animée dans une maquette : il sait que le terrain n'est pas "vrai" (du moins pour lui), il sait que c'est un jeu (bien qu'il n'ait qu'une connaissance approximative des règles), mais il ne connaît pas le but du jeu et il est à la merci des mains d'enfant qui le poussent de-ci de-là, l'abîment ou le jettent carrément aux ordures ; il apprend pour finir qu'il est fait d'une matière corruptible et qu'il s'usera tôt ou tard. Il peut élargir ses connaissances de quelques détails – mais la figurine en question ne se retrouvera jamais hors du jeu, tout simplement parce qu'elle n'a ni place ni rôle à l'extérieur.

Finalement, la plus grande satisfaction est d'être totalement asservi et de boire le poison jusqu'à la dernière goutte.

La différence entre le créateur et l'intellectuel : le créateur ne réagit pas aux choses, il les crée.

Juillet

Plus de trois semaines en Allemagne de l'Ouest. Sentiment d'angoisse en prenant le train à Munich pour rentrer chez moi. La campagne silencieuse au poste frontière de Hegyeshalom. Une grosse femme aux pieds nus trimballe un grand broc d'eau en émail bleu. La guérite noircie, le garde-barrière avec son képi rouge et son drapeau : je n'ai rien vu de tel depuis trois semaines. Un homme (un cheminot ?) en uniforme râpé entre dans le compartiment et regarde sous les sièges. – Réadaptation progressive. Lecture du journal. Retour à moi-même. Eviter dans la mesure du possible les expériences humiliantes.

Conversation. Il croit qu'on peut réduire le caractère extraordinaire du monde à l'exprimable. – Etre un artiste signifie exactement le contraire.

N'étaient ces rôles dont je suis las, que fuirais-je dans mes jeux secrets et solitaires, à quoi me serviraient les mots que je me murmure à moi-même ?

Septembre

Frotter deux corps jusqu'à ce que leur douleur fasse des étincelles d'infini.

Joyce (en écoutant le bavardage intellectuel d'un cercle d'intellectuels) : "Si au moins ils parlaient de la culture des betteraves !"

Canetti : "Ceux qui ne peuvent pas sortir de l'histoire sont perdus, et leurs peuples se perdent aussi."

Qu'est-ce qui est vraiment bouleversant ? Qu'ils aient été tués ? Non : qu'ils n'aient pas compris leur mort.

Le mécanisme de leur vie leur suggérait que leur existence et leurs activités étaient nécessaires ; ils n'ont jamais imaginé que l'homme n'était en vérité que du bétail dans l'abattoir de l'histoire.

Tout cela – je frissonne rien que d'y penser –, ce sera à moi de te l'apprendre, mon enfant...

Simone Weil. En 1943, à Londres, elle accepte seulement autant de nourriture qu'en reçoit la population de la France occupée pour ses tickets de rationnement. Quant à la ration des juifs à Auschwitz, pas un mot. En revanche, elle parle abondamment de l'hérésie gnostique, des discussions qu'elle a eues dans un couvent (encore en France). – Quelle âme étrange : grande, mais en longueur, c'est-à-dire profonde, mais étroite.

Vivre *sub specie aeternitatis* – il y a là un profond mensonge. Sans l'histoire, la vie intérieure est en quelque sorte dépourvue de validité. ("Je vous en prie, ne vous cachez plus la tête dans le sable des choses célestes.") On ne peut pas se défaire de la matière de l'époque. L'âme doit refaire la route à travers la matière historique dans l'autre sens, vers elle-même ; et elle doit porter et emporter la matière (la boue) qui s'est collée sur elle.

Autre chose (tout à fait autre chose, c'est le moins qu'on puisse dire) : l'autobiographie de Luise Jodl. A ce propos, une question d'historien : la population allemande connaissait-elle l'existence des camps de concentration ? Quelle question ! Une question de scientifique. Ce que l'on sait change selon les aléas de l'histoire. Tant que l'ordre des choses consiste à déposséder les gens, à les terroriser, les enrôler dans l'armée, les jeter en prison, limiter leur consommation, les priver de nourriture, bombarder leurs maisons – bref, tant que la vie est un état exceptionnel, les phénomènes exceptionnels s'inscrivent sans peine dans l'ordre naturel des exceptions. Plus tard, la connaissance de certaines choses se révèle criminelle ; alors les souvenirs changent et, à la lumière de ces souvenirs modifiés, la connaissance change à son tour. Il devient dès lors possible que les gens ne sachent rien. Ils ne mentent peut-être même pas, simplement ils relativisent ce qu'ils n'ont pas fait et pas pu faire à l'époque concernée, parce que leur conscience et leur connaissance étaient alors *différentes*. – Mais peut-on expliquer cela à un scientifique, à un *historien* ?

Hiver. Szigliget sous la neige. Pendant une promenade, rencontre avec L. A sa manière guindée, il se plaint de ne pas avoir d'enfants. Il a dans les soixante-cinq ans. “Il ne s'agit pas d'un prolongement”, dit-il. Et il réfléchit à voix haute : “Je sais aussi quels risques cela comporte.” Il craint la sclérose des sentiments. – Utiliser ce motif.

L'anthropologie d'Ortega. L'homme "n'est absolument pas une chose", mais un "drame", c'est-à-dire un devenir. Le "devoir" individuel. Toutefois, chez Ortega le devoir n'est pas une question de choix, puisque ce dernier est imposé. En même temps, nature ambiguë de l'individualité : un tigre est toujours le premier tigre, mais un homme n'est jamais Adam, le premier homme, puisque nous naissons et vivons dans une structure dominée par le passé.

L'étonnement de Z. quand je lui dis que le roman doit renoncer aux personnages. Le "personnage" date de l'époque où l'homme était encore un objet : c'est particulièrement évident chez Balzac, par exemple, qui montre la matière brute à ceux qui se tiennent devant le hachoir. Les convulsions de Rubempré dans la moulinette ne méritent que mon mépris, parce que je trouve ses jugements de valeur désastreux ; il croit spontanément que la vie et la structure sont une seule et même chose, et son asservissement vient de ce qu'il ne prend jamais totalement conscience de la différence entre les deux. Il se comporte donc en produit et non en créature. Il est à craindre que l'auteur l'ait vu également ainsi. Nous savons désormais qu'en tant qu'objet, l'homme n'a aucune chance. Il doit dépasser l'objectalité s'il veut trouver un semblant de vie, la vérité, pour faire bref. – En effet, l'homme est empêtré dans un tel réseau qu'il lui est impossible de s'en sortir – pour aller où, d'ailleurs ? N'importe où, du moment que ce n'est pas une propriété commune, mais que cela reste néanmoins collectif au sens pur et fraternel du terme.

L'importance inestimable du roman : c'est un processus grâce auquel on se réapproprie sa vie. La prétendue crise du roman n'est pas due à son inutilité, mais au fait que les écrivains ne connaissent pas leur devoir, qu'ils sont des amateurs ou des charlatans. Tout le monde ne peut pas être Proust, Kafka ou Krúdy. Mais du moment qu'ils ont existé, nous devons savoir quel est l'unique objet possible du roman : permettre de se réapproprier sa vie, de la revivre, de s'en remplir pour un instant unique et sublime avant de mourir.

La vie est un temps que nous meublons surtout de choses superflues. La caractéristique principale du "saint homme" n'est peut-être pas tant d'être obsédé et monomaniaque que d'avoir horreur de perdre son temps. Le temps semble insignifiant jusqu'à ce que s'accomplisse son terrible commandement : la vieillesse et la mort. – En Europe, tout se règle avec le travail, plus précisément le service du travail obligatoire. Traverser un passage souterrain et être confronté à l'effervescence de la foule. Où courent-ils ? – Ce n'est pas une question à deux sous à propos de la mort ; mais je me demande s'ils accordent vraiment tant d'importance aux futilités. Se lever, se laver, la famille, les transports ; huit heures de travail, activité généralement extérieure à l'existence, puis les achats, à nouveau les transports, un peu de distraction, de préférence sans lien avec l'existence, faire l'amour dans le meilleur des cas, et finalement le sommeil ou l'insomnie. Cette existence où les gens ne prennent part ni à leur vie ni aux événements, il faut bien qu'ils la considèrent pour ce qu'elle est : leur vie. – Finalement, j'ai réussi à échapper à ce destin impersonnel ; ma plus grande aventure, c'est quand même *moi.* Je me suis pensé et construit. Envers et contre tout. En travaillant tout au fond de la mine ; en silence, les dents serrées. A présent – bien que je sois encore "en devenir" – je suis fondamentalement prêt ; cela m'a pris cinquante-cinq ans et la mort peut m'arracher à moi-même à tout instant.

Longtemps, le mensonge a été la vérité par ici, mais aujourd'hui même le mensonge n'est plus vrai.

J'ai atteint le fond cette nuit. Le sentiment d'absurdité que je connais bien s'est abattu sur moi comme une nouveauté surprenante ; je me suis vu de l'extérieur, mon visage ovale d'Asie Mineure, ma bouche avec sa molaire en métal, ma cuisse poilue avec sa cicatrice ; déchirement stupéfiant, absurdité d'être identique à ce phénomène physique ; sans parler de l'absurdité que sont mes relations, mon activité, en un mot ma vie. Rien n'a de réalité, seul le sentiment de culpabilité est réel. Pourtant je n'arrive même pas à m'y sentir malheureux et humilié, alors que c'est là la source de mon inspiration. Je suis couvert de honte comme si je n'avais jamais rien écrit, et tout m'est étranger, surtout moi-même.

1984

29 février

Année bissextile. Beethoven : la *Huitième symphonie*. Il m'est à nouveau apparu que tout travail artistique comporte dans son déroulement un élément inhumain et mécanique qui rend l'œuvre totalement objective. C'est le reproche que je me fais quand je feuillette les chapitres déjà écrits de mon roman, dans mes moments de déprime. Tout est construction pure et dynamique. Je cherche désespérément "l'humain", en vain. Le tourbillon, le scintillement métallique, l'insaisissable, le volatil : c'est une forme – peu importe qu'on la représente avec ironie ou par l'accélération du rythme du mécanisme de l'action, et on peut seulement avoir l'espoir, mais jamais la certitude, qu'elle contient les entrailles éternellement immobiles et de ce fait ineffablement transcendantes qu'on appelle, faute de mieux, l'âme.

Le rêve est peut-être ce qui unit l'homme au monde, aux autres hommes, aux bêtes, aux minéraux ; mais si le rêve ne le fait pas, alors la mort non plus ; le non-être serait-il aussi individuel ?

Le chat (ici, dans l'appartement qu'on m'a prêté). J'observe que cet animal se comporte d'une manière complètement rationnelle. Excepté une ou deux manifestations instinctives incompréhensibles et effrayantes qui font partie de son existence (laquelle est bien sûr incompréhensible et effrayante, car comment une existence de chat peut-elle échoir à une âme, ou, comme dirait Montesquieu, comment peut-on être chat ?), la rationalité est visiblement son point d'équilibre, ce à quoi il aspire ; quand il a faim, il souffre et son intelligence s'affine mais, outre sa gloutonnerie parfaitement concevable, pas de caprices, pas de folies, rien d'irrationnel. Il n'a pas d'"idées" : il accepte avec résignation, mais certes sans comprendre, que je l'éloigne du frigo, de ce coffre rempli de trésors tels que foies et cous de volaille ; toutes ses réactions sont claires, explicites et rationnelles – c'est tout ce que je peux dire. Qu'est-ce donc que le rationnel sur lequel l'esprit humain a fondé la logique ? Il est évident qu'il se trouve "dans la nature", sinon on ne pourrait pas comprendre la nature par des moyens rationnels. Le rationnel unit les hommes, les bêtes et la nature. Mais cela n'est valable que pour le monde des épiphénomènes. Il existe en profondeur un autre processus auquel ce même rationnel barre la route. Car bien que le rationnel soit impersonnel, il est en même temps objectif, ce qui est inadmissible à un niveau supérieur de l'existence ; puisque nous sommes des sujets agissants ; c'est quelque part là qu'il faut chercher la clé de la passion humaine pour la recherche de la vérité, et plus généralement de la passion en tant que telle, avec ses formes irrationnelles ; ou bien, disons-le carrément, le rationnel est en fait irrationnel, surtout quand on pense à la mort. – Le rationnel ne tue pas, mais le fait de mourir est rationnel ; sauf que ce n'est jamais la rationalité de celui qui meurt : voilà le hic. Le rationnel est un piège auquel nous devons répondre par la passion, c'est-à-dire par l'irrationnel : la révolte, la résignation, l'orgueil, l'humilité, etc. La raison est l'une de ces choses que nous pouvons emprunter, mais qui ne nous appartiennent pas, tout comme notre vie.

Richard Wagner : "Qui parle le polonais outre les Polonais ? Tout au plus un agent de police russe."

Etre l'écrivain isolé et abandonné d'une langue isolée, d'un peuple abandonné. Du point de vue de l'homme comme de celui du "créateur", c'est une grande négligence.

Mars

Les systèmes de relations opaques de Kafka, le fantastique qu'ils recèlent. Mais – c'est ce que j'essaie de faire en ce moment – n'y a-t-il pas autant de fantastique dans les systèmes de relations transparents ? Sans oublier l'excellent axiome de Robbe-Grillet : rien n'est plus fantastique que l'exactitude (justement à propos de Kafka).

L'Antéchrist. Il dit Christ, mais il pense Marx – comme l'a remarqué quelqu'un (peut-être Brandes ?) à propos de Tolstoï. Néanmoins, à ce moment décisif – le dernier tiers du XIXe siècle – sa critique de la morale est en avance sur son temps. Nietzsche voit la populace de la démocratie, les consommateurs ou, si l'on préfère, les masses. Les "valeurs naturelles" comme, par exemple, la "volonté de puissance", "la beauté" ou "la force" ne sont que le contraire des valeurs "chrétiennes", c'est-à-dire des valeurs sociales révolutionnaires. Nietzsche appelle au meurtre aussi bien que l'anarchisme. Peu importe pour quelle raison ; à l'évidence, la situation devenait intenable. Il est naturel que les assassins aient été ceux qui accordaient de l'importance au principe d'organisation : le dilettantisme impérial conservateur, puis l'Etat social, voire fasciste. Mais la question de Nietzsche : "vivre à tout prix ?" (ou comme moi, je la pose : vivre en toutes circonstances ?) résonne encore de nos jours. Au sens pragmatique et politique, Nietzsche est probablement un dilettante ; mais en ce qui concerne la *décadence**, il a sûrement raison. De même que la chute de l'Empire romain n'a pas été due à son humanisme, l'Europe ne sera pas anéantie à cause de la morale chrétienne ; par ailleurs, c'est intéressant qu'une structure ou un mécanisme social ne soit pas capable de dépasser ses propres limites et soit réduit à tourner en rond, à marcher sur la tête à l'intérieur de ces limites, faute de pouvoir se libérer de ses spécificités essentielles. D'autre part encore – et c'est déjà une question d'histoire –, il est intéressant de remarquer qu'à cette époque (toujours durant le dernier tiers du XIXe siècle) la question du meurtre ne s'est posée qu'en Allemagne

* En français dans le texte.

et plus loin à l'est. – En outre, lorsque Nietzsche parle des valeurs "d'un peuple", il ne voit pas que les peuples sont en train de disparaître, ou plutôt de se transformer : il n'y a plus de peuple, il n'y a plus que des masses, des consommateurs, des classes sociales, etc., et les organisations, groupements, totalités et totalitarismes imprégnés d'idéologies qui leur correspondent. En réalité, ce qui est intéressant chez Nietzsche – au-delà de sa poésie –, c'est sa passion et sa souffrance, son émotion débordante et cette grande découverte : nous sommes arrivés au bout du chemin, il faut choisir. Et nous avons choisi. L'homme s'est rabougri entre les mains de l'Etat, sa vie est devenue une honte permanente, une dégringolade incessante, son impuissance est scellée et il n'a plus à choisir parce qu'on le méprise trop pour lui en laisser la latitude. Ce fut un processus naturel et, pour ainsi dire, rationnel – une stagnation éternellement provisoire, confortable et paresseuse, qui perdure docilement et correspond à l'inertie existentielle des masses humaines.

Simone Weil : le mécanisme, c'est *le* mal. Une fois fait, notre choix – s'il se porte sur le mal – nous asservit au mécanisme, à la loi de la gravité, aux forces aveugles de la nature. C'est possible. Mais il est également possible que ces forces et ce fameux mécanisme soient justement Dieu, et que toute volonté qui veut les enfreindre soit une révolte de l'homme pour conquérir le bien – révolte vaine, naturellement, puisque ce mécanisme est la force, la loi et la mort, et pourtant le murmure de l'homme sur le bien emplit peu à peu le monde humain, sans toutefois en dépasser les limites, car il ne pourra jamais les franchir – et donc, c'est comme on voudra. Il faut craindre néanmoins qu'en dernière instance, les logiciens du langage aient raison : du point de vue logique, ce discours constitue un ensemble de sons et de signes dépourvus de signification ; il ne faut pas parler de ce dont on ne peut pas parler ; même si, par ailleurs, la nature de l'homme, ses désirs et surtout ses actes et sa vie ne peuvent se réduire à cette logique. Tout est jeu de mots ambigu ! Et je soupçonne les mots d'avoir de moins en moins de rapport avec la réalité ; en effet : qu'est-ce que la réalité ? Nous le savons à peine. Le fameux Je – le Je d'Ortega dont la remontée à la surface, ou plutôt le processus même d'émergence, est un devoir individuel –, ce fameux Je est difficile à extraire de ce tissu actif de réflexions qu'est l'homme ; et quand il émerge, loin d'être un phénomène en soi comme un volcan ou une chute d'eau, il se transforme à son tour en réflexion, en questions et en réponses qui concernent toujours le concret et portent le sceau de la matière – le fameux Je est donc aussi un produit de la société, il n'est que raisonnement, métier, composition, mélange de couleurs, orchestration, guerre, création de systèmes logiques, cours du soir pour douze étudiants, et au fond de tout cela se trouve le signe déchiffrable : la volonté, la force originelle, la puissance créative ou destructrice sublimée. Qu'est-ce que la vie ? Qui pourrait le dire ? Puisque nous ne la recevons qu'en dépôt, pour une durée limitée, et jamais à l'état chimiquement pur ; nous nous affairons dans la fourmilière humaine, notre vie consiste à consommer et à être consommé.

L'impersonnalité qu'il faut atteindre selon Simone Weil rime étrangement avec les propos de Györgi Lukács disant qu'il a supprimé sa propre personnalité, certes pas au nom de Dieu, mais au nom de l'objectivité révolutionnaire. Notons que Lukács était juif lui aussi, qu'il fut mystique avant de rallier le communisme où il a trouvé la grâce et l'idéologie qui va de pair (la scolastique). Comme le destin est étrange ! Avec son matérialisme amer, Nietzsche a raison de ramener toute manifestation à la personnalité, à la constitution, à la volonté, à la *décadence** ou au *Bejahung,* l'affirmation. Ni Simone Weil ni Györgi Lukács ne supportaient le poids de leur vie, ni plus généralement la vie telle qu'elle est. De plus, ils étaient très gênés par leur identité juive ; *mutatis mutandis,* leur personnalité expansive s'est changée en une intériorité sublimée, une philosophie de la grâce.

On ne peut être intelligent qu'à l'intérieur de ses propres limites.

Malgré tout, il faut considérer la deuxième édition d'*Etre sans destin* comme un triomphe. Ma lettre de remerciement pour avoir été spolié. Prémisses : je fais remarquer à l'éditeur que les droits du livre m'appartiennent depuis six ans et que, selon la loi, s'il veut le rééditer, il doit me les racheter. Une certaine Katalin V., éditrice, hausse les épaules : "Depuis trente ans, nous ne payons que les droits de réimpression." Je lui demande alors de me verser une avance. Réponse : "Nous ne versons pas d'avance sur les réimpressions. Mais vous pouvez écrire une lettre à Endre Illés, pour le remercier d'avoir fait rééditer votre livre et lui demander une autorisation de versement d'avance." C'est si simple que ça, on se croirait au Moyen Age, à la cour d'un seigneur. (Le cas de Schiller : "Cela a-t-il vraiment plu à Votre Majesté ? – Oui, vraiment. – Alors, que Votre Majesté daigne me nommer conseiller à la cour." Et il a été nommé. Cela ne risque pas de m'arriver.)

* En français dans le texte.

Garder le chapitre de l'usine. Je n'ai pas touché à mon roman depuis un an. Depuis que j'ai écrit la scène avec Berg. Désespoir profond. – Hier soir, promenade dans la ville poussiéreuse. L'air était doux. Assis sur un banc de la place Engels (décor du roman), j'ai imaginé toutes les variantes. Le ton tragique ne va pas, parce qu'il est réel ; le ton naturaliste non plus, parce qu'il est réaliste, de plus, le temps ne peut pas intervenir à ce stade du roman ; la technique rétrospective ne va pas, parce que je l'ai déjà utilisée pour la scène de l'arrivée en ville ; je ne peux pas rayer l'usine et la fille, parce qu'ils s'imposent comme des impératifs catégoriques. Etc. A ce point, les techniques de séquences mises en œuvre précédemment échouent.

Le soir, Pascal. Je n'y ai trouvé aucun réconfort.

Pascal et le divertissement. Cette impression que je connais si bien. Les hommes trouvent leur existence insupportable et ne prennent pas leur vie au sérieux. Cette découverte est d'une importance capitale, seuls les plus grands esprits osent l'exprimer. Le rejet inconsidéré de la vie et l'angoisse de l'existence semblent s'exclure mutuellement. Seule la logique réfléchit de la sorte, or la logique n'est pas la vie. La vie est un paradoxe. Au moins deux contradictions à la fois. La construction logique est éloignée de la vie, de ce que nous vivons comme réalité.

Pascal, parlant de Montaigne : "Le sot projet qu'il a de se peindre !" Je suis tenté de mettre cette phrase en exergue du *Refus*.

Propos de Pascal sur le style. Le style cristallin de Pascal. Mais parfois pétri de la fameuse dignité française. C'est peut-être ce qui l'a poussé vers la religion. La conviction est une question de style. – L'homme n'a aucun mérite à penser, car il ne peut tout simplement pas s'en empêcher et, en général, il pense comme s'il ne savait pas penser ; ses motivations idéologiques, morales, etc. donnent l'impression qu'il écarte sciemment les conséquences de sa capacité de penser. La dignité de Pascal n'est pas la dignité de "l'homme" : c'est uniquement celle de Pascal, et "l'homme" n'a pas la moindre intention de le suivre sur ce terrain. Historiquement parlant, la pensée est l'indignité de l'homme, sa faillite. Pascal et sa vision cosmique de l'infiniment grand et de l'infiniment petit : c'est un penseur moderne, au sens moderne du terme, qui reconstruit implacablement d'une main ce qu'il ne doit même plus détruire de l'autre ; lui devait encore le faire, puisqu'en fin de compte, il a trouvé refuge dans la religion. Mais pour fuir quoi ? Dans quel but ?

Pascal est-il plus intelligent que Nietzsche ? Sur un certain point, ils sont bêtes tous les deux, ils disent tous les deux la même chose, mais ils ne se comprendraient pas. Pascal le sait et Nietzsche probablement aussi, mais lui – par tempérament – ne peut l'avouer ; de ce point de vue, et donc de celui du tempérament, Pascal est quand même plus intelligent.

Comment le roman pourrait-il être – au-delà de la différence qualitative – "comme la vie", alors que la vie elle-même n'est pas comme la vie ?

Bien sûr, Pascal et Nietzsche ne disent pas la même chose (à quelques exceptions près). Nietzsche est déjà un homme qui lutte avec obstination dans le noir : “Par-delà le bien…” Depuis les Lumières, les penseurs sont plus bêtes – peut-être plus déterminés, mais plus bêtes.

Pascal ne voit pas de preuves. Les sceptiques et les athées ont raison, dit-il, seules leurs déductions sont erronées ; car l’axiome opposé au leur est tout aussi vrai. Ainsi, il mise tout sur la foi. Et il a raison : parce qu’il devient ainsi un penseur admirable qui, tout en étant croyant, ne fausse pas la vie d’un iota.

Mais quand il compare ce que la foi peut nous faire perdre ou gagner, Pascal devient infantile. Eh bien, dit-il, on ne perd rien, en revanche on gagne deux fois sa mise si notre foi se révèle vraie. (Où ? quand ? dans l’au-delà ? – Dans ce cas, je préfère ne pas mourir, comme disait Marat.) Tout cela ressemble beaucoup à une proposition de bookmaker : aucun prêcheur ni même aucun croyant ne peut échapper à ce genre de calcul. Pourquoi devons-nous croire ? Pour ne pas sombrer dans le désespoir. Mais si on ne sombre pas dans le désespoir à l’idée de devoir un jour mourir et disparaître, on n’est pas obligé de croire. La foi est une question de choix, mais une vie éthique dépourvue de foi religieuse l’est tout autant et, à mes yeux, elle est même comme plus héroïque, dans un certain sens plus digne, elle ne fait pas forcément des gens des assassins pour autant ; par contre, la foi ne nous empêche pas de devenir des assassins ou des êtres amoraux, l’histoire montre même que c’est juste le contraire. – A moins que Pascal ne doute qu’il existe des hommes de bien en dehors de l’Eglise catholique ? C’est ridicule ! J’en ai probablement fini avec Pascal.

Hier soir, je rencontre T. dans une rue sombre de Buda. “La situation est désespérée”, dit-il. Ma foi, oui. Mais quelle situation est pleine d'espoir ? Celle où l'on peut encore clairement faire la distinction entre la situation et soi-même. Si le bourbier m'engloutit, je pourrai m'identifier à lui en tant que cadavre une fois qu'il m'aura noyé. Le piège collectif, le rôle de bête de somme nationale. De plus, il faut faire mine de jouer un véritable rôle. Non, il n'y a pas que l'Etat moderne et la structure du pouvoir qui poussent l'homme vers le collectif : l'homme lui-même ne peut pas non plus se débrouiller tout seul.

Remarque intéressante de Toynbee selon laquelle aucune forme de vie supérieure ne peut se développer sur la terre depuis l'apparition de l'homme, car celui-ci est en situation de détruire tout embryon d'organisme supérieur. Cette remarque ouvre des perspectives effrayantes ! (Et que devient le surhomme ?)

L'étude d'István Bibó sur l'antisémitisme. Je suis consterné. Qui a été anéanti à Auschwitz, et quoi ? Quatre millions de juifs ? Non : *tout*. – Cela dit, il faut voir que c'est écrit par l'éducateur de la nation, dans un but pragmatique et pédagogique.

25 mai

J'ai accepté de traduire *Die Geburt**... de Nietzsche. En partie pour me punir de ce que mon roman n'avance pas. – Comment ? Je finirai par devenir une personnalité littéraire ? “Ecrivain, traducteur...” Ha ha !

* *La Naissance [de la tragédie].*

Le socialisme appartient encore au monde de la bourgeoisie. La bourgeoisie a créé la pensée et la masse. La sphère et la pensée chrétienne-bourgeoise. Et Adolf Hitler ? On n'échappe pas à l'idéologie, c'est dans son miroir que nous jugeons les événements ; pourtant, le devenir, le phénomène qui surgit sont différents, bruts, ils surprennent notre regard et nos habitudes de pensée. – L'idéologie montre tout comme un processus, mais les événements réduisent constamment en miettes cette présentation illusoire ; et quand les choses sont passées, l'idéologie se relève laborieusement et tâche de rétablir le processus jusqu'à l'événement suivant. Elle fait penser à une mauvaise voyante : elle ne sait pas prévoir l'avenir mais, une fois qu'il est là, elle constate que rien d'autre ne pouvait arriver d'après les signes prémonitoires, et ainsi la nécessité se rétablit.

Nietzsche en tant qu'épée de feu vengeresse de l'homme abusé. Et avant tout colère lucide contre l'abus, l'abus mortel. L'impuissance intellectuelle associée à la colère. La transvaluation de toutes les valeurs. L'idéal qu'on ne peut pas nommer. Disons qu'il est dionysiaque... – Adolf Hitler en tant que Dionysos. Nietzsche : au premier coup d'œil, un sourire où l'on devine de l'esprit, du cynisme, une affirmation vindicative ; aussitôt après, une fuite désespérée, une confrontation furieuse. La voie intellectuelle. Mais en réalité tout cela est une illusion : il n'y a rien de commun entre Nietzsche et le Dionysos nazi. Posée dans un esprit nietzschéen, la question serait plutôt de savoir pourquoi, dans ce monde crépusculaire, Dionysos ne peut plus se manifester que sous la forme de Hitler.

Sa parenté de tempérament avec les anarchistes de l'époque saute aux yeux, malgré leurs visions contradictoires ; Nietzsche avait prévu les abus de l'anarchisme ; il trouvait révoltant et indigne de risquer sa peau pour rien. En Européen, il rêvait d'un dionysisme institutionnel, d'un pouvoir élitiste des philosophes, des artistes et des technocrates ou, si l'on préfère, d'une tyrannie élitiste. Au lieu de cela, il y eut – comme seule possibilité – la plate tyrannie des militaires, des policiers, des industriels, des épiciers ; et cet idéal, cette démocratie vaut toujours mieux que le totalitarisme d'Etat et la dictature d'un malade mental. – Où en sommes-nous aujourd'hui ? En quelque sorte, nulle part : tout est décidé. De nos jours, on ne peut considérer les choses qu'à la lumière de la situation historique. L'Europe a disparu – l'histoire des soixante-quinze dernières années en est-elle la cause ou seulement le symptôme ? Peu importe. Elle est devenue un continent vassal, un dépôt militaire d'autres puissances, un terrain de manœuvre. Peu importe ce qu'elle pense d'elle-même. Et ainsi, ce qu'elle pense (parce qu'elle a quand même des idées, surtout d'ordre économique, mais seulement en rapport avec sa situation devenue marginale) ne compte absolument pas.

Juin

Pourquoi est-ce que je n'aime pas caractériser mes personnages avec des signes particuliers, comme le font certains écrivains ? Par exemple : la jeune femme qui garde toujours dans son sac à main un petit cendrier rouge et rond muni d'une fermeture, pareil à une boîte à bijoux, qu'elle sort en société et qui est le seul endroit où elle accepte de mettre la cendre de ses cigarettes. En général, les écrivains collectionnent ce genre de bizarreries "caractéristiques". Moi, cela ne me dit rien. (Dans ce cas précis – le fait que la jeune femme ne secoue ses cigarettes que dans sa petite chose rouge –, le motif sexuel est évident : et alors ? à quoi bon ?) Adorno dit quelque part à propos de Mahler que l'idée de la construction symphonique repousse parfois au deuxième plan l'élaboration minutieuse des détails. (Ce qui est paradoxal, puisque la structure de la symphonie se compose de détails ; mais ce paradoxe est caractéristique de l'art.)

Je lis les philosophes plutôt pour leurs digressions que pour leurs systèmes.

Un philosophe qui dissimulerait ce qu'il pense à propos du tout et ne parlerait que des détails ne serait pas un philosophe.

La situation mondiale, au-delà des croyances et avant l'anéantissement, instant de liberté bref, mais grandiose. L'écrivain peut encore poser son regard sur la vie humaine qui apparaît maintenant dans sa nudité ; il peut vivre la petite expérience du grand abus avec la conscience presque orgueilleuse de l'esclavage ; dorénavant, il n'est tenu par aucun "engagement".

A l'évidence, les guerres mondiales n'ont offert qu'une seule et unique alternative : l'esclavage ou l'esclavage... Mais rien qu'en termes de confort, quelle différence !...

Il est certes terrible d'admettre que les empires sont dirigés par de vulgaires criminels et des crétins vulgaires en plus d'être stupides ; en guise d'échappatoire, ils cherchent les "raisons historiques" et inventent par exemple "l'habileté tactique" d'Adolf Hitler. Quelle lâcheté que la vie prétendument intellectuelle de l'époque !

Canetti, *La Langue sauvée* ; je pense à mon *Kaddish.* Mon enfance fut telle qu'il m'est devenu impossible de la revivre et de la changer, même indirectement, à travers mon propre enfant. Je ne voulais pas la changer parce que, telle qu'elle est, elle constitue vraisemblablement pour moi une source d'inspiration. J'ai détesté être enfant ; j'ai vécu ma jeunesse (Nietzsche) comme une maladie. Etc. Analyse complète de moi-même. J'avais besoin de toutes mes forces pour m'extraire de mes déterminations, du bourbier de l'inexistence ; le processus qui consistait à me sortir de la négation où j'étais plongé ne pouvait aboutir que dans le verbe ; mais il a mobilisé toute mon énergie. Je me suis tiré d'affaire – toutefois, ce faisant, j'ai mis un point final au processus. Comme si cette dernière grande révolte m'avait fait affronter la mort, etc.

"L'erreur, c'est de la lâcheté" : Nietzsche dans la préface d'*Ecce homo.* (Par erreur, il entend "la foi en l'Idéal".)

Pourquoi "un traumatisme" ? Non parce que six millions d'êtres humains ont été assassinés, mais parce qu'il a été *possible* d'assassiner six millions d'êtres humains.

Nietzsche dans *Ecce homo* : "Non seulement je lis, mais j'aime Pascal..." Intéressante confirmation de mon impression de la parenté de ces deux grands chrétiens, ou de ces deux antéchrists ; ou, si l'on préfère, du Christ et de l'Antéchrist.

Etre sans destin comme roman autobiographique. Le plus autobiographique dans ma biographie est qu'il n'y a rien d'autobiographique dans *Etre sans destin*. Ce qu'il contient d'autobiographique, c'est l'omission de tout élément autobiographique dans l'intérêt d'une fidélité supérieure. Et la manière dont cette impersonnalité obtenue de haute lutte finit par devenir le contenant et le jaillissement de cette personnalité sans qualités.

Ecce homo. Nietzsche, celui de l'*amor fati**. Il n'a jamais rien nié, il aime les actes qui l'ont mené à l'échec justement *parce qu'*ils l'ont mené à l'échec ; il aime l'inéluctable et n'a jamais souhaité que les choses se produisent autrement qu'elles se sont produites : c'est pourquoi il se définit comme un *révolutionnaire*. Extraordinaire !

D'ailleurs, outre la surestimation de *Zarathoustra* – mais on pardonne à un grand auteur de surestimer une grande œuvre (alors qu'on voit si souvent le contraire, on ne voit même pour ainsi dire que cela) –, je ne vois pas "les ténèbres de la folie" dans *Ecce homo*. C'est un grand livre, peut-être trop audacieux : au bout d'un siècle, un titre de chapitre comme, par exemple, "Pourquoi je suis un destin" n'apparaît absolument pas exagéré.

Nietzsche : il n'est pas vrai, dit-il, que les causes du nihilisme soient à chercher dans la physiologie ou dans les situations sociales. Cette affirmation est importante pour moi, car selon elle les causes ne sont pas déterminées, elles ne dépendent pas des rapports de production, par exemple, mais sont affaire de connaissance, de mode, de degré, d'éthique de la connaissance (même si on ne peut pas la séparer entièrement de l'immanence sociale), de la connaissance, donc, à laquelle N. (tout comme moi) attribue une importance *vitale* et qu'il ne voit pas comme un divertissement, une "culture"

* En latin : "amour du destin".

subventionnée par l'Etat. Ainsi, l'art est aussi une activité essentielle, une fonction vitale de l'homme.

J'ai dit dernièrement que j'avais une "nature d'hôte". C'est vrai. Je ne supporte pas les esprits arrivés, les natures possessives, le passage de l'exclusion à "l'élite" qui va de pair avec une certaine façon de penser. Je repense à ma conversation sur Adolf Hitler avec un historien arrivé. Ses remarques du genre : "Allons, tout le monde a bien accueilli le nazisme, excepté quelques juifs." Je savais que sa remarque visait une personne particulière et qu'elle était probablement juste ; c'est pourtant une perversion de la pensée, le passage à une sphère à laquelle je ne m'oppose même pas, mais où je n'arrive pas à respirer, c'est tout.

La Naissance de la tragédie. Toute la pensée allemande moderne prend sa source chez Nietzsche. Il savait déjà tout ce que Freud devait encore découvrir. Je le lis avec admiration et émerveillement. Le dionysiaque qu'il a vécu devant les remparts de Metz, comme moi au camp de concentration et durant les "années cinquante". Le Grec apollinien qui regarde, émerveillé, le serviteur de Dionysos, et son émerveillement croît à mesure qu'il découvre que tout cela ne lui est pas si étranger. (Cf. l'idée de "Moi, le bourreau".) La grande expérience moderne. Le dionysiaque en tant que mouvement politique, le dionysiaque en tant que rock'n'roll. Le gouffre qui sépare le dionysiaque barbare du Dionysos des Grecs. Par son nihilisme, le monde moderne est au service du Dionysos barbare – *mutatis mutandis*, il se trouvera toujours une idéologie appropriée, même s'il lui manque le contrepoids apollinien. Qu'il est agréable de penser ainsi et de rejeter l'historisme insipide ! Nietzsche était conscient du caractère insupportable de l'existence : son problème était – déjà ! – l'individu, la personne. Nietzsche a toujours accompagné ma pensée, ses problèmes sont inscrits dans ma chair par la réalité, par mes expériences vécues – et ce n'est pas une vue de l'esprit, une théorie. – Une remarque malicieuse : le mot *Zauberberg** apparaît dans *La Naissance de la tragédie.* Thomas Mann n'a eu qu'à se servir.

Quand je lis beaucoup de textes scientifiques, je suis gagné par l'impression que le monde est un mécanisme bien huilé, avec les impulsions électroniques et les instincts qui conviennent, créé pour dévorer, mourir, naître et se reproduire, une structure refermée sur elle-même où l'homme n'est apparu qu'à la suite d'une dégénérescence fortuite, sans doute grâce à des conditions terrestres particulièrement favorables ; puis, avec sa conscience, cet être dégénéré a rompu… quoi, déjà ? Le mécanisme. Parce qu'il en voit l'absurdité. Certes, seule la conscience humaine peut le percer à jour, et elle seule peut le juger absurde. Comment dès lors imaginer Dieu ? Par conséquent, même si l'homme n'est pas une créature, un phénomène planifié, il n'en est pas moins fait de matière, il est prisonnier de cette chose, de la création, disons, ou de ce bricolage, si on préfère. Dieu serait-il impuissant ? paresseux ? un spectateur qui attendrait avec curiosité la suite des événements ? Serait-il un être songeur qui n'a pas encore trouvé la solution ? Certaines époques le voyaient comme ci, d'autres, comme ça. Moi, il me semble que Dieu est un humoriste, un humoriste certes un peu cruel, quoique non dépourvu de la bonté sage mais

* En allemand : "montagne magique".

limitée des véritables humoristes. – Bien sûr, ce n'est pas vrai : l'humour a été inventé par l'homme, pour pallier les insuffisances de Dieu ; si Dieu – et avec Lui la vie – était parfait (transparent et dépourvu de mort et de peur), l'humour n'existerait pas.

En avant, ne te retourne jamais, tout devant, il y a la mort – tu es donc libre.

Juillet

Ce roman – *Le Refus* – est le dernier que j'écris sous le signe de l'existence nue. Je sens que le mysticisme me guette. "L'interpénétration de l'esprit et de la matière..." Goethe ? – L'*unio mystica* atteinte par le corps exténué, la perte de soi sans aucune humiliation. "La confiance."

Pour produire du grand art, il faut vivre avec le minimum, du moins au début et tant que c'est possible. Ensuite, apprendre à limiter et à brider l'abondance (Goethe).

Je suis inactuel. Par exemple, je n'ai pas la moindre idée des avancées techniques, et elles ne m'intéressent pas ; je ne sais même pas conduire une voiture. Hier K., venu d'Amérique, me dit que la lecture est en voie de disparition. Je me suis senti soulagé : j'écris un roman, je poursuis donc une activité inactuelle. Pourtant, je ressens l'absence d'articulation limpide, d'esprit de la narration comme une inactualité de l'époque – pour autant bien sûr que la question de la survie soit encore actuelle.

J'avance page par page dans *La Naissance de la tragédie.* La problématique de l'individuation, *ma* problématique. C'est un problème romantique, je l'ai toujours su ; tant que nous sommes romantiques, la vie peut nous faire souffrir – car tel est le sens du romantisme : souffrir à cause de la vie. Et c'est là que réside la plus forte inspiration pour la vie ; en cela, Nietzsche a raison : le nihilisme rationnel est non seulement décomposition biologique, mais aussi mort spirituelle, conformisme, régression, disparition.

Mon existence est monstrueuse sous tous rapports, sauf en ce qui concerne l'écriture : écrire donc, écrire pour supporter mon existence, si ce n'est la justifier.

Août

Avant-hier, la nuit, j'ai commencé à traduire *La Naissance*... Est-il sage d'interrompre mon roman *maintenant* ? au point culminant ? J'entends encore cette phrase pleine d'empathie : "Tu traduis comme si tu étais un prisonnier de guerre." Un instant plus tard : "Et c'est comme ça que tu vis." Moi : "Oui."

*

1985

Février

Le temps, le temps, *une mer à boire**... Au bout de six mois et demi de travail, j'ai fini *La Naissance de la tragédie*. Je ne peux pas encore en tirer d'enseignements. Excepté une vague fatalité : *il fallait* que ce soit moi qui traduise Nietzsche. L'abîme d'où je suis sorti pour arriver là où je suis. Sentiment

* En français dans le texte.

d'accomplissement à peine concevable. Le premier choc, il y a des dizaines d'années, alors que je ne connaissais ce texte que par ouï-dire. – Une mauvaise grippe et un pénible abattement général. Ce manque cruel que je ressens partout, en tout ; manque de quoi, au juste ? Rétrospectivement : j'ai lutté, j'ai été vaincu. Achever sous ce ciel gris mon roman et peut-être encore un véritable devoir à accomplir : le *Kaddish*. Puis m'allonger, froid et blanc, oublier le monde dans lequel je me suis retrouvé sans savoir comment, il y a cinquante-six ans.

"Si le roman ne devient pas un acte, un acte peut faire un roman" : Theodor Herzl.

La dépression est non seulement un égoïsme, mais aussi une immoralité, une débauche, le contraire de toute élégance, une grande incapacité à vivre.

Après une longue pause, je dois retrouver la technique du roman, je dois en quelque sorte me prendre sur le fait.

Saint Jean de la Croix demandant à son garde-chiourme qui le prend en pitié et veut lui épargner le fouet pourquoi il le *prive* de sa peine.

Il n'est pas nécessaire de tomber dans la médiocrité dès qu'on sort de la sphère du fanatisme. Je ne pense pas que Dieu soit fanatique et qu'il considère ses fidèles fanatiques avec indulgence ; je pourrais bien discuter avec Lui, entièrement d'accord sur le fait qu'il me tuera un jour, sans aucune malice.

Sumner : "En arrivant aux traditions populaires, nous avons terminé notre analyse." Puis : "A un point donné, les représentations morales d'un groupe sont l'ensemble des tabous et prescriptions contenus dans les traditions. Les morales ne peuvent donc jamais être instinctives. Elles sont historiques, institutionnelles et empiriques."

Et donc le "sentiment moral" de l'homme exalté par Kant n'existe pas. En fait, Sumner est un anti-Nietzsche, pourtant ils disent exactement la même chose, du moins en ce qui concerne la morale et la raison que l'un et l'autre considèrent du point de vue de la "vie". Mais qu'est-ce que la vie ? Pour Sumner, une simple subsistance, un "intérêt" qui consiste à éviter la souffrance et la peine, et à rechercher le "plaisir". C'est bien sûr du naturalisme pessimiste, position morale et rationnelle identique à l'idéalisme, même si ce dernier donne l'impression d'être plus fécond, plus vrai, plus vital. Mais, et justement du point de vue vital, la vie ne peut se contenter de la simple vérité naturaliste, puisque celle-ci ne contient rien d'attrayant. La vie a grand besoin d'idéaux et d'illusions, de toutes ces pseudo-entités qu'on désigne sous le nom de charité, éthique, foi, etc. ; en même temps, elle a besoin de désillusions : c'est cette dynamique qui crée et produit les valeurs vitales. Quant au fait que l'homme veut éviter à tout prix la souffrance, je ne suis absolument pas d'accord avec Sumner : l'ennui et les tendances autodestructrices de l'homme imposent des limites à l'obsession américaine qu'est l'aspiration exclusive au bien-être. L'essentiel est que l'individu pensant constitue rarement un tout formé d'un pessimiste naturaliste et d'un philosophe idéaliste – la cohérence, non seulement pratique mais aussi immanente, l'en empêche. Ainsi donc, même si nous attribuons une valeur à l'individu – et où puisons-nous notre joie si ce n'est dans le culte de l'individu qui s'oppose au collectif, à la mort vivante ? –, celui-ci ploie, jusque dans sa pensée, sous le joug de la race, de l'espèce, du collectif, des "traditions populaires". Tout comme l'individu, le collectif n'offre qu'une seule échappatoire : la mort. Mais c'est justement au nom de la mort qu'on peut s'opposer au collectif, ainsi qu'à soi-même. L'homme peut être vraiment un individu durant les rares instants proches de la mort et donc pleins de vie : nul ne vit, nul ne meurt à sa place.

Mars

Roman. – Est-ce que je comprends ce que je laisse mûrir ? Cela a commencé par les douaniers, *vámosok*, les publicains pour employer un terme biblique. L'assonance de ce mot avec *ávósok** m'a amusé – jusqu'à ce que j'en découvre bien plus que le sens : *l'univers*...

J'ai essayé un jour de donner une définition du style, à savoir que j'ai dit que le style était l'adaptation mystérieuse du personnel à l'objectif. Th. Mann.

Et si le mystère de l'incarnation était de prendre corps et non de donner corps ? D'ailleurs, à quoi donne-t-elle corps ? Aurions-nous une image de la notion (de l'idée) d'incarnation sans le prendre-corps ? *Le* mystère, c'est l'existence, le monde matériel.

Sumner à propos de Rome et de Byzance : les deux empires ont systématiquement détruit leurs élites, les Grecs avant eux. La contre-sélection était la seule fonction impériale qui fonctionnât

* *Vămosok* signifie "douaniers" et "publicains", *ávósok* désigne les agents de la police secrète hongroise d'avant 1956.

parfaitement. – Et puis : “Comme la vanité est en soi un état d’âme subjectif, mais ne peut exister que dans la société…”, formule brillante, écrite au hasard d’une proposition subordonnée. – Le début du paragraphe aborde la question des idéaux : “L’idéal est tout entier non scientifique. Il n’a rien à voir avec les faits, ou pas grand-chose.” Un peu plus loin : “L’histoire des Grecs montre que l’homme, pendant qu’il discourt sur des sujets élevés, peut tomber bien bas.” “A chaque époque, seule l’élite de la société réfléchit…” Etc. – Je n’ai jamais lu livre plus noir que celui de Sumner. Comparé à lui, Schopenhauer est idyllique. Sumner ne se contente pas de la misanthropie des moralistes : il s’intéresse aussi profondément à la sociologie. Au lieu d’aphorismes douteux, il place entre son propre moralisme et le lecteur quantité de faits indéniables qui donnent à son exposé l’apparence de l’objectivité. En outre, il a tout le temps raison, c’est indéniable. La race, l’espèce (humaine) vit de manière destructive sa vie aussi irrationnelle qu’injustifiable, elle engloutit l’individu, le dépouille de toute originalité et ne lui laisse aucune valeur individuelle. L’homme est un produit de son temps, son comportement constitue la norme morale, ses pensées sont des modes, sa personnalité est au service de son aspiration au bien-être et, si tout va bien, il s’intègre, il est “reconnu” – mais si tout va mal, ce n’est plus le cas : quoi qu’il pense, même s’il a mille fois raison, il ne peut pas devenir un acteur influent de sa société. Sumner ne connaît pas la consolation individuelle – qui, bien sûr, ne peut prendre sa source que dans la mort individuelle, la “mort de soi”, et pourtant ! –, pas plus qu’il ne reconnaît le devoir individuel, l’instinct qui l’a poussé lui-même à écrire son œuvre. Il répondrait sans doute à cette objection en disant que, si les normes de comportement correspondent pour l'heure aux objectifs individuels, ce n'est que provisoire car, pour peu que ces normes changent et rendent incompatibles l'individu et les masses ou la société, l'individu s'adaptera et renoncera à ses objectifs particuliers. Et je crois qu'il aurait raison. – Comme on le voit, seulement en partie. On peut néanmoins en tirer l'enseignement suivant : la vie est faite pour le petit nombre. La majorité ne sait qu'en faire, elle ne sait même pas qu'elle vit, pour ainsi dire.

Aggraver mon destin de juif avec mon identité hongroise, aggraver mon destin de Hongrois avec mon identité juive : quelle inconscience ! Mais dès lors que c'est ainsi, je dois faire abstraction de moi-même, de sorte que chacune de ces deux identités marque et souligne encore plus nettement ma solitude ontologique ; c'est comme si ce fait me disait d'une voix aimante : "Tu n'as pas intérêt à te tromper."

On peut être bête intelligemment ou bêtement.

Cela étant, la bêtise n'a pas d'excuse, parce que, d'un point de vue moral, c'est le choix de la facilité : la défense la plus primaire contre l'existence.

Et l'esprit, et la raison ? Ils ne sont peut-être que l'expression des limites ahurissantes du monde…

Quelque chose comme *Mon cœur mis à nu*… Séparer mon être éthique et mon être esthétique, l'existant et le créatif. Mon problème est qu'ils sont inséparables. Mais savoir au moins que mon être créatif est un produit de mon imagination et d'une représentation arbitraire créée par moi-même (ou si l'on préfère : d'une hygiène métaphysique) ; il n'a rien de réel ni de nécessaire ; c'est pourquoi il faut surveiller les relations métaboliques entre ces deux êtres et, durant les heures qui appartiennent à l'être créatif, diriger soigneusement la transsudation (ou comment dire ?). Savoir : l'être créatif est asservi à l'existant ; l'arracher chaque jour quelques heures à l'existence, sinon la nécessité dont il se nourrit risque de dépérir. – Le talent, le génie, etc. : balivernes ; la création n'est pas une grâce divine qui vient de l'extérieur, mais une fonction vitale, un moyen de rester en vie.

J'ai des devoirs et des obligations. Je considère comme un devoir d'avoir des obligations.

L'irrationalisme de Baudelaire comme antithèse bien agréable à l'irrationalisme allemand. Individualiste, jamais prophétique, il voit la société pour ce qu'elle est : une pollution de l'environnement ; toujours perdant, il ne veut triompher que par le travail, la création. Et même alors : "… travailler est moins ennuyeux que s'amuser."

Auschwitz a fait beaucoup de mal à l'art, ne serait-ce que pour l'avoir rendu beaucoup plus prudent, pareil à un infirme qui boitille, une main sur le mur, une canne dans l'autre, les yeux fixés sur le sol dans le seul but d'en éviter les aspérités. Tout, la vie entière a perdu son audace : on tue froidement, lâchement, les yeux fermés, pour ainsi dire.

"Paralittérature" (Sándor Márai).

Juin

Seul, assis au bureau, dans une chambre du château, à la campagne. Persiennes closes. Dehors, chaleur du crépuscule. Le rond de lumière de ma lampe ; la feuille blanche. Solitude. Tension des fautes, désir d'absolution. Soudain ma plume se met à glisser. – – – Quelque chose de superficiel, de léger, une oisiveté légère et superficielle (le bonheur ?) me distrait tout le temps et m'empêche de m'exprimer.

Neuf heures moins le quart. Un peu de lumière entre encore par la fenêtre dont j'ai rouvert les persiennes et tombe sur ma feuille de papier. Chants d'oiseaux. Tout Szigliget embaume l'acacia. Auparavant, promenade sur la route, au milieu des champs et des collines ; au retour, le soleil couchant dans les yeux ; il s'enfonçait, rouge, derrière les montagnes qui perdaient leurs couleurs. Sa rondeur se voyait bien. La brume se levait sur les bosquets. Que cette boule rouge dispense lumière et chaleur me paraissait parfaitement invraisemblable. Et surtout il semblait improbable que ces coteaux boisés, la personne qui cheminait sur la route, le soleil couchant et les voitures qui fonçaient à toute allure pussent être réunis par une sorte de perception centrale qui serait Moi, avec tout le poids de ce mot et les conséquences qui me font vivre et qui, un jour, m'anéantiront.

Toute littérature idéologique est une paralittérature. La littérature antithéorique est aussi une littérature théorique, c'est-à-dire une littérature de justification, du moins parfois. Que justifie-t-elle ? Le renoncement à soi, l'abandon du devoir individuel : elle légitime la faillite. Le véritable nonconformisme, c'est arracher sa vie des mains du système, des systèmes ; faire de nous-mêmes la cause, la conséquence et le résultat final, sans rien taire du système, de la structure dont la menace – mortelle – pèse sur tout cela. Mais il faut montrer la brèche d'où surgit la vie individuelle comme un brin d'herbe au milieu des pierres, parce qu'elle existe ; le caractère aléatoire de la structure existe ; et le contraire de la condamnation, c'est la grâce. Elle est tout aussi irrationnelle et due au hasard, mais c'est le hasard de la structure, l'irrationalité de la structure : c'est là que réside la chance… de quoi, au juste ?…

1984 d'Orwell. Toujours effrayant, mais daté. – Sombres réflexions de S. : la Hongrie comme pays vassal. – En guise de réponse (ce matin), un poème de Cavafy : "Dans la crainte et les soupçons, / l'esprit tourmenté, les yeux horrifiés, / nous nous consumons, cherchant avec angoisse / comment éviter le danger que nous croyons certain / et si terriblement menaçant. / Pourtant nous nous trompons, ce danger n'est pas sur notre route ; / faux étaient les messages / (nous les avons mal entendus ou mal compris). / Une autre catastrophe, que nous n'imaginions pas, / soudaine, violente, s'abat sur nous / et non préparés – trop tard à présent – elle nous emporte*."

Un autre poème de Cavafy qui serait parfait en épigraphe du *Refus* : "Toujours tu aboutiras à cette même ville. Pour toi te conduire ailleurs, / point de bateau, point de route**."

1985

28 juin

Mes idées à l'époque où j'écrivais *Etre*… (à l'occasion d'une réédition). 1. La composition atonale du roman. Il n'y a pas de *note fondamentale* par rapport

* Trad. Georges Papoutsakis.
** Trad. Georges Cattani.

à laquelle certaines notes de la composition sont harmoniques et d'autres non. Au lieu du "Il est interdit" du fondamental traditionnel (tonal), la composition d'*Etre*... se fait dans une tonalité régie par ses propres lois. Première question : "pourquoi". – La réponse apparaît dès le deuxième chapitre : l'interrogation n'a pas de sens, il n'y a pas de "pourquoi", pas de question rationnelle ni de réponse rationnelle. Deuxième question : "comment" – abordée dans la partie centrale. Troisième question : peut-on rester en vie ? Quatrième question : après la survie, peut-on (a-t-on le droit de) rester en vie ? 2. La composition sérielle : au début de chaque chapitre, une série de notes définie dans l'esprit du tout – du tout compositionnel, c'est-à-dire une série formée des "douze sons idéaux" et ses variations, jusqu'à "l'épuisement de la composition". Concrètement, c'était les leitmotive de chaque début de chapitre. Ainsi : au chapitre I, "Le comportement approprié", au II, "Zynisch und mit Unschuld", au III, "Endurer sans raison", au IV, "Apocalypsis cum figuris", etc. 3. Le "roman structural". Cela correspondait à la définition d'Anton von Webern : la série n'est ni aléatoire, ni arbitraire ; son organisation est le fruit d'une réflexion. Chez moi, cette réflexion se fonde sur la ressemblance entre la structure de l'objet représenté et l'organisation structurelle de la matière du roman.

La dépression est une impuissance, elle signifie se fondre dans la masse.

Dieu est le divertissement des esprits supérieurs qui évitent ainsi de se noyer dans l'ennui de la raison.

Eté froid. Lune. "Promenades de l'autre monde." L'obligation de mener une vie festive, au sens tantôt endeuillé, tantôt joyeux, mais toujours solennel du terme.

Tout voir de loin, de loin, de très, très loin. Refroidir ce qui bouillait, abstraire ce qui vivait. Considérer le monde ainsi : Auschwitz ! Ah, cela réunit tous les éléments nécessaires à un bon livre !

Extrait d'un récit de Szomory : "Tous ceux qui sont nés ne sont pas au monde." Plus loin : "Dans ce recoin sombre et impénétrable qu'on peut appeler le tréfonds de l'âme, il ne gardait que des sensibilités qui n'avaient pas de nom, parce qu'elles n'étaient pas non plus de nature morale… Néanmoins, l'organisme aride de son âme fut peu à peu pénétré par des doses massives de poison et, ainsi saturé et poignardé, il avait comme l'impression d'être blessé." Etc.

Des Hollandais à Szigliget. Je monte dans leur voiture et leur fais visiter les lieux. Lui, très grand, noir, en lunettes de soleil, un air… très sympathique (j'allais dire : de famille) ; elle, usée, la voix rauque, exhale l'humanité comme un parfum ; à l'arrière, la mère distinguée, quatre-vingt-cinq ans. Né à Sumatra, il a été détenu dans un camp de concentration japonais pendant la guerre. Il me raconte brièvement quelques histoires terribles pour satisfaire ma curiosité. "Il faut oublier, dit-il. Regardez : ma voiture est japonaise, mon appareil photo est japonais." Rentré chez lui après la guerre, il n'a pas pu raconter ce qu'il avait vécu, parce qu'on l'interrompait en disant que c'était bien pire au pays. Il me dit avoir vu des militaires "rouges" dans les environs de Székesfehérvár. Je lui demande pourquoi il est surpris, puisque c'est un pays occupé. "Si vous vous y mettez, dit-il, vous arriverez sur les côtes de la Manche en quarante-huit heures… – Pas moi en tout cas", dis-je. Il rit. Etonné par son défaitisme, j'ajoute : "Si vous pouvez courir si vite…" Nous rions à nouveau. En même temps, cet étrange humanisme occidental passif me travaille. Le Hollandais me demande : "Vous êtes hongrois ?" Je réponds par une esquive : "Je suis juif." (Je le dis en allemand : *"Ich bin Jude."*) Je remarque au passage que cette affirmation ne me met pas mal à l'aise. A ce que je vois, eux non plus. Ils deviennent peut-être même un peu plus amicaux. Nous sommes en haut du Rókarántó, la baie s'étend à nos pieds, comme si on la voyait depuis un hélicoptère. Ils me demandent si toutes ces belles villas appartiennent à l'Etat. "Pas du tout, réponds-je, ce sont des propriétés privées. – Comment est-ce possible ? – Si vous pensez, dis-je, que je vais vous expliquer le fonctionnement de la vie économique de ce pays, vous serez déçus, car je n'en ai pas la moindre idée." Puis j'ajoute : "Pas plus que ceux qui la dirigent, et c'est leur seule circonstance atténuante…" Nous rions à nouveau ; mais ce type d'humour me donne la nausée ; l'immoralité générale, contagieuse et joviale du monde me rend profondément mélancolique, cette immoralité dont je suis exclu à jamais – à cause de la maladresse dont je fais une vertu dans ma détresse –, je suis comme un serf, condamné à l'abattement, à la misère, à la survie spirituelle et intellectuelle…

Novembre

Errance dans les rues pentues et bordées d'arbres de Buda, au milieu des villas où les rangées ébréchées de lampadaires jettent des ombres bienfaisantes…

Que créer des valeurs signifie exprimer des contenus nationaux sous la forme du dialogue qui se déroule entre l'homme universel et la divinité universelle : non, ils n'en ont pas la moindre idée, notamment ceux dont les discours enflammés prennent sans cesse la nation à témoin (de leur propre faillite, généralement).

Dire à Dieu ce qu'on ne peut pas dire aux hommes ; alors ils comprendront peut-être.

Goethe : Si les hommes sont accablés de trop d'obligations, si on exige trop de leur part et qu'on ne reconnaît pas leurs droits, alors au moins il faut bien les payer. – O la pensée bourgeoise du XVIIIe siècle ! Il ne lui est pas venu à l'esprit d'écrire : alors il faut rendre la terreur totale.

On condamne chez les autres ses propres particularités les plus secrètes, les plus délicates et voluptueuses.

Dit hier (à propos du *Refus*) : C'est un roman d'initiation extatique.

Angyalföld, cité de banlieue ; des enfants hurlent sous la fenêtre, sur le terrain de jeu, des enfants hurlent dans les couloirs, dans le voisinage, partout : une vraie couveuse grouillante de poussins. Je me bouche les oreilles et pense à Kafka avec un sentiment de fraternité : pauvre Franz, combien il a souffert du bruit, du bavardage de sa famille ou de ses logeurs, du claquement des portes, du piano au loin... Werfel ne pouvait travailler qu'à l'hôtel (et seulement dans les plus distingués), alors qu'Alma avait une jolie petite maison à Semmering. Mahler travaillait dans son pavillon de jardin, à l'écart. Flaubert ne supportait personne chez lui après la mort de sa mère, Kafka enchaînait les sous-locations… (Quant à moi – si toutefois ça intéresse quelqu'un –, je n'apprécie rien tant que les chambres en préfabriqué d'Angyalföld.)

Les images, les comparaisons de Krúdy, sa célébration de la vie. Sindbad qui erre parmi les vivants après sa mort : parfaite trouvaille formelle du style de Krúdy, si par style on entend notre rapport total à la vie.

Un personnage de roman vraiment réussi a des secrets qu'il cache aussi bien aux lecteurs qu'à l'écrivain qui l'a inventé.

De nos jours, la réponse au grand défi de la littérature psychologique (du moins ici, en Europe de l'Est) est que l'individu, y compris son âme, n'est nullement aussi important qu'on le croyait au XIXe siècle. Il est sans importance, on peut l'exterminer.

Braudel : On reconnaît les événements historiques vraiment importants à ce qu'ils ont une continuation.

L'affection active et la haine active – la torture – sont dans la pratique deux formes distinctes d'un sentiment universel, mais… comment dire : cette dernière est beaucoup plus maladroite.

"Haine platonique des juifs" (c'est-à-dire que l'antisémitisme existe même là où il n'y a pas de juifs : l'expression est utilisable).

Traduction : Hofmannsthal, *La Femme sans ombre*, union très courante et nullement étrange de sacré et d'érotomanie.

Le *Journal* de Széchenyi. Ses écrits ont “indigné la lie de la société hongroise”. Il déteste Kossuth, “ce Marat”. Il voit une ironie diabolique dans le fait que tout se retourne contre lui, y compris lui-même. Les femmes. L'inconséquence divine. Le geste sûr avec lequel il a saisi le revolver. Il n'a pas trente ans quand il sait déjà comment finir.

Promenade hivernale, le soir au bord du Danube. Une nouvelle d'Asimov me fait reprendre mes ruminations monomaniaques sur l'énigme de l'individu. Je me dis que le sentiment de sa propre spécificité doit venir de sa manière de se nourrir, de se défendre et de se reproduire ; mais comment passer de là à l'aspiration au salut de l'individu humain ? Et qu'indique ce phénomène ? – On ne perçoit aucun “progrès” dans nos connaissances en matière de psychologie (exception faite de la psychanalyse), sur la mort, et plus généralement, sur ce qu'on appelle la sagesse. L'informatisation, la révolution électronique ne sont pas arrivées jusque-là. Si ce n'est en enlevant à l'homme encore un peu d'âme, pour finir par l'en priver complètement et la remplacer par une prothèse spirituelle (pratique, évidemment, très pratique).

Puiser des forces aux sources qui ne jaillissent qu'en terre de solitude. Même l'amour affaiblit ; toute confession est reddition, renoncement à une solution plus difficile.

Comme je suis mystique, je n'aime pas qu'on mystifie le mystère.

Le mystère n'est pas notre langage, voilà pourquoi nous ne pouvons pas le faire parler. (Et si on s'y essaie quand même, on obtient de l'horreur, du kitsch ou un conte pour enfants.) Nous devons nous exprimer dans la langue de la raison et accepter que notre voix parfois se brise ou dérape.

La question fondamentale est, ici et maintenant, la suivante : avons-nous le droit de penser *sérieusement* ?

Mais n'est-ce pas manquer de sérieux que de *choisir* de penser avec sérieux ? N'est-ce pas mentir ? (Ce qui découle du manque de sérieux.)

Y a-t-il un fardeau que nous puissions supporter ? y a-t-il une responsabilité que nous puissions assumer ? – La vie privée ; la mort privée. Il y a là une sorte de misère impossible à exprimer. Nous avons été spoliés et précipités dans la misère ; nous vivons et ce qu'on nous a pris n'est autre que la vie. Qui a fait cela ? La dictature est une chose grave, mais elle ne fait peut-être rien que protéger nos yeux (contre notre gré) et nous cacher le ciel.

Comment en est-on arrivé là ? Il n'y a pas de réponse. C'est ainsi, et ce fait signifie que ma mort sera un anéantissement, l'anéantissement de mes mères et de mes pères, de ma lignée, de mon avenir. En tant que fils d'un peuple menacé d'anéantissement, vivant au sein d'une nation menacée d'anéantissement, je l'ai peut-être toujours su et me suis toujours préparé en secret à cet anéantissement. (Etc. : la rivière, la vie comme image du baluchon tenu à bout de bras au-dessus de l'eau, avant d'être submergé.)

Vivre sans être reconnu, nier toute reconnaissance, la récuser même, aspirer à un tombeau anonyme…

La dictature du prolétariat est un endroit qui rappelle mon logement, ma vie : pas de lumière, pas de fête, je m'y retire, mal à l'aise et angoissé, pour un certain temps (que j'espère bref).

Dans sa jeunesse, Kafka a lu Nietzsche à une jeune fille dans une clairière.

1986

22 mars

Petits changements sournois, difficilement perceptibles. Davantage d'expérience, de concessions, peut-être une plus grande négligence, mais aussi une plus grande capacité de travail. Tendance à prendre du poids. Arrêt de la natation et de tout sport. Moins de théorie, plus de réalité. Intérêt pour la terre où je vis et pour la littérature de cette terre. Les traits des grands profils paradigmatiques s'adoucissent, les contours de certains commencent déjà à s'estomper (Camus). Moins de remords, plus d'assurance et, plus généralement, un comportement plus viril, pour ainsi dire. En même temps, moins d'extrémisme, moins de formulations axiomatiques, moins de vibration, moins de fébrilité dans mon inspiration. Je crains que mes réserves ne s'épuisent, que les cellules qui gardent encore la mémoire vive de ma souffrance et dont les poisons veulent se fixer dans l'écriture ne meurent, et que je n'écrive plus que par habitude. Par ailleurs : je ne souhaite pas avoir l'inspiration que donne le malheur. Irais-je vers la médiocrité ?

Mais par rapport à quoi ai-je l'impression que le présent est menacé d'anéantissement ? Il y a donc bien une valeur postulée. On ne saurait trop tarder à la nommer, même si cela limite quelque peu la liberté créative (et destructrice), ainsi que l'imagination.

A l'époque de la culture, l'art était grand ; depuis la disparition de la culture, l'art est passionnant.

Reconnaître à quel point tout cela est lié à l'horreur du temps, reconnaître l'époque.

Le moment universel où l'amour s'éteint. Terrible aridité de la prescience de l'anéantissement. La naissance du christianisme au moment de l'effondrement du grand empire. Le nihilisme européen, la dégénérescence actuelle de l'homme, la populace, l'agressivité, le système des valeurs mis hors la loi – illégalité de principe de tout système de valeurs. Manque étouffant de sensations, d'esprit, de pensée ; pseudo-activité, tuer le temps, trouver son bonheur, amasser de l'argent. Aliénation – si on comprenait ce que ce mot signifie, et à quel point l'homme regarde sa propre vie comme un étranger, sans la comprendre !

Quand le corps et l'esprit sont parfaitement sains, il n'y a pas de vie spirituelle, dit Kafka. Sa capacité d'intériorisation incroyablement intense. Les mots et les comparaisons flamboyants dont il se sert pour créer une vie, une grande vie à partir des éléments apparemment les plus anodins. Son intelligence absolument incroyable. Il franchit tous les seuils, déchire tous les voiles, il marche, marche jusqu'à arriver – à lui-même. Quel fantastique raccourci ! Pourtant les détours, oui, seuls les détours constituent la vie : parce que le temps de la vie est celui des détours. Arriver au but – à soi – signifie mourir.

Tchernobyl : la mort est là. Ne perds pas ton temps en choses insignifiantes.

Orage matinal. Vu de ma fenêtre, le parc flotte dans les vapeurs, comme dans un cadre. Les cimes des sapins se dressent, leurs troncs rougeoient çà et là, comme dans les contes. Les trombes d'eau ont imposé le silence. Où sont les oiseaux ? Quand l'averse passe, les couleurs se ravivent peu à peu, les bruits reviennent, inspirés, heureux et timides, comme après un orgasme cosmique.

Une analyse plus approfondie montrerait que ma tendance à la bagarre quand j'étais enfant était due à des difficultés relationnelles. Une légère brutalité paraissait être la solution la plus simple. Etait-ce déjà l'œuvre d'Eros ? Ou simplement la conscience précoce de ce que tout individu me pose problème et que Sartre formule ainsi : L'enfer, c'est les autres ?

Szigliget. Je me suis couché tôt, le vent souffle en tempête, je me réveille à quatre heures du matin, j'ouvre la fenêtre, il fait clair, les arbres ploient comme s'ils faisaient une mystérieuse prière. A l'ouest, la pleine lune resplendit dans le ciel pâlissant et déverse son jour blafard tandis qu'à l'est, le bleu profond du ciel s'éclaircit.

Je serai toujours un écrivain hongrois de second plan, méconnu et incompris ; le hongrois sera toujours une langue de second plan, méconnue et incomprise ; la culture hongroise ne prendra jamais place dans la culture universelle, parce qu'elle se verra toujours comme une culture de second plan, méconnue et incomprise. Ce que je fais est une illusion et je gaspille ma vie, qui est aussi une illusion. Pourtant, pareil à l'insecte qui recommence à transporter des matériaux de construction dans ses mandibules, juste après que sa fourmilière a été piétinée, inondée par la pluie, etc., j'entame sans cesse une nouvelle phrase, une construction. Qui me voit ? Dieu ?

Le bon style justifie, le grand style agrandit – en un mot, tout est affaire de style ; en d'autres termes, tout est mensonge.

Tandis que j'arpente et regarde les coteaux magnifiquement cultivés de Szigliget, une question me tracasse : à quoi bon ?!

Les visages ravagés par l'alcool dans le bus qui m'amène à Angyalföld. Peaux grêlées, bouches édentées, yeux glauques, corps délabrés, regards pleins d'animosité sournoise ou de vide hindou. Ils vivent, parce qu'ils ne peuvent pas ne pas vivre ; la vie les fait souffrir, mais ils ne peuvent pas s'en débarrasser.

Le soir. Petite chapelle abandonnée. “Je n'ai jamais encore osé prier pour toi. – Que signifie prier pour quelqu'un ?” La réponse tombe. Petite pause. Puis : “C'est un peu comme une dénonciation.” Il ne sert à rien d'être obstiné et surtout de faire semblant de l'être, il n'y a pas de secours. “Quelle va être ta prochaine démarche pour ton affaire ? demanda l'ecclésiastique. – Je vais encore chercher de l'aide, dit K. en levant la tête pour voir ce qu'en pensait l'ecclésiastique [...]. – Tu cherches trop d'aide au-dehors, dit l'ecclésiastique d'un ton réprobateur, surtout auprès des femmes. Ne vois-tu donc pas que là n'est pas le vrai secours ?” Le passage du

Journal où Kafka parle du malheur, de son propre malheur qu'il considère comme nécessaire, et donc comme juste, et où il voit implicitement la source de sa créativité. Peut-on dès lors chercher une issue, une échappatoire, un soulagement, abandonner la souffrance – tant qu'elle le permet, c'est-à-dire seulement pour un bref instant ? Kafka est mort. Tout s'est passé comme il l'avait prévu : d'enfant, il est devenu d'un coup un vieillard, sautant l'âge mûr. Qu'est-ce que l'âge mûr ? Kafka le voyait bien : c'est être patriote, époux et père. C'est-à-dire forcément rechercher le bonheur. La vie (le bonheur, plus précisément, l'affirmation de la vie) et la création sont-elles vraiment aussi contradictoires qu'on aimait à le répéter au XIXe siècle ? Il faudrait poser la question aux Grecs de l'Antiquité, à Bach. Certes, plus aucun art classique, communautaire, c'est-à-dire né d'une culture, n'est possible. Mais l'identification qu'exige chaque œuvre individuelle semble toujours condamner l'artiste au malheur, comme si telle était sa morale de créateur, c'est-à-dire sa seule morale. – Cette morale serait-elle une contradiction, et justement une contradiction éthique ? On ne peut en tirer des conclusions qu'au regard de l'instant de la création ; et ce seront toujours des conclusions positives comparées aux dangers qui menacent la créativité elle-même. – Cela a peut-être commencé avec la crucifixion : depuis, tout le monde aspire à la croix. Ce mythe a été ébréché au cours des siècles par une ou deux images assez heureuses, comme par exemple le Goethe olympien ; mais même cette image-là n'est pas sans défaut.

Les trois Tziganes du train, la mère et ses deux filles. Affinement fulgurant des générations – le temps, tel qu'il se manifeste d'un coup dans ces trois personnages immobiles ; pas moyen d'en détacher les yeux. L'arrogance brute et quasiment animale de la mère sous l'œil visiblement gêné et désapprobateur de l'aînée ; ses yeux clairs (et même radieux), son visage magnifique, ses cheveux châtains épais et propres, son sourire timide et redoutable. Elles se sont endormies : la mère ronfle comme une bête préhistorique dans sa souille, son groin noir satisfait tourné vers la fenêtre ; la tête penchée sur le côté, avec son visage aux traits si fins même dans son sommeil, la cadette rappelle une dame du siècle dernier qui fait le tour du monde (elle n'a guère plus de quinze ans) ; quant à l'aînée, d'une beauté quelconque produite en série, elle ronfle discrètement à côté de moi en serrant contre elle un sac en plastique rempli de ses trésors, exhalant une légère odeur de renfermé et de pauvreté. La beauté fascinante de la cadette me fait comprendre le destin de don José (c'est bien le nom de l'amant de Carmen, n'est-ce pas ?) ; on peut tomber fatalement amoureux de cette petite fille, de ce visage aux traits mongols et indiens, aux yeux turquoise ; au bout, la mort est presque garantie.

On s'entête à déduire l'influence politique de Nietzsche de ses aphorismes poético-extatiques ; il ne vient à l'esprit de personne de déduire les convictions politiques de Nietzsche de ses déclarations politiques. Parce que ces dernières montrent trop clairement qu'il haïssait le nationalisme allemand au même titre que l'antisémitisme et la populace – à savoir tout ce qui a fait Hitler (et seulement Hitler ?).

"L'homme est un loup pour l'homme" ; oui, et dans le totalitarisme étatique du "socialisme", ce sont toujours les rats qui sortent victorieux du combat des loups. Ce pouvoir des rats, qui a cessé depuis longtemps d'être un pouvoir (de rats) total pour devenir le produit anonyme de l'inertie et de la survie, reste un pouvoir même contre son gré, même s'il est devenu un fardeau pour lui-même ; un pouvoir dont le pouvoir ne peut plus se défaire ; un pouvoir dont on attend des bienfaits royaux et des châtiments patriarcaux, un pouvoir qui fait de la musique, de la philosophie, diffuse des émissions de télévision, entretient des prisons, des écoles maternelles et une police antiémeute, un pouvoir las, incapable d'assurer dans la pratique les fonctions (rationnelles, constructives) du pouvoir, qui n'existe peut-être pas mais constitue simplement le fruit de millions de rêves oppressants, suffocants et angoissants. – Que faire ? Comment détruire sa propre originalité ? Comment éviter de se distinguer du troupeau pour ne pas être piétiné par ses congénères ?

"Have a nice day SOMEWHERE *else"* – inscription sur la vitre arrière d'une voiture immatriculée à l'étranger ; je reste un peu songeur, et je reste ICI…

Me rappeler une nouvelle fois la technique romanesque, comme depuis des années : *Le Refus* n'est pas un roman sur la temporalité, il ne décrit donc pas des processus, mais des étapes ; il ne traite pas son personnage principal de manière psychologique, au contraire, il doit créer des étapes nettement distinctes, soit, pour reprendre un terme de Swedenborg : des changements d'état. C'est ainsi qu'on peut revenir à la grande et puissante expression, après l'interlude pontifiant, mais étriqué et dépassé, du naturalisme et du montage minutieux des motifs psychologiques.

Quelle est la différence entre les deux grandes façons de penser (les cultures) ? L'une voit en l'homme un être créatif, l'autre, le rouage d'un mécanisme sans âme. Et quel est le prodige ? La facilité avec laquelle l'homme devient le rouage sans âme d'un mécanisme sans âme.

Novembre

La pente douce des toits qui riment avec les arcs des vérandas et des fenêtres, tels que je les vois depuis la jetée, dos à l'eau grise : voilà ce qu'est pour moi Szigliget.

Au fond des convictions religieuses, ainsi qu'au fond des convictions qui existent dans les systèmes sociaux, cherchez la peur. Croyance ferme et inébranlable : peur ferme et inébranlable de la peur.

Les couples heureux, dit Tolstoï, sont tous pareils, les malheureux... Etc. C'est manifestement T. le naturaliste qui parle, non le mystique. Grand mystère de l'unité du corps, du tempérament et de l'inspiration. Et ô combien rares et fortuites sont les rencontres dans la fragilité et la contingence de la vie, de la destinée humaine ! Pourtant, les vies s'écoulent dans la conviction, ou du moins dans l'espoir, qu'une telle rencontre peut se produire. Dans l'espoir d'un instant matinal pur et rédempteur qui mettra fin aux ténèbres, où ces vies sortiront dans la clairière et s'arrêteront, frémissantes, au bord du ruisseau, comme deux cerfs assoiffés qui attendent le dégel de la source.

Hawthorne : pas sûr qu'il lirait ses propres livres s'il suivait ses goûts. – Cette phrase contient toutes nos luttes et toute leur inutilité. Seul un grand écrivain peut écrire une telle phrase.

Il est trop grand pour n'être que bon, écrit Th. Mann à propos de Goethe. Oui, c'est la schizophrénie de la créativité : Dieu et Lucifer – c'est-à-dire Méphistophélès – sont une seule et même personne pas nécessairement schizophrène.

J'ai toujours eu du mal à croire que l'homme descend du singe : je vois plus de preuves du contraire.

Hier soir, j'ai cherché chez Krúdy des remarques concernant le travail de l'écrivain en guise de réconfort et d'encouragement. A ma grande surprise, j'ai constaté que ce grand auteur en parlait comme Lucien de Rubempré. Lui qui, par ailleurs, fait preuve de tant d'empathie à l'égard de la grandeur douloureuse d'Endre Ady, qui attend avec émotion sur le seuil de la maison de Sándor Bródy pour poser sur cet écrivain un regard profondément compréhensif et amical, etc. Mais ses attaques parfois carrément grossières ("La vie est un lambeau de chair sanguinolent… ils se partagent les honneurs…", etc.) recèlent tellement de souffrance et d'orgueil qu'elles me rendent sensible à la douleur qu'il a dû éprouver à cause de son immense talent et de la misère honteuse de son existence… Pour échapper à cette douleur et me consoler, je feuillette Kafka.

1987

Janvier

Beaucoup de neige. Neige grise, acide, moderne. Elle recouvre tout, colmate tout, assourdit tout, y compris le peu de vie qui reste. Angoisse, petites peurs sans nom. Décomposition, crasse, boue, solitude.

Nous sommes certainement plus souvent bons par lâcheté que par une véritable disposition au bien. Peut-on en dire autant de la méchanceté ? Y compris quand la morale commune érige la méchanceté en bonté et l'immoralité en vertu ? – La solitude morale est en tout cas l'un des problèmes les plus dignes d'attention. Etre seul face aux opinions clamées haut et fort, à la pression de l'opinion publique – c'est étrange, mais de ce point de vue l'homme se comporte comme un animal qui cherche un abri. C'est un atavisme qui remonte sans aucun doute au temps où il vivait en troupeau et où l'exclusion équivalait à un arrêt de mort (comme c'est d'ailleurs encore souvent le cas de nos jours) ; mais l'exclusion nécessitait sûrement déjà des arguments moraux ou similaires. Pour Pascal, la nature humaine est différente de l'animale ; pourtant, notre part de nature, et donc d'animalité, est plus importante qu'il ne serait souhaitable, voire agréable, qu'elle fût.

Mépriser, certes – mais mépriser est difficile. Seuls l'esclave ou le serviteur savent vraiment mépriser.

S'il existe des notions éternelles ainsi que des objets éternels de la représentation, il faut admettre que certaines choses (tant que la représentation est liée à l'esprit éternel de la représentation, bien sûr) sont irreprésentables ; même si elles s'efforcent d'apparaître comme des choses éternelles ou ne serait-ce que durables. Combien de siècles a-t-il fallu à l'Eglise pour occuper une place parmi les choses humaines permanentes et devenir ainsi représentable ? Or le parti (avec majuscule !) est irreprésentable, il ne se défend pas en tant qu'entité *sub specie aeternitatis.* Ce mot ne peut pas s'écrire dans une prose de qualité : le texte le rejette.

Hélas, la réalité est conservatrice ; par ailleurs, le dédain conservateur est la mesure sûre du dégoût que la vie éprouve pour le paraître artificiel.

"Le réalisme de l'antipathie" en tant que moteur de création de grands personnages romanesques (Antal Szerb à propos de Meredith) : la question qui m'a travaillé pendant que j'écrivais *Etre sans destin* était de savoir si l'enthousiasme du dégoût pouvait remplacer celui de la sympathie comme force créative.

Nous nous punissons par l'aveuglement envers les autres. Le destin humain, plus précisément le destin divin qui se manifeste dans l'humain, c'est attendre que passe l'aveuglement, le nôtre ou celui des autres, que les yeux et les cœurs s'ouvrent. Les générations se succèdent, les siècles passent dans cette attente perpétuelle ; et cela n'aura jamais de fin, jamais n'arrivera le moment de la reconnaissance de tous et de tout par tous et où l'on pourra dire dans la certitude éblouissante de cette reconnaissance : C'est arrivé – c'est accompli – c'est assez.

La vie ? Elle sert à raccourcir les chemins de la fuite – la fuite, d'abord seulement pour revenir à sa table de travail.

Les profondeurs spirituelles des idéologies m'intéressent uniquement dans la mesure où elles peuvent m'envoyer en prison ou non.

Attention, n'écris rien d'"objectif" : rien n'est valable que tes propres idées fausses.

En fait, c'est toujours la même morale qui est salie au cours de "l'histoire dite universelle", et c'est toujours la même morale qui se renouvelle dans les profondeurs – si toutefois elle est à même de le faire. De ce point de vue, le christianisme est un phénomène d'une importance capitale : son influence s'étend quasiment jusqu'à la Révolution française. Ensuite, la morale – en tant qu'éthique – semble devenir une affaire privée. Une certaine créativité est indéniable en ce qui concerne l'émancipation, l'égalité avec Dieu – serait-ce au prix de la dégradation, de l'assassinat de celui-ci. Il y a au moins deux moyens de se passer de Dieu : avec ou sans éthique, de manière créative ou, comme le font les usurpateurs, par une déification paranoïaque de soi. Quant à la masse, elle est sans aucun doute abandonnée. Elle a perdu son rôle collectif (en tant que peuple), mais elle se sent aussi perdue en tant qu'individu – voilà le hic. Et le hic, c'est le totalitarisme, la fascination du désespoir dans les diverses formes de l'activité.

Ce que dit Nietzsche dans *La Naissance de la tragédie* reste d'actualité : "Jamais dans toute l'histoire il n'y a eu un divorce tel, ni tant d'aversion, entre ce qui s'intitule du nom de culture et l'art proprement dit*."

* Trad. Philippe Lacoue-Labarthe.

Une société qui, du fait de la structure du pouvoir et des abus de pouvoir de la structure, ne supporte pas les forces créatives humaines. – En fin de compte, où faut-il chercher la vitalité ? Dans le pouvoir atteint d'éléphantiasis ou dans les forces créatives apparemment indestructibles, du moins pour l'instant ? Le caractère malheureux des relations est-il un signe de maladie, d'agonie ou, au contraire, le signe du triomphe de la santé sur un mal encore plus grand, par exemple le chaos irrémédiable, les passions qui dégénèrent en génocide, etc. ?... Qui sait ? Mais que dira la petite créature, la souris que le malade a saisie par distraction et qu'il serre de plus en plus fort dans sa souffrance, jusqu'à l'étouffer ? Car telle est plus ou moins la situation.

Une expression trop personnelle nous dépossède de la vérité personnelle. Voilà qui témoigne de la nature de l'esprit humain et du type de mécanisme qu'est le langage. Au niveau de l'expression, tout peut être grand et cathartique, sans que rien change pour autant. Je pense aux propos de Sumner, qui voit dans l'histoire grecque la preuve que l'homme peut tomber bien bas tout en déclamant des choses sublimes. Cela dit, il y a dans ce fait – et justement dans ce fait – quelque chose de réconfortant : indépendamment de notre bassesse, nous pouvons avoir des pensées sublimes sur des choses sublimes. Cela prouve bien quelque chose. L'homme est une sorte de *Prothese-Gott**, comme dit Freud. (Comment pourrait-on traduire ce mot ?)

Vie végétative ; simulacre de vie.

* En allemand : "Dieu-prothèse".

“Qui n’apprend pas quelque chose aux écrivains n’apprendra rien à personne” : Benjamin – auteur brillant, mais par ailleurs malheureux, qui s’est livré corps et âme à la pensée de classe. Piège du nihilisme qui profite de ce que les esprits remarquables mais faibles doutent sans cesse d’eux-mêmes et prennent de ce fait volontiers part à leur propre destruction, comme si celle-ci témoignait justement de leur force.

Toynbee : “Nous avons vu que, dans un organisme social en décomposition, l’individu qui porte en lui l’étincelle du génie créateur trouve son terrain d’action sociale dans le rôle de sauveur… Et nous avons établi que les seuls élus qui méritent ce titre sont ceux qui voient le salut hors de la société et tendent inébranlablement vers leur but. Mais ceux qui prônent le salut hors de la société et se glissent dans le rôle de *sauveurs de la société* se condamnent à l’échec au même titre que les sauveurs autoproclamés.”

Le grand art est toujours comme la traversée d’une maladie.

Est-ce l’esprit éthique qui répugne à ce que l’homme “se sente bien” dans le monde, ou est-ce plutôt l’esprit esthétique ? – A moins qu’il ne faille définir plus précisément le monde ?

8 mai

Finita l’opera !! – le jour de la victoire. – Sentiments mitigés. J’ai achevé mon roman comme s’il s’était écrit tout seul et que j’avais été présent uniquement parce qu’il fallait quelqu’un pour le surveiller.

9 mai

Vérification faite, il y a tout juste quatorze ans (!) que j'ai terminé *Etre sans destin*, un 9 mai après-midi. J'ai fini *Le Refus* le 8 mai. – Cela est-il signifiant ou significatif ? Pas le moins du monde.

Le temps de mûrir, la victoire s'ennoblit en défaite.

Ne désire posséder l'âme de personne, parce que tu l'auras et ne sauras pas quoi en faire. Tu ne veux pas le savoir, tu ne l'as jamais voulu. Tu essaieras de t'en débarrasser, mais elle te suivra désormais pas à pas, comme la flamme vacillante d'une mèche allumée. Et c'est quand tu courras le plus vite pour lui échapper qu'elle explosera.

Szigliget. J'écoute en boucle la "grande" symphonie de Schubert en *ut* majeur. Le dernier mouvement, quand les basses reprennent le thème d'un ton grave de cirque...

Une hirondelle gisant au bord du chemin, comme un chiffon. Ses ailes bleu fumée, son col rouge, ses petits yeux étonnés. Les hirondelles au vol vif meurent aussi. Pourtant, ce ne sont même pas des êtres vivants, ce ne sont que des esprits légers, joyeux et voltigeurs.

Goethe : le plus fantastique (il n'emploie pas ce mot-là, bien sûr), c'est quand on réussit à relier la fin de sa vie et son commencement.

1er juillet

J'ai entamé le *Kaddish* il y a deux jours, contre toute attente ; je progresse avec émotion et étonnement.

Elaborer une technique de survie ; comme en temps de guerre ou de catastrophe naturelle : "tenir". Et avant tout considérer l'écriture comme une affaire strictement privée, se libérer totalement non seulement de l'espoir, mais aussi du désespoir. Ecrire comme si j'écrivais en prison, me poser des questions. 1. Ecrirais-je en prison ? 2. Quand ? (Après avoir terminé mon travail de prisonnier et m'être un peu reposé.) 3. Quoi ? (Exclusivement l'essentiel, le produit de l'irrépressible.)

La publicité est une technique américaine, elle a donné naissance à la propagande, à la "culture" idéologique actuelle, à l'apothéose de l'insensé qui pénètre les cerveaux. Que devient alors l'art ? Il serait la véritable vie de l'homme – si l'homme avait une vie véritable.

Les romans de Beckett. "Je recommençais. Mais peu à peu dans une autre intention. Non plus celle de réussir, mais celle d'échouer." *(Malone meurt.)* Beckett a franchi un gouffre ; il parle de l'autre bord. Bel exemple.

Ma vie, ces premiers jours du mois d'août. Ma mère. Les hôpitaux. Les scènes. Mon impuissance. Son orgueil paranoïaque. Elle a indéniablement quelque chose de la puissance démoniaque des matrones bibliques et de leur malignité de sorcières qui suscite une peur superstitieuse. En réalité, c'est une vitalité qui force le trait d'une manière théâtrale pour dissimuler son impuissance, mettre son entourage au service de son confort et de ses caprices. L'homme est un animal habile qui recourt à tous les artifices de l'acteur contre l'univers, l'indifférence des autres et la mort qui vient.

Les grands hommes savaient s'y prendre pour tourner le malheur à leur avantage avant d'en mourir. – Considérer comme petit ce qui est petit et se garder pour ce qu'on estime grand. Etre à la fois auteur et juge de l'acte, comme dit Rilke.

Rilke : Il y a quelque part une hostilité originelle entre la vie et le grand travail.

Paradoxe : une illusion certes, mais une illusion réelle !

Seule l'angoisse habite désormais là où il faudrait aimer, pareille aux remous des devoirs inaccomplis. Le désespoir tombe du ciel goutte à goutte. Autour de moi, la situation morale est telle qu'elle pouvait l'être après cinquante ou soixante ans d'occupation ottomane. La dégradation de la situation générale va de pair avec la détresse spirituelle. Le soupçon de bonne volonté que nécessite la création est indescriptiblement loin, sur une autre planète.

Sumner remarque que l'exemple des Grecs montre qu'on peut discourir de choses sublimes tout en agissant avec bassesse. La question est de savoir comment on agit quand on ne pense même pas à des choses sublimes. En tout cas, cet exemple me pique au vif (bien que je n'agisse pas avec bassesse). Quoi qu'il en soit, être incapable de traverser le champ des actes sans trébucher et pouvoir néanmoins devenir législateur témoigne d'une certaine grandeur. (Parce que Sumner doit bien admettre que le "discours sublime" des Grecs constitue avec la Bible le fondement de l'éthique.) J'aimerais garder une pensée rigoureuse et une action pragmatique – c'est-à-dire l'art contraint de la vie. Goethe écrit dans *Les Affinités électives* : "Etablissons un seul point et tenons-nous-y : sépare de la vie tout ce qui est affaires. Les affaires exigent du sérieux et de la rigueur, la vie, de l'arbitraire ; aux affaires convient la plus pure logique ; il faut souvent à la vie de l'inconséquence* [...]." Etc.

Vivre en exil, en exil de soi, de la création, du Royaume – de son royaume le plus intime : il y a là une grandeur amère qu'on peut supporter un certain temps ; puis on finit par oublier d'où on a été exilé et on reste un simple exilé – c'est le commencement de la mort. Donc, si on veut vivre malgré l'exil, on n'a pas le droit de cesser de penser à la patrie, au Royaume.

Trajet quotidien vers les HLM d'Angyalföld. Ma chambrette. J'essaie de travailler. Ma chère pauvre vieille tante s'affaire et marmonne dans la pièce voisine. Les critiques du *Refus*. Les éditions, les "négociations" ridicules avec les bourreaux étatiques de la littérature. La désagrégation générale. L'autorépression de la nation. La "direction" absurde, méchante et stupide. Ma vie terne, floue. Un succès d'après-guerre : "La vie ainsi passe / Et rien ne se passe..."

J'exagère probablement l'importance de tout ce qui m'arrive, surtout quand il s'agit de choses désagréables. Mon seul souhait est de n'être tourmenté que par des angoisses métaphysiques. Non que je les mésestime, mais mes forces sont taillées à leur mesure.

Pourquoi devons-nous vivre le visage constamment tourné vers une infamie ? La mort n'est pas une explication suffisante.

* Trad. Pierre du Colombier.

25 octobre

Depuis des mois, j'écris des notes éparses (qui d'ailleurs accompagnent comme un discret pianotage les accords sombres et ennuyeux de ma vie). Hier, relecture des notes de 1976, pleines de pressentiments, d'allusions au *Refus* et même au *Kaddish*. Prise de conscience – heureuse – que mon fonctionnement obéit à une nécessité, à quelque chose qui n'appartient qu'à moi. C'est ainsi que l'art se sépare de l'esthétique. En effet, qu'ai-je à voir avec la littérature ou les opinions littéraires alors que, par exemple, *Le Refus* a grandi en moi, s'est développé et séparé de moi comme le fruit se détache de l'arbre ? Maintenant, qu'ils le cueillent ou non, c'est leur affaire. Si j'avais été guidé par une intention ou un objectif extérieurs, je serais dans la terrible situation d'avoir à me féliciter ou à me faire des reproches : alors que là – d'un point de vue purement artistique, j'éprouve le calme des végétaux (en attendant d'être fauché).

Le test de Szondi sur Eichmann. C'était un diagnostic aveugle. Résultat : assassin particulièrement dangereux. Toutes les théories échafaudées à propos du bureaucrate assassin se sont effondrées. Tuer en ayant des penchants au meurtre – c'est d'un banal ! On ne peut donc pas remplacer Eichmann par M. Tout-le-Monde, comme je l'ai cru moi-même, rendant ainsi hommage au dynamisme de la structure nazie. Il reste donc la formule la plus minable : des criminels prennent le pouvoir et l'exercent à la manière des criminels. La lâcheté, l'aveuglement et l'âpreté au gain des autres ainsi que le pragmatisme des affaires font le reste. Quel lieu commun ! Je n'arrive pas à admettre que je me suis retrouvé à Auschwitz pour une raison aussi peu originale.

L'homme n'est pas fait pour comprendre la vie, mais pour la vivre : par conséquent et dans cette mesure, l'homme est avant tout un être religieux.

La paranoïa sclérotique (ma pauvre mère). La répétition comme symptôme du fonctionnement du cerveau mis à nu témoigne de quelque chose ; déduire d'une manière inversée et monstrueuse le normal du morbide. La répétition doit être un mécanisme d'une importance extraordinaire dans le fonctionnement naturel du cerveau ; dans un cerveau malade, c'est comme un disque rayé où l'aiguille saute et revient sans cesse en arrière. Les mauvais penchants deviennent saillants comme les os sous la chair qui diminue. Ils sont plus durables, plus originaux que la chair, que la superstructure culturelle qui les recouvre, y compris la logique. Tout ce qu'on considère comme des acquis spécifiquement humains – l'objectivité, la justice, etc. – doit être le résultat extrêmement fragile d'un effort terrible. Mais le caractère individuel ressort quand même. On peut donc dire que la folie n'est que la continuation d'une vie anormale (de même que l'enfer n'est que la continuation d'une vie irrégulière, dit Thomas Mann). – De quoi ai-je peur ? Avant tout, de moi-même. D'être exclu de la seule situation que je trouve supportable et que j'ai créée avec beaucoup de difficultés. D'être atteint par l'infamie à travers les autres. J'ai peur que mon univers ne s'écroule. Me réfugier dans la connaissance, dans l'observation de moi-même et de la maladie ; sortir de l'immédiateté, devenir un tiers qui écoute, observe et juge sereinement, libre, mais d'une sévérité incorruptible.

Wittgenstein : la raison est assiégée par la folie comme la vie l'est par la mort. – Szigliget. Faute de mieux, je feuillette mes journaux. Ma vie est un roman singulier. D'une cohérence indéniable. Je peux me fier à mon caractère comme à un animal fidèle. Je dois le nourrir, l'entretenir, le soigner et le faire travailler. – Par ailleurs, ces notes révèlent un mode de vie assez remarquable dans le contexte de l'effondrement est-européen, mais ce sont justement ces conditions est-européennes qui les rendent parfaitement insensées en tant que témoignage d'un mode de vie remarquable ; insensées, parce qu'elles ne me procurent pas (ne peuvent, ne veulent pas me procurer) la consolation de la pérennité, l'espoir d'un avenir qui conserverait de telles notes. Pourquoi les conserverait-il ? Eh bien, par affection et par volonté de survie. Or je ne perçois pas le moindre signe de l'un ni de l'autre.

Dans ses notes des années quarante, Wittgenstein ne fait pas la moindre allusion à la guerre. Est-ce admirable ou seulement étonnant ? Je crois que vivre le présent éphémère joue un rôle décisif dans l'expérience et l'expression des choses éternelles. Les choses qui passent sont plus profondes que les éternelles.

Formalités. Tracasseries. Après des moments de profonde dépression, voici ce que j'apprends en ce jour couvert qui annonce l'hiver : l'un des éditeurs (Magvetö) m'envoie un contrat pour le *Kaddish*, l'autre (qui s'appelle "Les Belles-Lettres") a remis *Le Refus* à l'imprimeur... Ma piètre vie est devenue un marais où je m'enlise et patauge sans cesse comme si j'allais quelque part, je tourne la tête de-ci de-là, puis je regarde devant moi, je tiens ma serviette levée à bout de bras, elle contient quelques lambeaux de papier, des fragments de textes, des travaux entamés ou déjà achevés et devenus incompréhensibles même pour moi, et je pataugе, je patauge, je pétris ce bourbier comme une pâte où je m'englue, à moins qu'il ne se liquéfie soudain sous mes pieds et ne m'engloutisse définitivement.

Si je ne lutte pas constamment pour moi-même, je renonce à moi-même – chaque instant manqué de lutte est un jour de renoncement, telle est la proportion en termes d'énergie ; deviens ce que tu es !

25 décembre

Noël. Brouillard hivernal. Traversée en bus du pont Árpád, dessous, la couleur métallique du fleuve. Les arbres, comme des dessins au crayon sur un fond gris, délavé. L'odeur de l'air. Ce sentiment de liberté, presque de bonheur, que j'éprouve depuis toujours quand il y a du brouillard.

La beauté : *"Eitelkeit der Gattung"*, dit Nietzsche. (Je n'essaie même pas de traduire.)

Schoenberg : La vérité suffit à l'artiste. *(Traité d'harmonie.)*

1988

Février

Vivre dans l'atmosphère des procès truqués, de la logique d'accusation circulaire et mortelle et des jugements effrénés de la paranoïa (ma mère). – Un léger cynisme, une remarque pertinente avec une étincelle d'humour me console ; rien ne me vient à l'esprit. Ne pas se voir sur un piédestal, mais aussi faillibles, voire dégoûtants, que nous le sommes : c'est peut-être courageux, en tout cas maladroit. Cependant, la maladresse disparaît pour peu qu'on en fasse une force et non une vertu, une force qui mène à la sérénité, à l'acceptation de soi franche et sans concession, ainsi qu'il convient à une âme créative.

Pourquoi une culture apocalyptique ? Parce que la culture créative est finie. La vie morale, la vie éthique de l'homme a reçu un coup mortel. Toute parole prononcée sans en tenir compte est inauthentique. L'étonnant est qu'il existe indépendamment de cela une autre "culture", celle du livre à succès, ou du succès tout court, puisque l'homme vit sa vie comme si de rien n'était. Se peut-il que la culture éthique n'appartienne pas à la vie ? Parce que la culture éthique ne sait plus que tuer, notamment tuer la vie ? Par ailleurs : quelle éthique l'homme, le "peuple", la "masse" veulent-ils ? Dès qu'on commence à s'élever, on se heurte à l'éthique en vigueur, à celle qui condamne, se décompose et interdit. On ne voit pas d'issue : "On n'a plus de droits ? [...] – Nous les avons bazardés", comme il est dit dans *Godot*. Le commandement de l'éthique reste l'interdiction (interdiction de la vie), celui de la vie est la vie (interdiction de l'éthique) : faute de culture et d'autres moyens festifs, pour vivre et réaliser l'état du monde – ce à quoi ce dernier aspire toujours – on ne dispose plus que de la catastrophe.

L'enveloppe formelle, c'est-à-dire pratique, de ma vie, celle dans laquelle je vais et viens, me couche, me lève, arrive, repars, etc., est comme une méchante furonculose qui me brûle constamment quelque part et éclate tantôt ici, tantôt là.

Qu'est-ce que la "raison normale" ? Un consensus de tempéraments similaires aussi peu légitimé que l'anormale par une Raison subjectivement extérieure. La raison anormale reçoit la même "réponse du monde" que la normale. Voilà la signification de la sagesse de Hegel selon laquelle, si nous considérons le monde rationnellement, le monde nous considère rationnellement en retour. Il n'est pas sûr que le monde rende à celui qui le regarde avec l'une ou l'autre raison (la normale ou l'anormale) un regard de même nature ; quant à savoir comment il le considère en retour – sans tenir compte de la contrainte des circonstances extérieures qui rendent l'homme aveugle et muet –, c'est une question de décision, or celle-ci n'appartient pas au monde, mais toujours à l'homme, car le monde ne le considère pas en retour, le monde *est* ; le monde est muet, nous seuls lui parlons et, quand il nous arrive de nous taire, nous croyons que le monde nous répond. (Alors que nous sommes aussi "le monde" [notre corps].)

Les grands esprits des époques et des cultures expansives rêvaient d'éternité – sous la forme d'une monade, du panthéisme ou de la métempsycose, peu importe. Je me reproche souvent d'avoir un esprit étroit et mesquin qui ne veut rien savoir de l'éternité et renonce pour cette raison au grand style, à l'art des origines propre à l'homme, véritable et immortel ; rien à faire, je suis prisonnier de mon époque et je ne peux faire que des rêves étriqués et rationnels de prisons, d'existence éphémère et de disparition pour l'éternité.

Comme le spleen a changé ! Qui voudrait encore vivre éternellement ? (Marat à propos de la résurrection : "J'aimerais mieux ne pas mourir.")

Notre conditionnement métaphysique dépend le plus souvent de notre conditionnement terrestre.

L'homme est un être pensant. Le seul problème est que ce n'est pas lui, mais quelqu'un ou quelque chose qui pense en lui. En d'autres termes, j'ai l'impression que l'homme pense ce qu'*il doit* penser : ses pensées sont déterminées. Qu'est-ce que la pensée libre ? Manifestement une pensée qui ne sert pas mes intérêts, qui sape ma sécurité, se retourne contre moi-même et peut être utilisée contre moi. Je crains cependant que ce ne soit qu'une illusion. Parce que c'est plutôt une espèce de comportement moral qu'une pure réflexion. Oui, l'homme existe intellectuellement dans l'éthique, sa pensée est de nature éthique, et seule la sphère éthique n'est jamais ennuyeuse, parce que la question qui se pose toujours est celle de savoir comment il faut vivre ; l'homme ne peut pas comprendre sa vie, il ne peut que la vivre ; l'homme est un être éthique et religieux, ses autres occupations sont accessoires ; et si c'est un être créé, il a été créé pour vivre sa vie de manière éthique et se plaindre de ses expériences. L'homme est la mauvaise conscience de Dieu.

C'est mal penser l'art que de penser qu'il véhicule des sentiments. L'art véhicule un vécu, l'expérience du monde et ses conséquences éthiques. L'art communique l'existence à l'existence. Pour être un artiste, on doit se transcender en existence, comme doit le faire aussi le récepteur. On ne peut pas se contenter de moins ; et si ce rite a une signification, c'est uniquement là qu'il faut la chercher.

Les pigeons de l'avenue Váci. Non loin du marché de la place Lehel, sur le trottoir de l'avenue

Váci baignée par les doux rayons du soleil printanier, un groupe de pigeons massacrait un congénère avec une cruauté systématique. On eût dit un pogrome. Un mâle se distinguait : il sautait sans cesse sur le dos du pigeon visiblement malade pour lui asséner des coups de bec à la tête. La victime était encore en vie et ne saignait pas quand je me suis éloigné. Mais je savais que l'horrible besogne se poursuivrait sans relâche jusqu'à l'accomplissement du meurtre. Le souvenir que le pigeon malade gardera de son existence : un rayon de soleil calme et vivifiant, sa propre indolence doublée d'un sentiment de culpabilité (qui va toujours de pair avec la maladie), et puis les autres pigeons, ses semblables qui le tuent, rouges de fureur, d'une manière cruelle et absurde.

Le dilemme paradoxal de notre grand Parti communiste (bolchevique) : il a besoin du capital américain et de l'armée soviétique.

17 juin

Comme le *Kaddish* se construit involontairement et sans "préméditation" sur *Todesfuge**... – (Jours effroyables, ma mère, mon travail qui stagne, le pays, les gens, l'effondrement et la désintégration générale, etc. [...] J'entends dire qu'il y a des gens qui vivent, qu'il existe un monde à seulement quelques kilomètres d'ici, dans un endroit où la vie est possible ; faut-il le croire ?)

Lecture de la *Metaphysik der Geschlechtliebe*** de Schopenhauer pour le *Kaddish*. Sch. est d'une part un logicien et un moraliste lumineux, d'autre part il est complètement puéril. Si la volonté de

* "Fugue de mort", poème de Paul Celan.

** *Métaphysique de l'amour.*

vivre est si forte, si c'est l'instinct le plus fort, comment arrive-t-on alors à la négation de la vie ? Uniquement par la connaissance, en vivant sa vie. Voilà pour la logique. Et accessoirement, on peut ajouter que la seule valeur de la vie, c'est d'être vécue de manière individuelle et existentielle. Bien sûr, du point de vue de la vie ; car il est impossible de penser du point de vue de la mort, ou plutôt c'est toujours à la vie qu'on pense du point de vue de la mort, à la nature tragique, absurde, triste, insensée, douloureuse, etc., de la vie. Et le temps de penser tout cela, on vieillit et on meurt. – Ou bien faut-il associer à la mort des représentations hédonistes, faut-il la relier à la libido ? Il faudrait alors penser à la manière du marquis de Sade. Ce serait de surcroît une tromperie, car on l'associerait à la satisfaction du désir, voire à un sentiment d'espoir. – Hier soir, le journal de Cosima Wagner, à l'époque de la composition de *Parsifal.* Les remarques antisémites insupportables, de mauvais goût et finalement incompréhensibles de W. m'ont poussé à arrêter ma lecture – je ne voulais pas me mettre à haïr irrémédiablement cet homme et sa musique.

Ce siècle, le XXe, est comme un peloton d'exécution en service continu.

J'ai toujours eu une vie secrète, et c'était toujours celle qui était la vraie.

"O mon Dieu, que ma joie demeure" : Bach (note dans son journal après la mort de sa femme et de deux de ses enfants).

23 novembre

Hier, neige, énormément de neige précoce, aujourd'hui soleil resplendissant. Après avoir apporté le déjeuner (à ma mère), j'ai traversé les collines de Buda sous un ciel bleu. Solitude, air vif, arbres couverts de neige. Un espoir infondé m'a effleuré un instant. – Il y avait un vieux braque solitaire dans un jardin enneigé. Vues de derrière, ses oreilles se soulevaient à chaque aboiement avant de retomber mollement. Son jappement était revendicatif, plaintif, incompris. Il était l'expression de la vanité de l'existant et de son impuissance totale face à cette vanité, de sa bêtise pour ainsi dire, bêtise naturelle de tout être vivant qui veut vivre, découlant du manque de discernement caractéristique du vivant, de sa conviction fallacieuse que sa vie est un fait fondé et justifié et que, par conséquent, il peut formuler des exigences vis-à-vis du monde extérieur – par exemple celle de recevoir de la nourriture.

Consolation littéraire : l'avenir décidera si… Eh oui, sauf que l'avenir qui se dessine en ce moment s'annonce totalement incapable de prendre une décision.

Aujourd'hui, le fiasco est la seule expérience qu'on puisse vivre. (Réponse à la question de savoir pourquoi j'ai donné ce titre à mon livre*.)

"Je suis né grave comme d'autres syphilitiques" – j'ignore si je cite exactement *Malone meurt* de Beckett.

Beckett *(Malone meurt)* : "… qui a assez attendu attendra toujours, et passé un certain délai il ne peut plus rien arriver, ou venir personne, ni y avoir

* *Fiasco*, traduction littérale du titre du roman *Le Refus*.

autre chose que l'attente se sachant vaine. C'était peut-être son cas." – A retenir.

27 décembre

Grippe. Au lit avec un texte de Chestov. Colère amère. Platitude de la philosophie de la religion quand elle n'est pas l'œuvre de Kierkegaard, de Pascal, et donc des plus grands esprits ! La liberté – oui, la liberté est véritablement un mystère. Non ce qu'on appelle le libre arbitre, mais la possibilité de s'émanciper de soi, de se maintenir à distance, la possibilité de se libérer, de se délivrer de soi. Pourtant, la vie est si simple : il est parfaitement évident que tout est fondé sur la nourriture et la mort, et que la mort est un anéantissement total, sans reste. La naissance obéit à un principe général, mais la mort est taillée sur mesure : en ce qui concerne l'individu, il n'est pas absolument nécessaire de naître mais, du moment que je suis né, *je* dois mourir. Point. La conscience humaine est à l'évidence la conséquence d'un court-circuit, d'une sorte de prolifération cancéreuse. Le tout se résume à ce que l'homme est conscient de son existence et du caractère inéluctable de sa disparition. Tout ce qui est d'ordre supérieur et a pu exister malgré le principe d'existence – plus précisément, le principe de mort – est une révolte émouvante de l'homme contre ce principe, à savoir contre la mort ou, si l'on préfère, contre Dieu. Le bien, c'est la révolte. Le mal, c'est le naturel, *la* nature – nourriture, guerre, mort : tel est le principe, tel est l'ordre des choses. J'ai déjà noté à l'époque où j'écrivais *Etre sans destin* que tout mystère disparaîtrait si l'homme admettait enfin que sa naissance n'est pas nécessaire et que sa mort signifie un anéantissement définitif. En même temps, ce pourrait être le fondement d'une nouvelle camaraderie, d'une nouvelle religiosité, pour ainsi dire, celui de la création d'un monde humain transfiguré. Mais c'est inacceptable pour l'homme. Il reste donc les réflexions fumeuses de Chestov, le doute existentiel et la peur de la mort cachés sous des représentations religieuses infantiles, la fuite devant la vérité, l'existence et la véritable expérience religieuse, devant tout, vers la masse, la bêtise et la dictature.

Les journaux de Th. Mann. Faire de toute sa vie un objet d'écriture permanente. Ce qui se forme ainsi est, brièvement, un style de vie – le style comme existence d'ordre supérieur, en tant que forme spiritualisée de l'existence. Une forme supportable de l'existence. Je pourrais le suivre au moins sous cet aspect. Mais noter les événements de la vie m'ennuie ; d'ailleurs ma vie comporte très peu d'événements notables. Tout au plus l'agonie du pays, les horreurs de la politique, qui ne m'intéressent pas, et celles de ma vie privée. Ma mère. Fracture du col du fémur. Hôpital. Les conditions à l'hôpital János. L'agonie solitaire, la mort pauvre, étatique et socialiste. (Malgré mon portefeuille grand ouvert et les pourboires que je distribue.) Mon impuissance face à l'urine, à la soif, à l'abandon. Une peur panique s'empare de moi dès que je franchis le seuil de cette chambre qui sent le fauve. Auschwitz, *Endlösung**. Le principe est victorieux, il écrase tout. Ce matin, je l'ai changée, je lui ai essuyé les pieds avec une serviette en papier imprégnée de savon. (Je sais depuis le camp de concentration que les excréments et l'urine se collent surtout au tendon d'Achille et aux chevilles où ils forment de grosses écailles.) Malgré les

* En allemand : "solution finale".

pourboires répétés, j'ai dû voler une alèse pour la glisser sous elle. – Sur son lit de mort, ma mère fait preuve d'une force de caractère exceptionnelle. La paranoïa démiurgique qu'elle choisit comme défense, après nous avoir tous longtemps fait souffrir, se révèle être une arme noble à l'approche de la fin : elle lui épargne la douleur et la préserve de la conscience de sa détresse. Fondamentalement, même sur son lit de mort, elle continue à donner des ordres qui ne rencontrent plus que moquerie, indifférence ou, dans le meilleur des cas, aveu d'impuissance. – Je suis ressorti dans la lumière du soleil hivernal pour me rendre dans un bureau où j'avais à faire. Détendu, j'ai passé un bon bout de temps en compagnie des deux dames à les distraire avec des anecdotes, sans qu'elles se doutent que seul le désespoir m'empêchait de me lever et de partir.

Habitude commune aux bourreaux et aux infirmiers : ils parlent durement aux condamnés à mort.

1989

4 février

La situation qui m'est échue me met à l'épreuve, comme dans les tragédies classiques ; mais elle est à ce point indépendante de moi, de mes capacités, de ma volonté, de mes inclinations, etc. que je ne peux la concevoir que pour ce qu'elle est : un coup rude dont il est presque impossible de sortir indemne, et seule une formulation claire, dépourvue d'onctuosité, peut me venir en aide. Je ne crois pas qu'il soit souhaitable d'analyser tout cela à l'aune du quotidien. Je pense qu'il n'est pas souhaitable de mesurer sa valeur à des choses fondamentalement extérieures à soi, qu'on n'a pas établies soi-même et qui sont autant de pièges tendus à l'existence, des dédales où elle risque de s'égarer. Par ailleurs, on le voit clairement : il nous arrive des choses qui nous sont extérieures mais qui finissent par devenir des questions existentielles car – malgré nous et d'une manière absurde – nous les érigeons, nous *devons* les ériger en mesure, en étalon. Il y a donc des situations où on doit admettre son échec et on n'y peut rien ; des situations dans lesquelles on choisit la survie, et ce choix "naturel et donc vil" devient alors un stigmate. Mais ne suis-je pas né pour vivre ma vie, n'est-ce pas pour moi que tout se produit ? Et tout cela n'est-il pas fait pour que je sente constamment un couteau posé sur ma gorge ? Chaque instant de ma vie est un problème posé au suicide. – A part ça, ma mère est désormais en sécurité à l'hospice du charismatique docteur Losonci. J'ai donné à taper la première partie du *Kaddish*. Je n'ai pas touché à la deuxième depuis six mois.

Hier matin, en descendant de l'autobus, je me suis arrêté devant la statue de Wallenberg. Il y avait déjà un homme d'une bonne soixantaine d'années. Nous vérifions qui a déposé la couronne avec un ruban bleu-blanc-rouge. Il me demande tout de go si je sais qui était Wallenberg. Cet homme, poursuit-il, a sauvé des dizaines de milliers de vies en 1944. "Pourtant ce ne sont pas les Allemands qui l'ont arrêté, dit-il, alors qu'ils avaient des raisons de le faire. Mais bon, ajoute-t-il, quoi qu'on en dise, les Allemands sont quand même un peuple civilisé." Atterré, j'ai tout juste pu lui rétorquer que cette statue prouve le contraire : en effet, qui d'autre menaçait les vies que Wallenberg avait sauvées ?

“En ce temps-là, c’était vrai, répond-il, mais depuis...” Puis, sans se gêner et presque triomphalement, il conclut : “Ce sont les Russes qui l’ont arrêté, emmené en Sibérie et tué.” – Interprétation assez originale, mais indéniablement marquée du sceau de l’époque.

7 mars

Szigliget. L’espoir qui m’a fait venir. Train, taxi. Un vrai Phéacien. C’est ici que j’ai entamé la nouvelle version du *Kaddish* il y a juste un an. Ma fébrilité, mon impatience d’écrire ! Disparues sans laisser de traces. Angoisse. Comme s’il me fallait percer des strates blindées, franchir des gouffres pour me mettre à écrire, arriver dans un monde où tout prend d’autres dimensions. Je sors du chaos et j’arrive dans un monde normal, équilibré. Mais pourquoi ne puis-je pas y séjourner constamment ? *Suis-je* le chaos ?

Stendhal : “Je pense cependant que la conscience d’une grande activité et d’une grande force donnent des plaisirs.”

Le schéma rythmique de la logique : voilà ce qu’il faut toujours trouver en premier.

La recherche permanente d’action et de volupté en tant que produit de la conscience malheureuse. Révolutions, guerres, conquêtes – comme caractéristiques des époques particulièrement malheureuses, assombries et abêties par le malheur et la réflexion. (Le XVIIIe siècle français, puis le XXe russe, allemand et universel.)

L’existence, toute existence est sans aucun doute une narration. Et cette narration dit sans aucun doute toujours la même chose : elle dit l'existence que les arts condensent dans cette narration pour ceux à qui elle s'adresse et qui sans aucun doute veulent l'entendre. Ainsi, toute vie est un exemple et doit être vécue comme tel. Toute vie *s'adresse à quelqu'un* et c'est dans cette mesure – uniquement dans cette mesure – qu'elle a un sens, même si le sens de la vie reste par ailleurs totalement obscur.

26 avril

Il ne reste rien de ces semaines, de ces mois. Les circonstances de l'écriture du *Kaddish*. Les circonstances de ma vie. Retour à Újpest, dans ma chambrette. Ma tante. L'hôpital. En dépit de toute cette pression, le coin le plus reculé de ma cabane, de ma niche est inexpugnable ; et le destin, ou Dieu, ou qui que ce soit me laisse ce coin. Drôles de propos, mais finalement ma vie m'inspire soit la colère, soit le recueillement. Je choisis la deuxième solution, j'essaie d'y voir la grâce. Si j'étais stupide au point d'être aveuglé par ma stupidité, je m'apitoierais sur moi-même, sur ma vie passée dans une niche de chien alors que le monde entier n'est qu'à deux cents kilomètres d'ici ; mais je sais ce que j'ai choisi et, tant que je le saurai, je serai soutenu par les forces qui rendent ma vie vivable et me permettent d'accomplir mon devoir.

III

IL LÂCHE

(la barre)

IL RENTRE

(les rames)

IL EST HEUREUX

Le vieil homme svelte au cigare qui marche dans la rue, le regard distrait (Marcel Duchamp). Il prononce des paroles mesurées d'un air sévère, les sentences sèches et définitives d'un (véritable) poète. Seuls l'intéressent les échecs et l'expression picturale, rien d'autre. – – Attirance – presque – douloureuse pour une telle vie ; hors du monde, hors du temps. Encore quelques textes à écrire, quelques livres à lire, quelques idées fixes à suivre (et parfois à accomplir) ; encore quelques soirs où j'aimerais me promener et réfléchir. Par ailleurs, la solitude et la liberté de ce vieil homme ; la sévérité détachée avec laquelle je considère et vis ma vie, avec laquelle je vois le viseur pointé sur moi au bout de cette vie et dont je m'approche d'un pas impassible et mesuré.

J'ai découvert avec émotion les rapports étroits entre la fin de l'ouverture de *Parsifal* et le troisième mouvement de la *Sixième symphonie* de Mahler.

Les causes de l'ostéoporose comme preuve lumineuse de la théorie auschwitzienne de la Nature. Aussitôt accompli le devoir de perpétuation de la race, aux ordures, à la fosse ! Le pouvoir illimité – la dictature totalitaire – est en fait une imitation de la nature, du naturalisme.

L'homme ne change pas, il traverse différents états. Il faudrait à chaque fois lui donner un nouveau nom pour signifier qu'on n'a plus affaire à l'homme qu'on connaissait dans son état précédent.

Le camp de concentration est imaginable exclusivement comme texte littéraire, non comme réalité. (Pas même – et peut-être surtout pas – quand on le vit.)

Juin

Je n'ai pas de "problèmes d'identité". En ce qui me concerne, être "hongrois" n'est pas plus absurde qu'être "juif" ; et être "juif" n'est pas plus absurde qu'être tout court.

Accepté un travail indigne mais bref – la traduction d'une centaine de pages d'élucubrations – dans un but financier, mais surtout de dégrisement, de rééducation morale et générale (après le *Kaddish*). – – S'immerger de temps en temps dans l'esclavage, comme le malade qui guérit dans les bains de boue, se colle des sangsues sur la peau ou s'étouffe avec des inhalations.

Que s'est-il passé ? Rien de particulier : les marchands ont chassé l'esprit hors du Temple à coups de fouet. Depuis, l'esprit de premier ordre se caractérise par sa marginalité ; toute gravité est illégale, c'est une infraction morale majeure.

Quand on connaît ses propres habitudes, on est moins perdu.

Avant d'expédier d'un revers de la main l'idée de la Création, pense que l'homme ne peut pas créer un autre homme, tout au plus le procréer. Cet être fier de sa raison ! Notre vie entière est indépendante de notre volonté, surtout la raison.

La merveilleuse définition du gentleman que donne Márai est comme celle du chevalier au Moyen Age : un homme qui se conforme toujours et en tout à certains idéaux.

Le désarroi physique et transcendantal de l'homme. Tout indique que la vie est un état qui, sans être faux, n'est pas taillé à la mesure de l'homme. Que peut-il faire de ses expériences ? A quoi lui sert son éthique ? Comment un tel gouffre entre la réalité physique de la simple existence et les découvertes intellectuelles de l'existant peut-il exister ? Pourquoi voyons-nous plus loin que notre simple vie, si nous ne voyons rien, enfermés que nous sommes dans cette vie ? Et ainsi de suite. C'est le matin, un matin d'été. La ville avec sa foule insupportable, grouillante, sans visages, avec ses catastrophes et ses défaites, sa puanteur toxique, son vacarme toxique, son immoralité toxique. J'approche lentement (ou vite ?) de la mort. Il faudrait que j'arrache mon temps – le temps qu'il me reste – des mains du destin, c'est-à-dire que je devrais changer "ma vie". Bravant tous les écueils, la brise fraîche du matin apporte parfois à mes narines des bribes de senteurs de forêts, d'eaux et d'espaces lointains. Tant qu'on vit, on est heureux. Vu ainsi, même le malheur est un bonheur : il n'existe probablement qu'une seule sorte de malheur, celui de l'assassin.

La bourgeoisie : commerce, puis routes, puis flotte, puis assurance, puis banque, puis industrie, puis droits maritimes, commerciaux, financiers, etc.,

Etat, Constitution, autogestion, démocratie. L'homme a sans conteste atteint la maturité dans la bourgeoisie et la citoyenneté. On peut discuter de la nature de cette maturité, mais une chose est sûre : comparée au fait bourgeois, toute autarcie, toute dictature des individus ou des masses est une régression vers la puberté, vers l'homme des cavernes.

Juillet

Hier soir, quartier de Pasarét. Chaleur, promenade solitaire dans la rue Kútvölgyi obscure. Sentiment pesant d'absurdité, de culpabilité, remords. Il s'expliquait par d'innombrables raisons, mais il m'enveloppait comme un brouillard qui me rendait sourd et muet, indifférent et étranger à moi-même. Tel un visionnaire, je me voyais de loin, et ce que je voyais n'était qu'un écheveau sanglant, un remords mortellement blessé et sans avenir. A l'hôpital János, j'avais remarqué une dame âgée et bien habillée qui retenait son dentier avec d'étranges mouvements de rumination. Elle errait sur les pavés près des feux tricolores. Soudain, elle m'adresse la parole : "Monsieur, trouvez-moi un taxi ou j'aurai un malaise." Je m'exécute. Cela n'a pas été facile, mais j'y ai mis beaucoup de zèle. D'une manière tout à fait naturelle et banale, cette petite aventure m'a ragaillardi et rendu le sens des réalités, de sorte que le quotidien gris a repris son règne mortel et apaisant. – Le soir, intéressante lecture à propos d'un manuscrit qui entrouvre les portes de la sexualité pour tendre vers l'expérience transcendantale. Domaine inabordable pour moi, ce qui est peut-être un défaut (surtout en considérant ma qualité d'écrivain censé connaître les "profondeurs" de "l'âme"). L'ivresse, le fanatisme érotique de Sade ou même de saint Jean de la Croix, etc., l'alcool, la drogue – tout cela est inabordable pour moi. De même la grande perversion, la véritable déviance, le meurtre, la mort par amour – tout cela m'est aussi étranger qu'un match de rugby à la télé, dont je ne connais pas les règles et que je ne comprends pas. Je suis fasciné par la nature animale de l'homme, l'animalité des masses, l'instinct grégaire (les vieilles femmes par exemple, êtres déchus, bredouillants, atteints de démence sénile, qui restent capables de persécuter un grabataire plus malade, plus aphasique qu'elles, etc.). Malheureusement, je sens que l'ivresse est un état auto-induit où l'on se trompe, où l'on se rend heureux soi-même, un état rempli d'expériences falsifiées, un mensonge. Mais un mensonge qui nous électrise, un mensonge vital. Et la folie ? Le passage dans l'autre monde est soit total, soit impossible ; en d'autres termes, devenir fou et en même temps (par l'intervention de ce qui serait notre troisième être) garder le contact entre le moi dionysiaque et le moi rationnel : ce n'est pas possible. De cette manière, on se coupe, on se bannit de la réalité environnante et on pense avec effroi à la folie, à la mort, alors qu'en fin de compte ce ne sont que des états de la normalité, de la vie. Mais on ne peut pas pousser ces questions jusqu'à l'extrême limite, parce qu'on risque de s'embourber dans des paroles infantiles et incontrôlables. L'homme est soumis à la loi universelle de la raison et de l'éthique, à la loi rationnelle de la *communicabilité*, mais dès qu'on l'abandonne, on abandonne la vie, je veux dire ce qu'on appelle la vie sensée, très précisément la vie qui n'est pas tout à fait la nôtre, mais dont nous sommes bien plus responsables que si c'était exclusivement notre petite vie personnelle.

Ecrire ce qui reste à écrire – cela paraît simple, mais ce ne l'est pas du tout. Parfois je m'attends moi-même comme à un rendez-vous dont l'heure est passée et où il est presque sûr que je ne viendrai pas. Pourtant je garde un vague espoir : et si…

De même que les traits du visage, l'écriture vieillit vite.

Les pauvres ! Les flatteries stupides pleuvent sur eux comme des coups.

9 août

Comme tout se transforme peu à peu en souvenir. Les paysages, les espaces, la terre que je foule, tout évoque quelque chose. Tout parle d'une vie brisée, passée, douloureuse et douce, tout porte le charme impitoyable de l'irréversible. J'ai peut-être encore un peu de temps. Mais je dois vivre ma vie comme si j'étais mort : ma honte (et ma honte, c'est de vivre ici, c'est la honte d'une vie vécue ici) ne me permet pas de porter un autre jugement. Le *Journal* de Márai : à cinquante-sept ans, il "n'attend" plus, il a arrêté, il a fini "d'attendre Godot", il se soumet à une existence dépourvue d'attente, comme il dit, mais qui du point de vue philosophique (et pratique) est une impossibilité, puisque l'existence de l'homme est projetée dans le temps, vers l'avant ; tout au plus ses attentes changent-elles, se tempèrent-elles, subissent-elles transvaluation et dévaluation. Puisque tout est égal. Moi, en dépit de tout mon savoir, de mon bon sens et de ma fierté, je vis toujours, y compris en ce moment, sous le signe de Godot, je n'ai aucun doute quant à cela et, comme je le sais, je n'en ai pas honte. – – Comment peut vivre ma pauvre mère ? Prisonnière de son artériosclérose cérébrale, quelle attente peut-elle avoir quand elle ouvre les yeux dans sa nuit inconsciente ? Que voit-elle ? Où est son âme ? Son instinct féroce de nutrition, en parfaite contradiction avec son état – comment expliquer toute cette horreur qu'on considère comme existence, cette condamnation ? Où est sa raison, où est l'amour ? Et pourquoi est-ce que je lui rends visite, qu'est-ce qui m'attire vers son lit, quel aiguillon réel ou supposé me pousse, puisque mes sens se défendent en se réfugiant dans la torpeur, que mon esprit me dit que sa vie n'a plus de sens ? Je ne suis plus que trahison, égoïsme et fuite.

L'art officiel est le cauchemar de l'art contemporain, or est officiel tout art qui n'émane pas du particulier, qui ne préserve pas le particulier et n'est donc pas un *exemple individuel* prêt à tout, prêt à se sacrifier, mais reste un exemple solitaire, impossible à suivre, exclu par les autres et par lui-même, un exemple endossant la honte et appelant à une mort immaculée.

Absence de pardon est souvent faiblesse, faiblesse est souvent violence, violence est souvent cruauté.

Notre vie, notre mort : quel lieu commun ce peut être pour Dieu. A-t-Il une administration, tient-Il un grand registre, comme le suggèrent les contes pour enfants des religions ? A quoi peut ressembler le Jugement dernier, l'attente de l'appel, puis l'assignation dans les différents secteurs de l'enfer ou du paradis ? S'Il a créé l'homme à Son image, à l'image de quoi l'homme a-t-il créé la sélection d'Auschwitz ?

La superfluité des phrases bien tournées, du point de vue du génocide. La superfluité des phrases fragmentaires, des phrases, du discours, de l'homme, etc.

J'ai l'impression d'être un personnage impuissant d'un tableau de Bosch au milieu de tous ceux qui grouillent autour de moi. Les visages qui m'entourent expriment une menace terrible. Cette vie-là menace d'aller vers l'apocalypse. Il est trop tard – cette fois définitivement – pour m'enfuir.

J'ignore si quelqu'un a déjà réfléchi à l'influence sur la diaspora tardive du fait que l'existence étatique juive était placée sous l'égide de Rome. Il me semble que c'est un modèle éternel. Le respect du pouvoir extérieur, la disposition au compromis qui se manifeste par l'acceptation de sacrifices dans sa propre communauté. Cela devient même un trait de caractère : respect pour l'étranger, mépris pour les siens ; à quoi se mêlent un douloureux sentiment de culpabilité et l'esprit de famille de l'éternelle minorité. Mais le principe consiste toujours à offrir de l'argent ou des hommes en sacrifice au pouvoir étranger, pour lui complaire et gagner ses faveurs. Vu sous cet angle, le puissant sentiment de communauté n'est rien qu'une manière de conserver ses biens afin de pouvoir faire des sacrifices, le cas échéant. Et par ailleurs les classes juives dirigeantes. Les éternels Conseils juifs. Le grand capital juif, d'une part comme entité au fonctionnement rationnel (dans l'économie nationale d'une nation étrangère), d'autre part, vers l'intérieur, pour ainsi dire, face à la communauté juive, en tant que dictateur paternaliste : un peu de bienfaisance, des dons, la préservation de la vie et donc aussi des masses qui serviront aux perpétuels sacrifices. – Comparé à cela, que l'une ou l'autre riche communauté juive essaie, au nom de sa survie, de se libérer de ses masses pauvres et compromettantes constitue un phénomène assez moderne ; par exemple, le comportement des juifs d'Amsterdam à l'époque de Spinoza : ces riches juifs donnaient de l'argent aux foules de juifs pauvres qui fuyaient l'Allemagne ou l'Espagne à condition qu'ils poursuivent leur route vers l'Europe de l'Est, vers la Russie.

Se préparer à la mort comme on se prépare à sa dernière œuvre. Pour ainsi dire, se préserver pour la mort. S'enrichir pour la mort, mûrir – non pour mourir, mais pour atteindre la sagesse entière d'une vie entière qui enseigne la science de la rupture, le savoir de l'aboutissement. De ce point de vue, la mort n'est que l'ultime cohérence.

Sachant qu'Eros est partout, pourquoi le chercher dans son lieu de résidence apparemment le plus immédiat ?

La limite extrême de la vie ; parfois dans la rue, le sentiment de pouvoir franchir cette limite est pareil à une attaque, si soudain et si fort que la douleur m'arrache presque un cri. Mais le monde et les hommes crient avec moi.

Toute vie est une tentative avortée et ratée de vie.

Qui nous fera croire que la vie est notre vie, que ce monde est le monde ?

En traduisant, penser à Gustav Mahler, à ce qui lui a donné la force d'assumer toute une année de théâtre et de concerts.

La représentation anthropomorphe de Dieu est toujours justifiée. *Primo* : l'homme, en sa qualité d'homme, ne peut créer qu'une représentation anthropomorphe de Dieu. *Secundo* : vu que l'homme se compose de la même matière que l'univers, pourquoi ne serait-ce pas la matière du Tout-Puissant ? Ceci est contredit par la représentation également anthropomorphe selon laquelle un constructeur ne peut être immanent à sa construction : sa place ne peut être qu'à l'extérieur. En revanche, toute construction doit, me semble-t-il, contenir l'essence de l'Etre qui l'a créée. – – – Maintenant, en ce qui concerne la Providence, je la tiens pour une représentation infantile du père. Cela dit, j'y crois profondément, bien sûr. Peut-être parce que je crois en moi-même ; mais seulement parce qu'il y a en moi quelque chose ou quelqu'un qui n'est pas moi.

Une constatation importante dans le nihilisme ambiant : "Le rien n'est pas plus que le quelque chose."

Ces derniers temps, j'écoute tous les jours la *Première symphonie de chambre* de Schoenberg. Elle est entrée dans mon cœur au point que je me lamente sur son ton.

Toynbee : Les juifs doivent enrichir la culture occidentale, c'est là qu'ils doivent trouver leur place. – Découverte tardive (en ce qui me concerne).

Si le monde s'arrêtait pour un instant, il existerait. (Nietzsche ?) C'est le support de tous les efforts artistiques, le secret de la représentation de la réalité ou plutôt de l'imitation de la nature. Idée vaine : le monde ne s'arrête pas, il continue à tourner et n'est pas pénétré par la raison.

La connaissance du mal est une connaissance inadéquate : Spinoza.

Septembre

Il faut être fou pour penser à l'art. Mais penser à autre chose n'en vaut pas la peine.

Qu'est-ce qui me distingue d'eux ? Eux, ils affrontent le(s) système(s), moi, pour ainsi dire, j'affronte Dieu.

Qui affronte un système doit croire en un autre système. Qui affronte Dieu n'a pas besoin de croire, seulement de vivre sous Son regard : c'est amplement suffisant comme foi.

En tant qu'artiste, il y a longtemps que je vis au-delà du plaire et du déplaire. En la matière, je suis comme Simone Weil : je prends toute amabilité, y compris la simple politesse, pour une erreur. Elle l'a appris en tant qu'ouvrière d'usine, moi, j'ai eu besoin d'une leçon plus sévère parce que – visiblement – j'ai les sens moins fins.

Pourquoi déteste-t-on encore plus les juifs depuis Auschwitz ? A cause d'Auschwitz.

Le mot "forme" signifie qu'en tant que phénomène spirituel, la vie renaît dans une œuvre, que la "forme" est la forme d'existence spirituelle de la vie – et non que c'est une "forme romanesque" ou une "forme poétique", etc. Mais la "forme" n'est pas seulement la vie de l'être, de l'essence, elle est aussi une métaphore – une comparaison possible du mystère.

Novembre

Du 2 au 30 octobre, Vienne. Repos. Bain de soleil au Volksgarten*. Angoisse du retour. J'ai apprécié les bienfaits de cette civilisation dont je n'ai jamais joui durablement, en fait. Je crois que je suis né pour une vie de meilleure qualité que celle qu'il m'a été donné de vivre. Mais c'est une affirmation orgueilleuse, or l'orgueil est fondamentalement stupide. Vivre la vie, celle qui nous est échue, et la vivre de manière qu'elle nous échoie pleinement : tel est notre devoir, où qu'on vive.

Europe de l'Est : révolutions bourgeoises sans bourgeoisie. Que peut-il en résulter ?

1990

Janvier

Je vis le rêve de qui ? Je parle la langue de qui ?

Tant que l'orthographe sera importante, nous vivrons dans une espèce de contradiction. Mais aussi dans une sorte de discipline.

Quelle que soit ta croyance, tu mourras ; mais si tu ne crois en rien, tu es déjà mort de ton vivant.

Février

Boue, gadoue, folie. La ville est comme une gravure de Dürer, ou plutôt un tableau de Bosch représentant le tréfonds de l'apocalypse. Têtes de cochon, de bête fauve aux crocs menaçants, têtes indolentes de cheval et de rat, têtes de chien et

* Parc public de Vienne.

quantité d'insectes, du mille-pattes au cafard. Dès qu'elles me cernent de toutes parts – par exemple dans le tramway ou dans un magasin –, je comprends ces mots : *"Lasciate ogni speranza**…" Quelle erreur c'était de naître et de rester ici, répète en moi la bande magnétique dont le grésillement couvre les différents bruits de ma vie ; mon être véritable sait bien que ce n'est que du charabia et qu'il n'y a pas de hasards. Le hasard est la lumière la plus vilaine (disons vert-jaune) qui tombe sur l'individu. S'en remettre au hasard est la plus grande des balourdises, la faillite la plus totale. Voilà pourquoi il m'arrive de ressentir une euphorie, une confiance presque transcendante pour ma vie, vie à laquelle je suis asservi comme le nourrisson au sein de sa mère. Cette vie est apparemment la mienne, c'est moi qui la vis, elle paraît être la réalisation de mon activité extérieure et intérieure (s'y ajoutent les circonstances indépendantes de moi, si tant est qu'elles existent), mais en même temps je sais à quel point je suis impuissant face à ma vie, et que cette confiance est le seul moyen dont je dispose. Elle suffit pourtant à me maintenir et à m'entretenir ; et étrangement, cela semble réciproque. "En des temps plus forts" (l'expression n'est-elle pas de Nietzsche ?), le sentiment d'une alliance conclue avec Dieu se nourrissait peut-être de cette confiance. Aujourd'hui, je dirais plutôt : C'est sans doute à cause de l'âge, de la proximité de la mort. L'individu n'est que le sommet de l'iceberg, incontestablement ; du haut de ce sommet, on ne discerne pas la masse immergée qui peut être la réalité collective. Son existence n'est signalée que par ce sentiment, la confiance, ou son

* En italien : "Abandonnez tout espoir", extrait de *L'Enfer* de Dante.

contraire, la déréliction. La réalité transcendante nous entoure comme le giron maternel. C'est la seule assurance que nous ayons, tout ce que nous considérons comme une assurance matérielle est mille fois moins sûr. De cette manière, la tragédie individuelle est une erreur ; mais non le bonheur. Le divin se reflète dans la joie sous forme de pensée créatrice ou pensée de la Création ; l'absurde n'est qu'une humeur – certes, une humeur bien fondée qui sied à l'homme.

Ils vivent leur délivrance de la tyrannie comme un effondrement. Et que dire s'ils étaient envoyés en liberté ?

Les gens et leur besoin insistant de mensonge.

L'Est et l'Ouest, le névrotique et le normal. Névrose : répétition régressive d'un vécu traumatique, répétition des mêmes symptômes, éternellement, c'est-à-dire jusqu'à la mort. Normalité : traumatisme, trouble, puis travail conscient sur le traumatisme, défense rationnelle pour éviter la régression, la rechute. L'une est une expérience infernale qui consiste à revivre sans cesse un état morbide, sans perspective de guérison ; l'autre est la catharsis, l'accomplissement, la voie du bonheur tragique.

Il apparaît que la pensée la plus originale, c'est la pensée normale.

Me replonger dans ce bain de matière indéterminée, mais bouillonnant et protecteur, qu'Emerson appelle le centre du héros.

L'apprenti technicien devenu fou en apprenant que son père était juif – et donc lui aussi. On lui a tout caché quand il était petit. Son père est mort en camp de concentration. C'est devenu un doux dingue, il me regarde avec ses yeux myosotis : "J'ai peur, dit-il. – De quoi ? lui demandé-je. – Un jour deux types vont venir, répond-il, et me dire : «On y va !» – Mais où ? insisté-je. – Je n'en sais rien, moi : là-bas", dit-il évasivement. Tant qu'il ne connaissait pas ses origines, c'était un homme parfaitement normal, disert, amical, à l'aise parmi les gens. A présent, rattrapé par le siècle, il a réagi de la seule manière dont il était capable : par une maladie mentale, ce splendide mimétisme, ce camouflage de notre temps.

La grande découverte que *tout être humain* est une créature de Dieu à l'époque de la grandeur écrasante de l'Empire romain. A l'époque des grandes épidémies du Moyen Age. A l'époque des Etats totalitaires. Qu'est-ce que le pouvoir ? En vérité, en réalité ? L'expression de ce que l'homme n'est rien ni personne. La fureur du pouvoir, la passion de la fureur, le comportement obsessionnel, destructeur et autodestructeur de cette passion face à la raison, à la non-conformité individuelle et, plus généralement, à *l'individuel en tant que désobéissance*. Cette fureur comme forme d'Etat, comme forme d'existence. Et dans ces circonstances la solidarité – l'amour – comme subculture. Et en vérité, la solidarité et l'amour authentiques sont toujours une subculture. En d'autres termes : une révolte, la seule forme de révolte qui plaise à Dieu. La révolte de Dieu contre la Création manquée.

"L'art signifie : art *nouveau*." (Schoenberg : *Le Style et l'Idée*.)

Si tu fais la même chose pendant toute ta vie, parce que tu es toi-même cette malédiction agissante, au moins ne le fais pas toujours de la même manière.

Une époque est révolue, une certaine attitude humaine semble désormais appartenir irrémédiablement au passé, comme un âge de la vie, comme la jeunesse. Quelle était cette attitude ? L'émerveillement par la création ; la pieuse admiration pour le fait que la matière corruptible – le corps humain – soit vivante, possède une âme ; mais l'admiration pour l'existence du monde est passée et, avec elle, le respect de la vie, la piété, la joie, l'amour. Le meurtre a succédé à cette époque – non en tant que mauvaise habitude courante, infraction, "cas", mais en tant que forme d'existence, attitude "naturelle" qu'on adopte et qu'on applique à la vie et aux êtres vivants ; le meurtre comme philosophie de l'existence et l'attitude meurtrière constituent sans aucun doute un changement radical – signe des temps ou signe de la fin des temps, peu importe. On peut objecter à cela que l'extermination n'est pas une invention récente ; oui, mais l'extermination *continue*, poursuivie systématiquement pendant des années, des décennies et devenant ainsi un *système*, au moment même où par ailleurs se déroule la vie dite normale, quotidienne, avec l'éducation des enfants, les promenades des amoureux, les horaires des consultations médicales, des ambitions professionnelles et autres aspirations, le sentiment de bonheur ou de malheur, des rêves civils, la mélancolie du crépuscule, la prospérité, le succès ou l'insuccès, etc. : tout cela – lié à la peur qui devient une habitude dont on s'accommode, à la résignation, à l'indifférence, voire à l'ennui – est une invention récente, si ce n'est la plus récente qui soit. Car, et c'est là que réside sa nouveauté, elle est *acceptée*. La forme d'existence meurtrière se révèle possible et vivable : elle est donc *institutionnalisable*. – Ce qui m'est apparu dans mon enfance presque comme une illumination (je m'en souviens encore nettement) est peut-être vrai : la mission terrestre de l'homme est de détruire la Terre, la vie. Mais alors il a peut-être agi comme Sisyphe : pour un instant, il a échappé à sa mission, à son devoir, il a échappé aux griffes de la mort et s'est mis à contempler ce qu'il était censé détruire : la vie. Ainsi, d'un point de vue supérieur – si tant est qu'il y en ait un – on peut dire qu'il n'est pas né en vain, dans la mesure où sa réticence lui a fait mener une vie exemplaire, ne serait-ce qu'un certain temps. Vues sous cet angle, toute forme ou toute pensée supérieure qu'il a créées doivent leur existence à cette réticence ; l'art, la philosophie, les religions sont les produits d'un arrêt soudain de l'homme, de son hésitation à accomplir son véritable devoir, à savoir la destruction ; cette hésitation explique la tristesse incurable et nostalgique des vrais grands hommes.

17 mars

"Qui peut se vanter de pouvoir rester un homme dans une telle situation ?" Pessoa.

Tu dis : Mais ce sont les lois, le monde a fondamentalement toujours été ainsi. Pour commencer : ce n'est pas vrai, et puis : même si c'était vrai, ce n'est pas une manière de penser féconde.

La diversité de la nature et des émotions étant limitée, l'impossible ne naît ni dans l'une ni même dans les autres, mais dans le cerveau humain.

L'impossible conçu dans le cerveau se transforme en force agissante réelle ; la pensée impossible devient une action possible.

Les fantasmes érotiques : tout ce que tu imagines dans tes rêves secrets, d'autres l'ont déjà imaginé. Cela prouve que ce n'est pas l'homme lui-même qui imagine ; c'est le domaine le moins authentique de l'originalité.

Je possède plusieurs moi qui sont tous au service d'un moi unique, de mon moi de représentation. Mais ce dernier est celui que tous mes moi – y compris *moi*-même – connaissent le moins. Je suis comme la terre et le fumier des plates-bandes : la fleur que je produis m'est étrangère ; ce n'est guère que par politesse envers moi-même que je l'admire parfois un bref instant.

19 mars

Hôpital. Artériosclérose cérébrale. Malgré la déchéance totale, phrases parfaitement construites, langage châtié, mais hors sujet, sans référence, et de ce fait totalement creux. Les mimiques, les émotions, la passion qui accompagnent les propos – sauf que rien, ni les propos ni la passion, n'a la moindre *raison*. Phénomène bouleversant : le discours machinal. Qu'est-ce que le discours ? Voile-t-il ou dévoile-t-il les choses ? Plutôt la première hypothèse, peut-être : il voile l'existence qu'il interprète autrement, comme *autre* chose. L'être doit se détourner de l'existence s'il veut rester normal ; car s'il la regarde, il devient muet ou bien "dément". – – – Une compagne de chambrée est morte : "Mme Vilmie". Durant une année entière, elle a rusé, joué au chat et à la souris avec la mort ; la mystérieuse assurance de sa voix sénile mais claironnante au milieu des hurlements, des jérémiades quasi théâtrales, le tiroir de son chevet qu'elle cachait avec son corps pour en sortir des morceaux de poulet rôti qu'elle avalait goulûment, penchée en avant – rusée, geignarde et débrouillarde. Et puis, un jour, en allant aux W.-C. – ce qui était toujours une grande cérémonie au cours de laquelle elle poussait son espèce d'escabeau métallique, se cramponnait aux chaises, aux poignées, aux portes, etc. –, elle est tombée. Cette chute a dû ébranler sa confiance dans la vie : elle s'est couchée et, au bout d'un mois d'efforts systématiques, elle est morte. Avait-elle conscience de cela ? Elle – c'est-à-dire celle pour qui nous la prenions, celle que nous connaissions. A première vue, tout s'était déroulé "inconsciemment". Mais on ne peut pas appeler inconscient ce qui dirige la conscience, qui serait en quelque sorte la conscience de la conscience. Le fait est qu'elle a passé la majeure partie de ce temps, très actif du point de vue de la mort, sans connaissance : cette période de sa vie fut aussi importante que la prime enfance dont on ne sait rien non plus. Cependant, et c'est le grand enseignement de cet hôpital, aussi désespéré que soit l'état des gens, on sent toujours la présence inchangée, inaltérée, de leur âme ; elle se tapit en eux comme un animal souffrant et néanmoins victorieux qui, à l'instar des animaux sacrés des peuples antiques, nous impose le silence, nous remplit de mystère, de peur et de respect, et nous oblige à les servir. De quoi l'homme est-il le symbole ?

Goethe a nommé cela : *Gleichnis*, parabole. Ni lui, ni un autre n'a pu en dire plus.

Schoenberg : Si Mahler avait composé sa *Dixième symphonie* en entier, nous serions peut-être entrés en possession du grand mystère : voilà pourquoi il ne lui a pas été donné d'achever son œuvre. *(Le Style et l'Idée.)*

Il faudrait tout repenser sur de nouvelles bases : l'apocalypse, notre relation éthique à la vie et surtout nos mots. Ces mots ne nous font plus sentir la langue, alors que dire de la vie ?

31 mars

Soleil. Le matin, j'ai longé le mur de la caserne jusqu'à la rue Kútvölgyi, tout en haut. Après cette marche intensive, je redescends avec l'autobus 156 où j'épie des voix, la conversation d'une dame âgée assise derrière moi avec l'homme plus jeune qui se tient entre nous. Alors, dit la voix du jeune homme, l'approvisionnement s'est amélioré en Transylvanie ? Il a comme un accent étranger, l'intonation montante en fin de mot et de phrase caractéristique d'une personne habituée à une langue occidentale, et rien que ces montées de la voix donnent une coloration assez arrogante à son discours. La vieille dame : Rien n'a changé, les autorités revendent l'aide humanitaire ; les "Tziganes" volent l'aide et la revendent à la "population" ; le pasteur luthérien qui s'est chargé de la distribution a emporté la marchandise chez lui sous prétexte d'organiser la distribution, mais il ne donne qu'à ses amis et garde le reste pour lui ; elle a fait la queue pendant trois jours devant l'hôtel de ville, mais le maire était parti à "un mariage" ; ensuite, les "Tziganes" ont crié que c'était mieux sous la dictature et, du coup, le maire s'est dépêché de rentrer, etc. Incompréhension, misère, méchanceté, haine. Le jeune homme : Tu sais que deux avions allemands sont repartis avec leur cargaison humanitaire parce que ceux qui devaient la réceptionner se sont disputés à propos de la marchandise ?

Tout cela sur un ton d'acquiescement, arrogant, avec une intonation occidentale, des barbarismes, etc. Le retour des avions m'a rappelé des scènes du camp de concentration : les hommes bien nourris posent de la nourriture devant les squelettes faméliques puis, voyant la "foule indisciplinée" se précipiter, en guise de punition, ils reprennent avec une moue de mépris ce qu'ils n'avaient vraisemblablement pas eu l'intention de lui donner. J'ai fini par me retourner calmement sur mon siège et j'ai toisé ouvertement ces deux personnes : elles se sont tues d'un coup et n'ont plus pipé mot – et depuis je me demande pourquoi. Ai-je le regard si sévère ?

La maladie de ma pauvre mère montre clairement que les musulmans d'Auschwitz (dont j'ai été) avaient une artériosclérose cérébrale (manque d'oxygène). Les souvenirs et les images éloignés de la réalité qui ont une présence plus forte que la réalité ; l'infantilisme, la régression de la raison, l'adaptation parfaite à sa litière, à son coin, à l'endroit, à l'environnement, sans qu'on en ait une conscience générale d'ordre humain, etc. Pourtant, la lumière de l'âme et du monde moral brille par moments dans cette vie végétative.

Les niveaux de la conscience. Le végétal, l'animal, l'humain. Quelle peut être la pleine conscience, la Connaissance ?

Le journal de Hebbel : "L'homme est un aveugle qui voit dans ses rêves." – "Un grand talent est un don de Dieu, un petit, un don du diable." Sa remarque sur l'homme qui s'élève vers la religion ; et sur celui qui reste en bas, pour l'éternité. Une remarque qui m'est très proche : "Le désir d'immortalité est la douleur cuisante de la blessure apparue au moment où nous avons été arrachés au Tout pour mener une existence autonome tels les tentacules d'une pieuvre." – "Le fruit de l'arbre n'est pas pour l'arbre." Puis : "Le monde est la grande blessure de Dieu." Très stimulant : *"Die Freude verallgemeinert, der Schmerz individualisiert den Menschen"* – "La joie universalise l'homme, la douleur l'individualise". Et le magnifique quintil où il dit que l'homme est une pensée divine gelée, le feu que Dieu nous insuffle lutte avec le corps qui nous enveloppe comme de la glace ; et que le feu fasse fondre la glace ou que la glace éteigne le feu, l'homme en mourra de toute façon.

Avril

La politique : considérer que les changements politiques m'ont délivré de la politique et m'ont restitué mon exil familier.

Tout espoir est paradoxal, pour la simple raison qu'il est orienté par nature vers l'avenir (la mort). – Toutefois, il n'y a jamais eu autant d'espoirs déçus en si peu de temps.

La Hongrie s'est libérée du bolchevisme, mais pas d'elle-même.

L'intérêt remarquable de Goethe pour la remarque de Sterne dans laquelle il se demande s'il a "employé ses souffrances à bon escient".

Effort considérable pour chaque broutille. Effort considérable pour le moindre sens. Un gouffre sépare notre vie de la vie.

J'en sais assez sur l'homme pour – au moins de ce point de vue – mourir tranquillement.

En faisant preuve d'une telle intelligence, il cache habilement pendant un certain temps sa grande sottise.

Mai

Dépression profonde. Ça me fait du bien. Le plaisir de détruire, cette satisfaction particulière est un bonheur, à sa manière. Le malheur est en définitive un bonheur, naturellement. Pour autant qu'il soit délectable, or il l'est. Le malheur contient aussi de la libido.

Les yeux effrayés des malades ; des yeux qui ne regardent pas, qui sont faits pour être vus ; des yeux qui sont devenus les moyens d'expression muets, mystérieux et particuliers des entrailles.

Hier, tapé à la machine *Todesfuge*. Pendant que je tapais, ce texte magnifique m'apparaissait de plus en plus magnifique : pas un seul mot n'y est trahison, ce poème échappe complètement à toutes les conventions, il se produit comme un événement pur parce que non influençable, il contient d'une manière profonde et menaçante la fatalité qui s'accomplira avec la précision d'un mécanisme d'horloge, frappera d'une main sûre, apportant l'apaisement de la mort.

L'expérience la plus pénible de l'homme d'esprit et de morale est de recevoir constamment des leçons d'esprit et de morale de la part d'hommes dépourvus d'esprit et de morale. Par ailleurs, il y voit sans doute la preuve de son existence – tant qu'il le supporte.

Juin

Mon *Kaddish* est paru. Accueil frais. Silence. Affaires extérieures. Traduction de Schnitzler. Pressentiments accablants, anarchie, folie, mort. Les seins de Salvador Dalí pressés jusqu'au sang, les os brisés, les crânes déformés, les corps tordus. L'horreur bouillonne autour de moi. Remords, fautes, etc. Nuits courtes. Je doute, je jette des regards éperdus. La peur coule dans mes veines.

Les deux grandes métaphores du XXe siècle : le camp de concentration et la pornographie – toutes les deux sous l'angle de l'asservissement, de l'esclavage. Comme si la nature tournait à présent son côté obscur vers l'homme, vers la naissance, à travers le dévoilement radical de la nature humaine.

On peut comprendre la Bible sans l'histoire, mais l'histoire sans la Bible, jamais.

Le devoir du talent est de se sacrifier à ceux qui en sont dépourvus. La honte discrète du talent. Le sacrifice propitiatoire que le talent oblige à faire sans cesse. La défense, la fuite, l'euphémisme.

Disons clairement que le totalitarisme, le règne sur les masses, les moyens matériels et les âmes sont une invention de l'Eglise. Mais si vous pensez que c'est exagéré, soit, et restons-en au terme de modèle.

Comme je suis éloigné de mon discours, de mes actes, du discours des autres, de ma vie et de celle des autres, de *la* vie !...

On parle de "résurrection" : or je n'ai jamais vécu ! On se demande s'il y a une vie dans l'autre monde : or je n'ai jamais vécu dans ce monde ! On se demande si notre âme est immortelle : or je n'ai jamais été en possession ni de mon esprit ni de mon âme ! Moi : état intermédiaire, obéissance – rien d'autre. Ou alors : asservissement. – C'est tout, point final.

Le passage du deuxième mouvement de la sonate en *ut* mineur (op. 111) où le thème ("Wiesengrund") disparaît, se volatilise, manque, de sorte que le piano essaie d'exister sans lui et végète, erre, indécis, dans de sombres rêveries au clair de lune, etc. Puis, quand l'absence devient presque insupportable, le thème resurgit avec une force inouïe pour mourir bientôt. Ecrit-on encore de cette façon ? Et sinon, pourquoi ? Ne manque-t-il que le talent, ou bien les sentiments, le destin, la vérité sont-ils définitivement perdus ?

La dictature révèle enfin son secret : incertitude, incompréhension, attente, agitation, mais l'ordre, le commandement n'arrive pas. Et quand il est certain qu'il ne viendra plus, les gens perdent la tête : ils s'attaquent les uns les autres, ils se haïssent, se dépouillent et s'entretuent, ils sont plus déchaînés que sous la dictature – et encore moins libres.

Le thème – d'un roman, d'un récit, etc. – s'empare de vous comme un virus : on l'attrape puis, pendant quelques jours, on n'est pas sûr de couver une maladie, on essaie de l'écarter et, un beau matin au réveil, on se rend compte que le mal s'est installé.

Márai : "S'éloigner d'une civilisation : le chemin est beaucoup plus court qu'on ne pense."

Les lois morales que l'homme s'est fixées lui-même et auxquelles il se heurte constamment, comme l'athlète qui a placé la barre trop haut ; les foulures, les fractures qui s'ensuivent, le dépit, le sentiment d'échec, *"Unbehagen"*.

Le journal de Márai, 1944 : "L'attaque aérienne commence le 3 juillet, à neuf heures et demie du matin, plus massive que jamais." Je me rappelle précisément ce bombardement. Il était neuf heures et demie mais, dans la briqueterie de Budakalász transformée en ghetto, j'avais l'impression qu'il était au moins midi, peut-être parce que j'avais constamment faim. Nous sommes montés à quelques-uns sur une petite butte le long de la clôture et, de ce poste d'observation relativement élevé, nous avons regardé ce qui se passait au loin. C'était comme l'a décrit Márai : "Le ciel est une patinoire que les patins ont rayée de lignes capricieuses, ou un miroir sur lequel des mains ivres ont tracé des courbes à l'aide d'un diamant. Haut dans le ciel, quelques douzaines d'avions aux ailes argentées, de la taille d'un papillon, scintillent au soleil. Les appareils vrombissent pendant deux heures… Aller à Budapest en ce moment serait comme entrer dans une maison en feu", etc. Márai arrive en ville par le train de banlieue venant de Leányfalu : "Le train passe à côté de la briqueterie de Budakalász. Sept mille juifs des environs de Budapest y attendent d'être déportés, entre les séchoirs à briques. Des soldats armés de mitraillettes se tiennent sur le talus." Je ne sais pas pourquoi je ressens rétrospectivement une sorte de joie intense et émue à l'idée d'avoir été vu par Sándor Márai. Il avait quarante-quatre ans, moi, quatorze. Il a vu l'enfant à étoile jaune que j'étais parmi les séchoirs à briques ; et il savait ce que cet enfant ignorait, il savait que cet enfant serait bientôt déporté à Auschwitz. Il a écrit tout cela dans son *Journal* – que peut faire d'autre un écrivain ? (Et ce Journal est accessoirement l'empreinte intellectuelle la plus pure, la plus exhaustive et la plus importante de l'époque.) Que signifie tout cela ? C'est difficile à déchiffrer, comme une constellation singulière. Pourtant, j'y devine une valeur profonde, indépendante de nous deux, qui se propage lentement, pareille à des ondes radio à peine perceptibles, mais néanmoins existantes et impérissables, qui se propagent dans l'éther malgré le vacarme général.

J'ai vu le démantèlement du camp de Buchenwald en 1945, l'installation de l'ignominie rouge en 1948, sa chute en 1956, son rétablissement en 1957, etc. Quelle monotonie ! Il ne faut pas croire que ce soit la faillite du seul "empire communiste" et non celle de l'humanité tout entière. Celle de l'univers moral et rationnel. Parce qu'il a tenu soixante-dix ans ; son existence (comme les douze années de l'autre ignoble empire) a proclamé pendant des décennies que l'irrationnel, le chaos, la terreur, la réduction de la vie humaine à une survie végétative étaient possibles. De même que les camps, les meurtres, la folie généralisée, l'humiliation, la répression, et tout cela au quotidien, alors que les gens vivaient, faisaient des enfants. Deux générations ont été gaspillées, jetées dans les poubelles de l'histoire comme des détritus. Et surtout : ce n'est pas parce que le bolchevisme a disparu qu'il faut oublier que l'échec du "socialisme" est le plus grand fiasco de l'humanité de ce siècle.

Un écrivain en vogue dans les années soixante, soixante-dix, et même quatre-vingt, chenu, perdu, larmoyant. Il me raconte qu'il a attendu les lecteurs à son stand, pour les dédicaces, mais que personne n'est venu. Se plaint (à moi !) qu'il va mourir de faim. Regrette les institutions de bienfaisance de la dictature paternaliste, les sources de prix littéraires dont les vannes étaient toujours ouvertes pour lui, les autorités centrales de la critique, la nomenclature des autorités de la critique, les nominations et les rétrogradations des écrivains, tout ce monde hideux d'hier comparé auquel le monde de demain sera peut-être encore plus hideux, mais du moins sera-t-il différent. Il vient seulement de comprendre qu'il avait une position bien assise dans le monde d'hier – au point qu'il pouvait même adopter une attitude critique à son égard (ou faire semblant) : ses propos critiques s'écrasaient comme un fruit pourri sur le blindage des chars asiatiques et il pouvait se sentir satisfait d'avoir jeté sa nèfle sans avoir pour autant à craindre pour son existence. Mais à présent il tremble sincèrement de peur.

Certes, on peut considérer que le "communisme" n'est qu'une foulure de l'esprit (avec quand même un Himalaya de cadavres), il n'en a pas moins été une réalité durant les quarante dernières années, le temps et le lieu de ma vie. J'ai du mal à comprendre aujourd'hui comment j'ai pu rester ici et en vie, comment j'ai pu créer un chez-moi spirituel comme si rien ne se passait alentour, indifférent à la misère matérielle et spirituelle, aveugle au danger. Qu'est-ce qui m'a guidé ? Sans doute l'instinct, comme celui des fourmis qui défilent dans un but que nous ne pouvons concevoir, avec un sens de l'orientation inconcevablement déterminé.

Il serait intéressant de savoir pourquoi l'esprit de l'époque ne concorde jamais avec le grand courant spirituel, et pourquoi il s'y raccroche, du moins à ce qu'il en reste, dès que l'époque tire à sa fin.

Pourquoi tout présent est-il si retors et mensonger ?

Les gens nourrissent leur dépression avec toutes sortes de mensonges. La mienne se contente de la vérité.

Je ne vis pas de manière assez radicale. Je vis comme si j'avais devant moi la vie éternelle et non l'anéantissement total. C'est-à-dire que je vis en esclave de mon avenir et non dans la liberté infinie de ma finitude.

La peur de la mort est un sentiment qui vous rappelle avec bienveillance que vous ne pensez pas assez à la mort.

Ces jours qui passent uniquement pour assurer la continuité. Pourtant, il ne faudrait vivre que les jours inspirés, pleins de vie, et dans l'intervalle, durant les périodes d'ombre, on serait mort, en attendant d'être réveillé par la fièvre de la vie. Ce serait une vie belle, mais probablement très fatigante. Et à vrai dire monotone.

L'ennui est le piment de la vie.

La situation, la ville, le pays. Les environs commencent à être aussi mal intentionnés qu'un chien dans lequel la rage couve déjà.

15 juillet

Afflux d'amitié presque douloureux à la vue d'une vieille photo de Camus. J'ai failli ouvrir les bras pour l'embrasser. Il a été l'un des archanges de la période où mon esprit s'est éveillé, à l'époque de ma transformation. Toute ma "révolution" muette, entièrement tournée vers moi…

Si Darwin a raison, des animaux qui se nourrissent de plastique et de déchets irradiés ne devraient pas tarder à apparaître. Ce seront peut-être d'abord des virus, puis des bactéries qui évolueront rapidement pour devenir des monstres bien massifs. Quel monde ce sera !

L'article d'Ágnes Heller selon lequel Auschwitz "ne peut pas être intégré à l'histoire". Absurdité logico-syntaxique. L'histoire n'est pas un organisme naturel, mais une construction et, qui plus est, une construction de l'esprit humain. Si donc Auschwitz ne peut pas être intégré à l'histoire, l'erreur ne réside pas dans Auschwitz, mais dans l'histoire.

Le militaire du tramway. Sa petite main droite potelée, sa gourmette en or, ses bagues, une chevalière jaune particulièrement grande à l'auriculaire. Petits yeux, visage bouffi, moustache (un peu comique), front bas. Il respire le sadisme. Galons de sous-officier. Sous le coup d'une indignation étatique, il va frapper avec sa chevalière en or un visage d'où jaillira un flot ininterrompu de sang. Je me demande dans quelle institution il effectue son "service". – A-t-on déjà représenté toute l'horreur de la vie de manière à pouvoir y être confronté dans la réalité ; de manière à être saisi – ne serait-ce que pour un seul instant – par la connaissance, la connaissance de l'homme ?

Les hommes naissent par hasard, mènent une vie de hasard, et meurent par nécessité.

L'importance de la tradition. Il ne suffit pas d'appartenir, il faut savoir le plus précisément possible à quoi on n'appartient pas.

Il est finalement assez singulier que j'aie pu conserver pendant quarante ans une pensée qui peut être dite singulière en ce qu'elle n'est pas mensongère par essence et jusqu'à la moelle.

Le rapport et l'attachement de l'homme à sa propre vie, aux personnes qui y jouent un rôle majeur. Il semble que l'aventure soit toujours autre chose ou quelqu'un d'autre, comme si la liberté n'était pas constituée par le plus important des devoirs individuels, le devoir envers les personnes les plus importantes, la morale, mais par "autre chose" – l'imaginaire, l'inexistant et, dans le pire des cas, le fourvoiement fatal. C'est un jeu très particulier de la nature, de notre irritation née de la monotonie, de notre inconstance. Mais d'autre part cette nature humaine impénétrable recèle quelque chose d'aventureux que nous devons suivre avec une obéissance aveugle en dépit de toute douleur et de toute infidélité.

S'exercer, s'aguerrir à la mort. – Comment ? Principalement en écrivant *du côté de* la mort (de l'autre côté du gouffre). – De ce point de vue, j'ai un avantage parce qu'en Europe de l'Est, la *vie* éduque à la mort.

Il arrive que l'esprit des lieux s'empare de moi au point que je reste assis à mon bureau pendant des mois, les bras ballants, la tête basse.

Septembre

La langue de terre de Badacsony. Tout au bout, les silhouettes hirsutes mais néanmoins régulières des peupliers. Les dômes des collines lointaines se fondent dans le bleu. La contradiction inexplicable de la beauté et du monde des hommes. La nature, cet éléphant décati et muet qui nous porte patiemment sur son dos. La plénitude étouffante de la vie, au milieu des vignes et des champs fumants dans le soleil de l'après-midi.

L'acte, l'Acte, dont l'omission jette une ombre quasi métaphysique sur la vie. L'immense sentiment de culpabilité de Kafka à cause de l'Acte omis : cet acte, *l'Acte*, n'est-il pas "l'émigration" ? (Cf. beaucoup d'autres choses, surtout le thème de l'émigration dans *Le Château*.) – Le courage de Márai, de Th. Mann, leur fierté, leur orgueil éthique : l'émigration n'est-elle pas leur fondement ? – En Europe de l'Est, le problème éthique de l'individu n'est pas de savoir si je dois me joindre à un courant spirituel et lequel choisir, car, quel que soit le choix, j'ai seulement le choix entre tuer et être tué, de surcroît de manière insensée ; ici, le problème éthique de l'individu, son problème *réel*, est de savoir s'il doit émigrer ou rester. Avec le temps, cela prend des proportions métaphysiques et constitue le seul motif véritable à l'arrière-plan de tout sentiment de culpabilité.

"Conception policière du monde" : Manès Sperber.

Les ennuis durables nécessitent des efforts longs et soutenus : Tocqueville.

Etude ennuyeuse qui part du principe fallacieux selon lequel la vie est plus importante que l'art.

L'homme pensant est la figure la plus romanesque qui soit. En effet, penser n'est pas seulement dangereux pour soi et les autres, ce n'est pas seulement une passion qui remplace toutes les passions, une aventure plus aventureuse que toutes les aventures, une profondeur supérieure à toute croyance – c'est surtout particulièrement inhabituel.

Le marquis de Sade est à la mode. Ses livres, une avalanche de préfaces et de postfaces. Son seul intérêt à mes yeux est de montrer que l'infantilisme est absolument dominant dans ce qu'on appelle le mal. A croire qu'une image du monde positivement et significativement éthique exige une constitution et une cervelle plus mûres, plus adultes. Le même infantilisme fonctionne dans la projection politique du crime, fait qui saute aux yeux dans le cas des usurpateurs. L'univers du Démiurge, c'est-à-dire celui de Sade, est condensé dans Auschwitz. A ceci près que les créateurs d'Auschwitz ne jouissaient pas et que très peu de SS se promenaient avec "le membre dressé vers le ciel". A la fois traqueurs et traqués, ils étaient victimes d'une traque concrète et métaphysique plutôt que des hédonistes ; quant à la matière qui aurait pu leur donner un orgasme, elle était lamentable. De toute manière, pour imaginer les orgies de Sade, il faudrait se représenter un mélange déprimant de crasse, de puanteur, de blessures purulentes, de sang et d'excréments, où seuls les malades mentaux trouveraient matière à plaisir et non à compassion remplie d'horreur et de dégoût. L'univers de Sade est dans son intégralité un univers esthétique, tandis que la réalité d'Auschwitz est un univers impensable, un monde qu'on ne peut penser qu'à l'aide de l'imagination esthétique – et cela mène aussi à un orgasme esthétique. C'est étrange comme l'homme se débat entre la réalité et l'imagination ; finalement, l'homme paie le péché de son imagination par le dégoût du monde réel et l'imagination le console du caractère dégoûtant du monde. Je ne doute pas que l'activité créatrice de l'imagination éthique apporte la même satisfaction que le meurtre d'un enfant de quatorze ans à l'aide de tortures raffinées, au milieu de "membres dressés vers le ciel". En tout cas, la caractéristique d'un esprit sain est de ne considérer comme réalité ni l'éthique ni les représentations démiurgiques débridées, mais de les prendre tout au plus pour des jeux de l'imagination, ce qui par ailleurs reste irréel parce que cela produit une vision statique du monde. Auschwitz est la réponse à la création divine ; et la réponse à Auschwitz, c'est Maximilien Kolbe ou M. l'Instituteur*. Enfin, la réponse à Dieu et au Démiurge, c'est notre vie, notre existence comme témoignage, l'existence pour quelqu'un, pour quelque chose, l'existence vécue pour une expérience en quelque sorte extérieure à l'existence – appelons comme on voudra le représentant de cette expérience : Dieu, conscience collective (ou inconscient collectif), etc. A cet égard, et seulement à cet égard, on peut dire : "Tout cela est bon."

10 octobre

Nous venons de la folie, la folie nous entoure et nous allons vers la folie ; dans un certain sens, la mort n'est-elle pas la folie du corps ? Et l'unique instant de rationalité, n'est-ce pas la vie même ?

* Allusion à un épisode d'*Etre sans destin.*

Avant-hier dans le tramway, un clochard tout droit sorti de Beckett. Chapeau sans bourdalou, plutôt un bonnet de feutre, plusieurs couches de guenilles, cache-nez sale (à carreaux bleus et blancs), poches, deux sacs dont l'un contenait des raisins qu'il mangeait grain par grain, les arrachant à une grappe invisible ; il avait l'air sain et bien nourri, d'une dignité apparemment imperturbable avec toutefois des chaussures inimaginables ; il me demande d'une voix d'homme cultivé : "Excusez-moi, c'est bien le tramway 59 ?" Ses mains noueuses, constamment en mouvement, tâtent et réorganisent le contenu de ses poches ; il sort quelques billets de sa poche intérieure, un ou deux billets de cent, un de cinquante, les remet, puis il prend un immense canif ouvert dans l'un de ses sacs et le met – toujours ouvert – dans sa poche intérieure, etc. Il n'a pas l'air mécontent. C'est un homme qui ne peut pas suivre le rythme du monde actuel. Extérieur à "l'esprit dominant", loin de la technique, des idéologies, du présent, du passé : il abrite une forme de vie éternelle, nécessairement en marge de la société. Il ne s'agit pas de dire s'il a raison ou non, ce n'est pas le moment de parler d'un instant de faiblesse d'un cœur ému, mais des mensonges et des inégalités du monde – profonds, abyssaux, porteurs de divisions et de catastrophes, non au niveau moral ni même matériel, mais à celui de l'esprit et de la conscience. Il serait facile d'en tirer des conclusions tolstoïennes, si le temps où la mise en garde pouvait encore germer n'était révolu et si le doigt levé au ciel n'était devenu anachronique ; il ne reste que l'étonnement perplexe et muet, les rapides hochements de tête entre deux bombes atomiques, massacres et autres.

La ville que je traverse tous les jours, la tête basse, sans regarder autour de moi, cherchant seulement un trou où je pourrais me cacher et souffler, me dire que j'ai échappé, aujourd'hui encore, au spectre de ce qu'on appelle la vie par ici…

"Savoir et penser qu'on ne sait pas / est excellence. / Ne pas savoir et penser qu'on sait / est maladie. Ce n'est qu'en reconnaissant la maladie / comme maladie qu'on s'exempte de la maladie. / Le sage s'exempte de la maladie / parce qu'il reconnaît la maladie comme maladie. / De là vient qu'il s'exempte de la maladie*." – Lao-tseu – cadeau de Gábor Karátson. Il a découvert non les sources de la sagesse chinoise, indienne, etc., mais les secrets de leur jaillissement, de ce qui les a rendues possibles : elles sont nées dans des sociétés qui n'ont ni dynamique, ni révolution, ni problème d'aucune sorte – simplement parce qu'elles n'ont pas l'habitude de se poser ces problèmes. Dans ces sociétés, on médite sur l'être, sur la mort. De ce point de vue, mon approche de cette sagesse est celle d'un homme qui vit dans une société dont la dynamique est manifestement la folie et la destruction qui s'ensuit ; une société où l'on ne peut et ne doit vivre qu'en lui tournant le dos. Vivre ici, c'est penser à la mort, à la mort comme délivrance. Par ailleurs, cela doit se produire par l'enrichissement intérieur, à l'aide de poisons qui ne détruisent pas mais inspirent, n'endorment pas mais éveillent, n'aveuglent pas mais rendent voyant, *clair*voyant.

La question n'est pas de savoir si Dieu existe ou non. L'homme doit vivre comme s'Il existait.

* Trad. Marcel Conche.

Recherche nocturne de contact avec mon "inconscient" : silence. J'ai seulement fait un rêve confus, désagréable, un petit rêve chaotique, apocalyptique, dépressif. – Hier, mésaventure dans l'autobus, le comportement agressif et impuni d'un jeune homme à l'allure sportive d'environ vingt ou vingt-deux ans. Moralité : non seulement Dieu est mort, mais il n'y a pas non plus de contrôleur. – La foule déchaînée qui s'acharne sur la raison, sur les maigres restes de discipline sociale. Des visages comme je n'en ai jamais vu. Ils arborent une telle amertume qu'on les croirait recrutés par l'administration de Belzébuth pour entretenir le feu sous les chaudrons dans des conditions à peine meilleures que celles des damnés qui mijotent dans les marmites : à présent, ils se vengent sur ces derniers pour le feu qui leur brûle les pieds. *Que diable allait-il faire dans cette galère** ? Mon idéal, c'est un homme grand et sec – disons Duchamp –, que rien n'intéresse hormis son unique passion (dans son cas, les échecs) et la précision extrême de l'expression, qui ne sort pas, qui réduit sa vie au minimum, n'a ni ami ni vie spirituelle ou sexuelle, dont chaque geste est dicté par une finalité anarchique. Pourtant, même lui a veillé à bénéficier du luxe qui, *minima ratio*, semble indispensable à l'artiste, à l'individu créatif : il ne vit pas en Europe – sans parler de l'Europe de l'Est ! –, mais à New York.

La blessure fatidique et inguérissable de l'homme moderne exprimée par la musique : la première fois, c'est chez Beethoven. Les quatuors, la sonate op. 106, etc.

* En français dans le texte.

Le tout s'est mué en mort. D'une manière ou d'une autre, selon l'endroit. La blessure mortelle de Beethoven chez Ady, chez Krúdy.

Le caractère suicidaire du monde définit le devoir fatidique de la créature intelligente qu'est l'homme.

La culture, c'est quelque chose d'universel, de spirituel, une réalité, une vie. L'existence au-delà de la culture, la non-culture : existence individuelle, tragique, morcelée et absurde, existence dépourvue de style, mort apparente bientôt suivie par la mort véritable.

26 octobre

Hier soir, après des jours de dépression profonde et de pensées destructrices, léger accident, mais qui m'a fait un choc. En courant vers le tramway, j'ai glissé, ma jambe est partie en avant, je suis tombé à la renverse. J'ai eu le souffle coupé pendant quelques instants, j'ai senti mes côtes craquer. Curieusement, j'avais gardé la tête en hauteur pendant ma chute : même si cet accident était dû à des tendances autodestructrices, une tendance constructive, la volonté de vivre, avait pris le dessus. A vrai dire, je dois considérer cet accident comme un rêve après des jours et des semaines passés à interroger mon destin, mon "subconscient" : voilà, il m'a répondu. Et effectivement, outre la douleur, j'ai éprouvé un soulagement, un grand soulagement. – Aujourd'hui, grève des taxis, je remonte à pied toute la rue Mártírok, il y a des queues interminables devant les magasins – chaos, méfiance, gestes insensés, angoisse, attente –, l'atmosphère rappelle ces quelques jours "vides" de 56 : mais, chose étonnante, au milieu de l'anarchie et de la folie, la vie semble enfin *plus réelle* qu'elle ne l'a jamais été en quarante ans d'artificialité totale. Les quatre cavaliers de l'Apocalypse sont enfin visibles à l'horizon : ils viennent *vraiment* par ici.

29 octobre

Prendra-t-on un jour la mesure du fait qu'on n'a pas entendu un seul slogan politique, ni de droite ni de gauche, pendant ces trois jours de grève ? Sûrement pas, parce que la contre-attaque, pour ainsi dire, la contre-offensive sera idéologique, et de droite. Ils vont de nouveau brandir la "nation", eux qui ne comprennent rien à ses processus d'autoguérison et d'autopurification. Les gens ont besoin de simplicité, de pain, de solidarité et de rire.

16 novembre

Chaque jour où le monde ne s'effondre pas encore peut être considéré comme un bénéfice net, du moins du point de vue de mon travail *(Le Drapeau anglais)*. – Le visage des oiseaux qui picorent sur le rebord de la fenêtre, ces visages comiques, fondamentalement aimables et sympathiques. Il me suffit d'observer leur avidité pour sentir qu'ils sont mes frères, pour reconnaître ce qui les anime et qui est identique chez tous les êtres. C'est la vie, la vie qui agit en nous tous, qui nous meut, nous aiguillonne. Il ne faut pas douter de cette force : elle est indestructible. Moi seul suis destructible ; je suis un produit des plus douteux dans lequel cette force a pris forme d'une manière fortuite ou plutôt aléatoire ; la fragilité de l'individu est inversement proportionnelle à la force de la vie, une trop grande force vitale balaie pratiquement son porteur, tout comme l'énergie consomme son noyau.

9 décembre

Arrivé à un certain âge, admettre que les instincts d'autodestruction sont des pulsions infantiles ; dès lors se pose la question de la dignité – on ne devrait écrire ce mot qu'en secret, en écriture codée ; moi, je la comprends exclusivement comme le choix positif de rester en vie, rien de plus – ou plutôt le surplus que recèle la décision positive de rester en vie.

J'ai acheté un livre qui traite du problème "populiste-urbain" en Hongrie ; cela m'est aussi exotique, aussi étranger qu'une étude sur la vie sexuelle des éléphants, disons. – La satisfaction discrète d'être totalement étranger dans mon pays, étranger parmi les hommes, étranger au monde. J'ai accompli mon devoir comme l'envoyé d'un autre monde – en ne sachant rien de précis de cet autre monde, si ce n'est qu'il n'existe pas.

Le cas d'Emmanuel Kant qui a postulé deux fois au poste de professeur lorsqu'il était chargé de cours à l'université de Königsberg, et dont la candidature a été rejetée à chaque fois. Il ne faut pas y voir une banale anecdote, mais un cas édifiant. Si Emmanuel Kant occupe la chaire de philosophie, que devient la chaire voisine ? Il est donc juste qu'il n'ait pas obtenu ce poste et qu'on l'ait laissé écrire chez lui *la Critique de la raison pure*. En revanche, la pratique de notre siècle est franchement exagérée : non seulement on ne lui donnerait pas le poste, mais en plus on l'enfermerait dans un camp ou, tout simplement, on le tuerait.

15 décembre

Ma vie absurde et asservie est incompréhensible et imprévisible. Elle est mue par l'*élan vital**, et ce qu'on appelle ma personnalité essaie de la diriger ; quant à savoir quel joug pèse sur elle et à quoi elle sert, c'est une énigme. Et le gouffre entre moi et moi ne cesse de s'élargir.

Les journaux de Th. Mann : une chronique en guise d'introspection, plus précisément : une chronique *comme* introspection.

Une nouvelle manière de voir qu'on observe dernièrement et qui apparaît, d'ailleurs, à chaque série de changements catastrophiques : *l'optimisme défaitiste*.

Une phrase de Cioran dont je me porte garant avec mon existence : "Un livre est un suicide différé."

Ma hâte constante, comme si je voulais accomplir ma vie au plus vite, la savoir derrière moi. Le pénible monde extérieur. Je trimballe pendant des jours une lettre dans ma serviette, de crainte d'aller à la poste, de me mêler aux gens, de faire la queue. Ma vie consiste à éviter la vie, elle n'est que fuite, cachette, illégalité, protestation. Qu'exprime-t-elle ? La violence inouïe d'être ici, cet état inconcevable et par-dessus tout *artificiel*, conséquence d'un attentat absurde. – La vie est artificielle. Il faut la céder aux forces qui la *veulent*, aux forces volontaires du pouvoir, c'est-à-dire aux destructeurs de la vie, aux Belzébuths bibliques qui apparaissent sur la palette de la vie dans les différentes nuances du fascisme (depuis le rouge jusqu'au vert

* En français dans le texte.

et inversement), et que, médicalement parlant, on qualifie de fous ou de paranoïaques. Ils accompliront la besogne qui leur a été assignée dans l'Apocalypse. Nous, nous regarderons la mort de tout, la mort de tous ceux que nous aurons aimés pour ensuite poser plus facilement la tête sur le billot, sous le couperet de la catastrophe mondiale.

Kafka écrivait de gauche à droite, mais il *dessinait* de droite à gauche. – Cela a-t-il une signification ? Est-ce que quoi que ce soit a encore une signification ? L'amour. Il survit. Comme la honte, comme la peine.

Je ne doute pas de l'imperfection du monde. Et cela m'incite à imaginer une divinité malheureuse, quasi humaine.

1991

5 janvier

Voies radicales et labyrinthes radicaux. Enseignement de l'année écoulée : je ne peux pas vivre sans radicalisme, sans détruire mon destin. (Ma déclaration de démission de la Société des écrivains.) Comme si ma seule façon d'affirmer ma liberté et mon esprit était l'affrontement, un affrontement poussé à l'extrême au sens strict du terme, un affrontement qui me repousse aux limites de la "société" (entre guillemets, parce que ce qui m'entoure n'est même pas une vraie société), un affrontement où je joue le tout pour le tout, auquel je me sacrifie ou, si on préfère, suis sacrifié. L'exemple de Thomas Bernhard dans *Place des Héros* : devenu pour ainsi dire juif, il affronte les parangons de vertu officiels transformés en bandits ; l'exemple de Beckett et son contre-exemple, Sartre, errant dans le labyrinthe radical et finalement ramené dans l'enclos du conformisme (et néanmoins anticonformiste). Décidé à tout, je vivrai tant que ma vie sera un problème ; et quand je pense à la mort, c'est le tintement rédempteur de la mort chez Schubert qui me vient à l'esprit – la joie du non-être, il en savait quelque chose.

L'histoire n'est à l'évidence rien d'autre que des siècles de tentatives incessantes et désespérées de l'homme pour sortir de la folie.

L'homme a manifestement besoin de s'imaginer qu'un trône resplendit au-dessus de lui quelque part dans l'univers et qu'une administration fonctionne sans relâche tant qu'il est en vie – de préférence pour le salut de son âme.

Quand je dis Dieu, ce n'est naturellement qu'une métaphore, comme d'ailleurs tout ce que je dis, plus précisément ce que je peux dire, ce que le langage me permet de dire.

22 janvier

Ambiance de fin du monde. "La guerre du Golfe". Ma peur des chiens et des hommes. Activités réduites. A propos de Foucault : "Le moi est la nouvelle possibilité stratégique." (Paul Veyne.) – Ce n'est pas nouveau, mais rassurant ; on peut dire que c'est la seule chose rassurante.

"Dieu est partout, même à l'église" : formule caractéristique de Márai. Il continue : le nouveau genre de fanatique, c'est le fanatique corrompu.

Puis : "Il faut réécrire *La Proclamation**. Nous avons appris qu'«il n'est point de place pour toi ailleurs dans le vaste monde»... Mais la réalité est qu'il n'est point de place pour nous ailleurs *que* dans le vaste monde. Il faut ajouter un mot."

Seule la victoire est plus humiliante que la défaite.

Je ne sais pas qui écrit en moi, qui est écrivain. Et c'est bien ainsi. Sans efforts inutiles, sans la terrible névrose si courante chez les grands écrivains. – Par ailleurs : quel écrivain est-il, celui qui écrit en moi, celui qui est *l'*écrivain ? Je ne le connais pas et, si ce n'était qu'il me fait travailler, il me serait complètement indifférent : la question ne se poserait même pas. Mais puisqu'elle se pose, *je* le regarde en face et, très calmement, en haussant les épaules, je réponds : "Je n'en ai pas la moindre idée, et d'ailleurs ça m'est égal."

Dieu est Auschwitz, mais également celui qui m'a fait sortir d'Auschwitz. Et qui m'a engagé, voire obligé à rendre compte de tout cela, parce qu'il voulait entendre et apprendre ce qu'il avait fait.

Quand tu seras mort, tu apprécieras le silence.

Les gens sont poussés à la corruption, mais ils se vengent de l'inévitable mépris de soi qui en découle – sur les autres.

Mars

Les "rationalistes", c'est-à-dire les fuyards optimistes (ils fuient la plénitude de la vie, l'absurde et la foi),

* Poème patriotique de Mihály Vörösmarty, vénéré au même titre que l'hymne national.

ne comprendront jamais que la simple idée de "nécessité historique" suffit pour nous mener à Auschwitz. Mais en voyant l'autre bout du bâton de la "nécessité historique", il apparaît qu'Auschwitz est "impossible à rationaliser", et par conséquent, pas nécessaire non plus. – Ce ne sont que des mots dépourvus de la signification profonde qui constitue notre vie, et donc aussi Auschwitz.

3 avril

La journée d'hier. Le matin, rapporté les épreuves du *Drapeau anglais* aux éditions. Soleil revigorant, ciel resplendissant, vent frais. Aux éditions, rien que des visages avenants, des gens serviables, etc. A l'arrêt d'autobus en face de l'hôtel Gellért, le vent emporte le châle noir d'une fille ; elle ne s'en rend pas compte ; son sourire quand je le lui tends. Midi, l'hôpital. Ma mère, comme un musulman d'Auschwitz. La conversation criarde des vieilles dames dans le couloir. "On peut tuer les juifs impunément", s'écrie l'une d'elles d'une voix grave, forte et malade. Sa fille avait douze ans quand elle a été assassinée à Auschwitz. "Qui en répond ?! Qui donc ?!" s'exclame-t-elle, bouleversée mais terrible, pareille à une matrone biblique. Je parle de ma mère avec l'infirmière en chef, une femme grosse, au visage charnu, de type oriental. Elle ne mange pas, et même si je réussis à lui faire avaler une banane, à quoi bon ? "Qu'est-ce que ça lui apporte ? dit-elle. Rien." Elle ne supportera pas l'arrivée des beaux jours : avec la chaleur de mai, sa circulation va s'effondrer, comme elle dit. Je déplore de ne pas avoir de contact avec elle, au sens d'"être au chevet du mourant" – et donc de ne pouvoir lui apporter du réconfort, lui prendre la main, écouter ses dernières paroles. Je ne peux rien faire parce que l'artériosclérose cérébrale empêche tout contact au véritable sens du terme. Je rentre en métro. Je suis en nage, trempé de sueur. Entre-temps, photocopies de textes à envoyer. Chez moi, une lettre d'un éditeur américain qui veut publier *Etre*... Mes lacunes en anglais font que je ne comprends guère que la moitié de ce qu'il écrit, je ne sais que faire. Je suis tellement fatigué que je m'assoupis. Je dors profondément une quinzaine de minutes. Le soir tombe. Je prends congé d'A. et retourne rue Török pour travailler encore un peu. Place Moszkva, un homme se met littéralement en travers de ma route. Il doit avoir dans les quarante ans, mais il est déjà grisonnant, avec une barbe de trois jours, des cernes profonds sous les yeux, la peau terreuse, l'apparence négligée, un regard scrutateur et rusé, mais au fond désespéré et suppliant. Il ne semble pas tout à fait réel, mais peint comme le masque d'un acteur jouant une personnalité budapestoise déchue. On voit que sa dentition n'est lacunaire que depuis peu. Il m'interpelle : "Tiens, tiens, rien à dire, les artistes ne vieillissent pas" ; puis il continue en disant que je me porte bien, ou quelque chose dans le genre. Voyant ma mine interloquée, il s'étonne que je ne le reconnaisse pas. J'ai beau me creuser la tête, je suis sûr de n'avoir jamais vu ce visage. "Et où est-ce que vous travailliez à la fin des années soixante-dix ?" me demande-t-il. Son ton inquisiteur m'effraie comme si j'avais quelque chose à cacher – on dirait un rêve. "Où voulez-vous que j'aie travaillé ? lui réponds-je. Chez moi. – Ben voyons", triomphe-t-il de manière inexplicable. D'un ton presque inquiétant, il fait allusion au fait que je suis devenu un "grand artiste" et qu'il s'en réjouit. Ensuite, il dit un nom dont je ne suis pas sûr qu'il soit le sien et ajoute qu'il travaillait à la direction générale du Livre. Je le regarde attentivement ; vraiment, je jurerais ne l'avoir jamais vu de ma vie ; de plus, je ne suis jamais allé dans l'administration qu'il a mentionnée. Suit une histoire assez embrouillée où il prétend être sorti de prison ces jours-ci : pour le coup, c'était sûrement vrai. Quant aux raisons qui l'avaient mené en prison, son baratin n'a aucune importance. D'une part je n'y comprends rien, d'autre part chacune de ses paroles est un mensonge. "Moi, j'ai tout fait pour le nouveau régime", dit-il. Je ne veux pas écouter ces terribles propos ; il dit qu'il a été enfermé pour agitation contre la "démocratie populaire" et ainsi de suite. Je ne veux pas savoir pourquoi il a fait de la prison ; j'espère que c'est pour un motif de droit commun ; si c'est pour une raison politique, celle-ci ne m'est sûrement pas sympathique. Il finit par me demander de l'argent – je m'y attendais depuis le début. Je suis soulagé. Il passe au tutoiement. "Tu vois, toi, tu n'es pas un petit-bourgeois, dit-il, c'est pour ça que je m'adresse à toi." Il veut que je lui paie deux dîners et un déjeuner. Une terrible serviabilité s'empare de moi, presque un sentiment de fraternité mêlé de dégoût. Je lui donne cinq cents forints. "Donne-m'en encore cent, que je puisse m'acheter un paquet de cigarettes", dit-il. Je les lui donne. Il me serre dans ses bras, m'embrasse, je lui rends son baiser. Je suis profondément ému. Je bredouille des vœux de bonne continuation et monte dans le tramway comme si je venais d'échapper à un grave danger. – – La journée tout entière s'est passée comme en rêve, pour finir par cette culmination où je devine encore ce matin une signification profonde que je n'arrive pas à exprimer avec des mots. J'ai le sentiment d'avoir participé à un mystère, d'avoir dû – pour d'obscures raisons – accomplir un rite initiatique secret et de m'en être bien sorti, dans la mesure de mes modestes moyens. – – Ce matin, beaucoup plus fatigué, la tête froide, avec le recul, je ne comprends toujours rien à tout cela, mais j'ai la même impression de gratitude, de satisfaction modeste et timide. – – – La rencontre de Loth avec l'ange qui cherche refuge.

*

Je n'ai jamais cru que l'époque soit différente de ce que j'ai vu et vécu. C'est maintenant qu'on s'aperçoit que les gens ont toujours cru quelque chose, cru en quelque chose pendant qu'ils vivaient ce qu'ils vivaient, ou du moins ne croyaient pas vivre ce qu'ils vivaient. Cela a permis à nombre d'entre eux de survivre et même de prospérer, si ce n'est d'avoir l'impression de triompher de la vie ; mais il faut bien voir qu'en même temps cela les épuisait. Cet état d'épuisement handicape lourdement la créativité, comme le cancer ou la sclérose, il calcifie les forces créatrices ou les étouffe sous son foisonnement ; l'esprit ne supporte que la pure expérience ; seul l'individu que l'époque a entièrement écrasé sans toutefois réussir à le briser peut émerger de l'époque comme créateur. Paradoxe étrange, la rareté des créateurs montre le caractère totalement aléatoire de ces hasards marginaux.

L'esclavage, la liberté : tout est vécu avec une conscience erronée de l'histoire et de l'existence. Le cas le plus réconfortant est encore l'inversion, c'est-à-dire quand l'esclave et la liberté sont vécus l'un pour l'autre ; c'est réconfortant parce que simple et drôle à la fois. Les cas plus complexes sont plus tristes et généralement dangereux.

12 avril

Elle est morte avant-hier. – – –

Auparavant, l'annulation du voyage à Vienne à cause d'une maladie soudaine. Grippe. Abcès dentaire. Mardi, au petit matin, rêve prémonitoire, étrange, dérangeant (et menaçant). Parallèle au rêve étrange où j'ai vu le Sauveur, il y a trois ou quatre ans. Signe non équivoque : le Sauveur m'a fait savoir qu'il était en crise, qu'il était négligé et qu'il se préparait à me punir – moi, c'est-à-dire lui-même. Faire attention, donc, chercher le contact avec le bonheur archaïque qui se trouve au fond de toute chose, avec la création ; écrire tout en veillant à ceux qui m'entourent – chercher la solitude, et même la créer, mais dans la mesure du possible sans commettre la faute de tout liquider, comme tu le fais d'habitude.

A la question (en l'occurrence "épistémologique") de savoir dans quelle mesure nous pouvons être sûrs de vivre, on ne peut donner qu'une réponse : un peu moins que de mourir.

Max Brod à propos de Kafka : *"le cœur triste – l'esprit gai**". Il cachait soigneusement sa profonde dépression, il était toujours prêt à rigoler un bon coup.

Je commence à voir que ce qui m'a sauvé du suicide (empêché de suivre l'exemple de Borowski, Celan, Améry, Primo Levi, etc.), c'est la "société" qui, après mon expérience concentrationnaire, a prouvé sous la forme de ce qu'on appelle le "stalinisme" qu'il ne pouvait être question de liberté, de délivrance, de grande catharsis, etc., c'est-à-dire

* En français dans le texte.

de tout ce dont les intellectuels, les penseurs et les philosophes de régions plus chanceuses du monde ne se contentaient pas de parler mais à quoi ils croyaient manifestement ; cette société qui a assuré la continuation de ma vie de prisonnier, excluant ainsi toute possibilité d'erreur. C'est sans doute la raison pour laquelle je n'ai pas été atteint par la vague de déception qui, dans les pays libres, avait touché les pieds des hommes au vécu similaire, et qui – ils ont eu beau presser le pas pour échapper à la marée – leur est graduellement montée jusqu'au cou. Au fur et à mesure que passaient les décennies, je rejetais l'un après l'autre les mots d'ordre trompeurs de la liberté trompeuse, comme "inexplicable", "erreur historique", "impossible à rationaliser" et autres tautologies du même tonneau ; les gestes de dépassement ; je n'ai pas été tenté par l'apitoiement sur moi-même, pas plus que par la véritable élévation ou la clairvoyance divine ; mais je savais qu'au fond de mon humiliation, il n'y avait pas que l'humiliation, mais aussi la rédemption, pour peu que mon cœur soit assez courageux pour accueillir le salut, cette forme particulièrement brutale de la grâce, pour reconnaître sous cette forme brutale – la grâce. – – – Quelle est la différence ? Ne pas refuser, mais accepter, ne pas dire non, mais dire oui – arriver à la porte mystérieuse de la vie réelle, non falsifiée par les idéologies, nettoyée des souillures du moi. S'ouvrira-t-elle ?

Quand j'écrase un insecte importun, les questions suivantes se posent *raisonnablement* : pourquoi l'insecte existe-t-il, puisque son existence peut être détruite si facilement, au sens où certains êtres vivants l'écrasent allègrement et où d'autres s'en nourrissent ? Si les insectes naissent pour connaître un sort si affreux, pourquoi sont-ils si prolifiques, si nombreux ? On pourrait répondre raisonnablement que c'est pour se défendre, pour assurer la survie de leur espèce, puisque beaucoup sont écrasés et beaucoup mangés. Mais si c'est ainsi, pourquoi sont-ils individués, pourquoi ont-ils par conséquent une sorte d'individualité ? Raisonnablement, la réponse est la suivante : pour éprouver une peur individuelle de la mort et œuvrer de ce fait à leur survie. – Ces questions veulent seulement montrer que toute question raisonnable mène à l'irrationnel ; la raison ne mène donc jamais à la vérité, à la vérité qui a créé l'être et le fait vivre – si toutefois c'est la vérité et non quelque chose de tout, mais vraiment tout différent, que non seulement nous ne savons pas nommer, mais dont nous n'avons pas la moindre idée, la moindre intuition, dont nous n'avons aucune, mais vraiment aucune perception, du moins tant que nous faisons partie de ce monde, c'est-à-dire tant que nous sommes en vie.

Lao-tseu, le *Tao-tö-king* : "L'œuvre accomplie, se retirer : / telle est la Voie du Ciel*."

Jamais de la vie, pas un seul instant je n'ai senti que cette vie m'appartenait totalement. Mais qui est en moi celui qui veut la posséder ? Et qui est celui qui vit ? – Le caractère étranger de ma vie prouve la nécessité de la mort. (Et ma mort ne sera-t-elle pas tout aussi étrangère ?) Vivre est contre nature. (On peut y voir une grâce ou un châtiment, comme on préfère, ou plutôt comme on vit.)

Pour en finir avec mon "identité" : je suis celui qu'on persécute parce qu'il est juif, mais je ne suis pas juif.

* Trad. Marcel Conche.

Question posée bien souvent ces derniers temps, symptomatique du monde : qu'est-ce qui a provoqué la chute du communisme (du bolchevisme, du socialisme, peu importe le nom) ? Mais personne ne demande comment il a pu exister si longtemps.

Aucune de mes qualités – apparentes – n'est identique à elle-même, et toutes mes qualités ne sont bonnes qu'à rendre ma vie encore plus difficile.

Une grande découverte mérite qu'on abandonne pour un jour ses habitudes quotidiennes.

La prière de l'homme vraiment religieux, c'est l'introspection, même si elle l'entraîne loin de la foi et de Dieu.

30 juin

Hier soir, soirée Thomas Bernhard à la télé autrichienne. Deux acteurs du Burgtheater et Klaus Peymann. Ils ont cité la phrase qu'il répétait si souvent : “Ma maladie est mon capital.” Il ne prenait plus ses médicaments. Complètement désarmé face à la mort, il lui tendait la main dans un geste d'invitation, pour ainsi dire, comme le soldat d'une armée vaincue, un prisonnier de guerre. – Se peut-il qu'en réalité, je parie toujours sur la vie ? Ce ne serait peut-être pas une erreur si… Si je parie sur la vie, pourquoi la vie ne m'inspire-t-elle pas, pourquoi est-ce que je cherche l'inspiration dans l'humiliation, le désespoir et la mort ? N'est-ce pas une déviation morale fondamentale, est-ce justifiable ? A moins que la vie elle-même ne le justifie ?… Avec le temps, la vérité ne m'intéresse plus, seulement l'inspiration, parce que c'est là que se trouve la vérité ; l'inspiration est l'épreuve, le catalyseur ; mais dans mes périodes plus équilibrées, l'inspiration disparaît, se dissout dans le bain aux huiles de la satisfaction. – Bernhard s'est toujours identifié aux victimes – à la fin de sa vie, avec les juifs, manifestement pour trouver son inspiration.

4 juillet

En fin de compte, cela peut se formuler comme suit : produire une conscience pure. Sur quoi se fonderait-elle ? Sur le processus démonstratif consistant à montrer (et à démontrer) le déroulement de la lutte pour la production d'une conscience pure : c'est suffisant – et c'est uniquement cela qui est suffisant. Le résultat n'est pas une vérité indéniable, loin de là, il indique seulement qu'un esprit normal a la possibilité de fonctionner, plus précisément : il en témoigne.

15 juillet

Les matériaux étranges dont nous sommes composés, que notre corps produit, qui sont notre corps même : les ongles, les cheveux, les orteils, le canal biliaire, le bulbe rachidien, etc. Le suc gastrique est plus toxique que l'acide chlorhydrique, paraît-il… Ma composition physique est aussi étrangère à ma conscience que les circonstances de ma naissance (l'heure, le lieu, et aussi ma judéité, par exemple) sont étrangères à mon âme, à mon existence purement humaine. Platitudes que tout cela ? Sinon, comment se fait-il que cela occupe si peu de place tant dans la philosophie que dans les pensées quotidiennes des gens ? Cela risquerait-il de rendre par trop incertaine l'existence déjà suffisamment incertaine de l'homme ? A moins qu'au contraire, tout le monde n'en parle, depuis l'histoire du renvoi du paradis, la formulation des idées platoniciennes et des modèles beaucoup plus anciens, à commencer par les milliers de mythes du déchirement.

Tout est provisoire dans notre vie. Depuis la verrue qu'on néglige jusqu'aux questions morales qu'on néglige ; on se contente de son corps, de son âme, de ses conditions… La résignation : *en attendant*, ça ira comme ça…

Il serait dommage de ne pas voir que, dans ce monde irréparable et dépourvu de catharsis, tout se transforme en tragédie, et toute tragédie, en catastrophe.

Rêve au petit matin. Mon père, ma mère, jeunes, comme sur les très vieilles photos. Les cheveux noirs et luisants de mon père, son visage. Le visage de jeune fille de ma mère, comme sur cette photo sépia, des fleurs dans les cheveux. On dirait qu'ils prennent la pose chez le photographe. Mon père murmure quelque chose à ma mère, ils rient en amoureux, elle tient la main devant sa bouche. J'entendais ce que mon père lui disait et j'*allais* faire une remarque ironique – mais je me suis réveillé soudain pour m'interdire cette ironie avec sévérité, avec une sorte de colère horrifiée. Je savais précisément les mots que mon père susurrait à ma mère, ces amabilités qui finiraient par la séduire. Ce jeu amoureux entre deux jeunes personnes qui m'étaient si familières conduirait à ma naissance, aurait pour résultat ma venue au monde. Et j'ai tout accepté : eux, moi-même.

Pour être le sauveur, non de "l'humanité" ! mais rien que de sa propre vie, pour se donner l'absolution, il faut une vie entière de travail intérieur constant incroyablement intensif. L'homme a une vie épouvantable – l'histoire –, et il a une puissante narration du monde beaucoup plus sage que lui, dans laquelle il se transforme en divinité, en mage ; cette narration est aussi merveilleuse que la vie historique, "réelle", est incroyable.

11 août

Tout a pris fin et tout a recommencé ; mais cela a recommencé ailleurs et nous mènera peut-être en un autre lieu. Avant-hier, la nuit, sur le balcon, la brise fraîchissante, le grand feuillage sombre en forme de nuage des arbres de l'avenue Pasaréti, l'éclairage doré dessous – pendant un instant, on aurait dit que ce n'était pas l'habituelle ville cauchemardesque. Profonde mélancolie, souvenirs, comme si le temps qui passe m'avait effleuré, plein de banalités, plein de réalité, plein de vérité ennuyeuse, telle la mort.

L., l'écrivain qui conçoit la littérature comme relative. Contrairement à Schoenberg qui considère que la vérité suffit à l'art. Pour L., l'art doit être au service de la survie : parce que, dit-il, si on voit la vérité toute nue, il ne nous restera plus qu'à nous pendre – ou au moins pendre celui qui nous l'aura dévoilée. Ce comportement n'a rien d'inhabituel ; je ne serais pas étonné d'apprendre que L. est un bon père de famille et qu'il fait ce qu'il fait uniquement en pensant à l'avenir de ses enfants. Sauf qu'une littérature relative est toujours mauvaise et qu'un art non radical est toujours médiocre : un bon artiste n'a pas d'autre choix que de dire la vérité, et de la dire radicalement. Cela ne l'empêche pas de rester en vie, puisque le mensonge n'est pas la seule et unique condition de la vie, même si beaucoup ne voient pas d'autres possibilités.

Ces derniers temps, j'imagine souvent un vague personnage, un homme sans âge mais plutôt âgé ou au moins vieillissant. Il va, il vient, fait ce qu'il a à faire, vit sa vie, souffre, aime, part en voyage, revient, parfois il est malade, d'autres fois il va à la piscine, il voit des amis, joue aux cartes ; mais dès qu'il a une minute de libre, il s'enferme dans un réduit secret, s'assied devant un instrument de musique fatigué, plaque presque distraitement quelques accords et se met à improviser en sourdine. Depuis des dizaines d'années, il joue d'innombrables variations sur le même thème. Puis il se relève d'un bond, il doit partir – mais à la première occasion on le retrouve devant son instrument, comme si la vie n'était qu'une parenthèse obligatoire entre deux improvisations. Si les notes qu'il tire de son instrument s'immobilisaient et gelaient dans l'air, accolées les unes aux autres, on verrait peut-être une concrétion de cristaux de glace rappelant un spasme catatonique, dans laquelle, à bien y regarder, on reconnaîtrait à coup sûr la persistance d'une volonté d'expression, même si ce n'est que celle de la monotonie ; et si par hasard on les notait sur du papier à musique, on y distinguerait les contours d'une fugue de plus en plus dense qui tend nettement vers un but en même temps qu'elle l'éloigne et le repousse, de sorte qu'il devient de plus en plus vague. – – Pour qui joue-t-il ? Pourquoi joue-t-il ? Lui-même ne le sait pas. De surcroît – et c'est là le plus étrange –, il n'entend même pas ce qu'il joue. Comme si la force occulte qui le ramène sans cesse à son instrument l'avait privé de son ouïe, afin qu'il ne joue que pour elle. – L'entend-elle au moins ? (La question est, avouons-le, dénuée de sens : il faut, naturellement, imaginer le joueur heureux.)

TABLE

BABEL

Extrait du catalogue

1336. OLIVER ROHE
Ma dernière création est un piège à taupes

1337. DAVID GILBERT
Les Normaux

1338. JAVIER CERCAS
Les Lois de la frontière

1339. JAN GUILLOU
Les Dandys de Manningham

1340. YÔKO OGAWA
Le Petit Joueur d'échecs

1341. JEAN CLAUDE AMEISEN
Sur les épaules de Darwin. Je t'offrirai des spectacles admirables

1342. THOMAS PIKETTY
Chroniques 2004-2012

1343. PIERRE RABHI
Éloge du génie créateur de la société civile

1344. ALAA EL ASWANY
Automobile Club d'Égypte

1345. LÁSZLÓ KRASZNAHORKAI
Guerre & guerre

1346. MARIA ERNESTAM
Le Peigne de Cléopâtre

1347. WLADIMIR ET OLGA KAMINER
La Cuisine totalitaire

1348. MARTA MORAZZONI
La Note secrète

1349. FRÉDÉRIC LORDON
La Malfaçon

1350. ASSOCIATION NÉGAWATT
Manifeste négaWatt

1351. STEFAN KOLDEHOFF ET TOBIAS TIMM
L'Affaire Beltracchi

1352. HUGH HOWEY
Silo Origines

1353. KATARINA MAZETTI
Le Viking qui voulait épouser la fille de soie

1354. MARILYNNE ROBINSON
La Maison de Noé

1355. ROOPA FAROOKI
Les Choses comme je les vois

1356. JOUMANA HADDAD
Superman est arabe

1357. PHILIPPE PETIT
Traité du funambulisme

1358. JULIA KERNINON
Buvard

1359. LYONEL TROUILLOT
Parabole du failli

1360. CÉLINE CURIOL
Un quinze août à Paris

1361. RICHARD FLANAGAN
Le Livre de Gould

1362. RÉGINE DETAMBEL
Son corps extrême

1363. MARIE-SABINE ROGER
Il ne fait jamais noir en ville

1364. JEAN BOFANE
Congo Inc.

1365. HÉLÈNE FRAPPAT
Lady Hunt

1366. KAUI HART HEMMINGS
Les Descendants

1367. TARJEI VESAAS
Le Palais de glace

1368. ANNA ENQUIST
Les Endormeurs

1369. ROLAND GORI
Faut-il renoncer à la liberté pour être heureux ?

1370. JEREMY RIFKIN
La Nouvelle Société du coût marginal zéro

1371. IRINA TEODORESCU
La Malédiction du bandit moustachu

1372. MARC TRILLARD
Les Mamiwatas

1373. MATHIAS ENARD
Remonter l'Orénoque

1374. CÉCILE LADJALI
Shâb ou la nuit

1375. JULI ZEH
Corpus delicti

1376. ALBERT SÁNCHEZ PIÑOL
Victus

1377. FABRICE NICOLINO
Un empoisonnement universel

1378. OLIVIER LE NAIRE
Pierre Rabhi, semeur d'espoirs

1379. NANCY HUSTON
Bad Girl

1380. AKI SHIMAZAKI
Tsukushi

1381. MIKAEL BERGSTRAND
Les Plus Belles Mains de Delhi

1382. NAGUIB MAHFOUZ
Le Monde de Dieu

1383. CHRISTOS CHRYSSOPOULOS
La Destruction du Parthénon

1384. PAUL AUSTER
Excursions dans la zone intérieure

1385. DAVID GRAEBER
Dette : 5 000 ans d'histoire

1386. KAMEL DAOUD
Meursault, contre-enquête

1387. ALICE FERNEY
Le Ventre de la fée

1388. MARIE-SABINE ROGER
Vivement l'avenir

1389. JAUME CABRÉ
Confiteor

1390. MICHAEL KÖHLMEIER
Idylle avec chien qui se noie

1391. HUGH HOWEY
Silo Générations

1392. JEAN CLAUDE AMEISEN
Sur les épaules de Darwin. Retrouver l'aube

1393. SIRI HUSTVEDT
Un monde flamboyant

1394. MARILYNNE ROBINSON
Chez nous

1395. JAMES S. A. COREY
La Guerre de Caliban

1396. A. B. GUTHRIE
La Captive aux yeux clairs

1397. SHOBHAA DÉ
La Nuit aux étoiles

1398. JAN GUILLOU
Entre rouge et noir

1399. OLIVIER PY
Illusions comiques

1400. HENRIK IBSEN
Une maison de poupée

1401. LAURENT GAUDÉ
Danser les ombres

1402. ÉRIC VUILLARD
Tristesse de la terre

1403. MARC BIANCARELLI
Orphelins de Dieu

1404. KAOUTAR HARCHI
À l'origine notre père obscur

1405. LOLA LAFON
Une fièvre impossible à négocier

1406. EMMANUEL ADELY
La Très Bouleversante Confession de l'homme
qui a abattu le plus grand fils de pute
que la terre ait porté

1407. ANNE PERCIN
Les Singuliers

1408. NICOLAS CHAUDUN
L'Été en enfer

OUVRAGE RÉALISÉ
PAR L'ATELIER GRAPHIQUE ACTES SUD.
ACHEVÉ D'IMPRIMER
EN JUILLET 2016
PAR NORMANDIE ROTO IMPRESSION S.A.S.
61250 LONRAI
SUR PAPIER FABRIQUÉ À PARTIR DE BOIS PROVENANT
DE FORÊTS GÉRÉES DURABLEMENT
POUR LE COMPTE
DES ÉDITIONS ACTES SUD
LE MÉJAN
PLACE NINA-BERBEROVA
13200 ARLES.

DÉPÔT LÉGAL
1re ÉDITION : AOÛT 2016
N° impr. : 1601965
(Imprimé en France)